No one who is really involved in the landscape ever sees the landscape.

真在境中者，从不见此景。

George Orwell, *Charles Dickens*

给北大法学院的毕业生和同学们

走不出的风景

大学里的致辞，以及修辞

苏力 著

目　录

Re:致辞与山寨

(序《走不出的风景》)

冯　象

B君如晤:

我上周返美的。正赶上大雪,在纽约机场旅馆捱了一宿,不过把苏力老师给的书稿看了——论致辞与政治修辞的,课上讲过吧。请教两个问题,你们年轻人有什么看法:

他在院长任上的毕业迎新致辞极受学生欢迎,当得上北大一块品牌,据说正版之外,还有山寨版。你或者别的同学是觉得他说的道理(思想)好,还是语言生动有趣,抑或别的原因(个性、场合、态度)?老子说,"信言不美,美言不信"。苏力是不是一个例外?

谢谢,节日快乐。

又,山寨版何处可阅?

[三天后]

绝了,哈哈,原来院长的"自主知识产权"还未撰写(并依法享有国际保护),山寨版即已上网,四处流传了。而且标题也蛮“感动中国”，是不是？也缠绕些欧化句式，有“力叔”味儿。再过四十年，白头校友回忆“一塌糊涂”（一塔湖图）的学习生活，接受记者或校史专家采访，这段佳话肯定有数不清的版本。

S君帮忙，拿我的问题找同学（校内外皆有）做了个小调查，回复都很率直，有见地：

> ——既不唱高调说空话，也不惺惺作态讨好学生，总之，苏力老师了解我们的生活，贴近我们的感情。
>
> ——很“个”的人，有些执拗。但他的话让我觉得新，可以信，美倒是其次的。
>
> ——我对老师了解不多，致辞具体讲了什么道理，记不清了。印象中他很会煽情，有点儿女性化，但不做作。配上他们说的“一张铮铮铁骨的脸”，非常独特。（女生语）
>
> ——好些话称得上“美”，甚至过于“柔软”，比如“细雨淋湿了未名湖”，但那只是作为通向某种真实的铺垫，某种未经雕琢和掩饰的“信”。这么看，应该说是“信言不美”的例外吧。
>
> ——国人的公共生活一直摆脱不了“假大空”话语，老百姓“审丑疲劳”久矣。苏力老师拒绝官样文章，不落俗套，就具备了打动人的力量。其原理可能近于那个口语词“不折腾”。当然，他有不少出色的修辞和精巧的表达，加上真诚，在教育官员中是罕见的，如果不是绝无仅有。
>
> ——回想起来，自己真正被打动，不是在毕业典礼上，而是后来读文字稿的时候。他口才在法学院来说不是最

好,要念稿,还带点口音。相比之下,文字更能表现他的激情,“有嚼头”。不过在社会上走红,或许得益于“北大”、“院长”一类的标签效应?

——他有几句“信言”太耿直了,像“这里是北大法学院”,那种近乎赤裸裸的精英意识的流露,得罪人也不奇怪啊。

——像网友说的,是发自肺腑的祝福,贴心。

——前些年有个外系老师,在课堂上说学生不用功,成天听刘德华。学生爆笑。因为刘是“大叔级”歌星,现在谁还迷他呀?苏力老师绝不会犯这种低级错误。他举过孙燕姿、蔡依林、周杰伦、张柏芝、阿娇等人的八卦新闻做例子,大家好惊讶:一位“五零后”大教授,一向拒绝当“公共知识分子”,对“八零后”、“九零后”热衷的时尚,居然那么熟悉!

——老师的致辞之所以受欢迎,我觉得除了文笔,还有一个因素,就是对商业/小资文化略微妥协,例如对青春的伤感抱认可和同情态度,引起了很多人的共鸣。同时,他也温和地批评一些现象,在致辞中强调年青一代要有责任感、使命感。小气跟大气这样结合,就抓住了同学们的心。我猜想,致辞本身在知识和学术上的作用,或许是有限的。但如果把这些文本和演讲看作大学里实践群众路线的一种尝试,他会不会觉得颇为得意呢?这也是我自己常感困惑的问题:学术与政治,可分吗?

——魅力在他的个性,而不是思想或语言。

S君：

非常感谢，这么快就做好了调查。

读你们毕业典礼的描述，我就想到四十年前去了——我初中遭遇“文革”，本科和研究生提前毕业，都缺了典礼——七一年告别甘蔗地，上哀牢山寨当老师那会儿，小学校也举行毕业典礼，请公社书记、赤脚医生、抗美援越的解放军战士给各族同学讲话。但那讲话不是现在的致辞。讲话，严格来说，属于政治学习。书记领着群众用磕磕巴巴的 pyulniul ddoq（汉话）念几段语录，或者听英雄连长摆“斗私批修”击落 B-52 的光辉事迹，是改造思想，不是对（抽象平等的）公众致辞。程序上，那年头开大会，讲话只是整个仪式的引子，重头戏在之后的会餐。所以书记掏出笔记本，传达“农业学大寨”的“大好形势”，学生胸前兜里插着的却不是自来水笔，而是竹筷，书包里装的除了课本，还有饭盒。受饥寒的孩子，享用不了“耳食”。那典礼真正的主持人，正在厨房忙乎，指挥高年级阿妹担水淘米洗菜。那天一早，才起床，就听见猪圈里嗷嗷叫。此刻，布置成会场的茅草房教室已飘进了肉香，大伙儿偷眼瞅着门外：去供销社背酒坛子的阿哥，快回来啦……

山寨上那头两班的学生，年龄与我相仿。如今，他们好几个已是领导岗位上的民族干部，“仓廪实而知礼节”，致辞的公务怕也不少呢。

学祺，冬安。

B君：

你这个段子有趣，央视小品似的。我改两个字：苏力先生的课人气旺，学生得占座儿。第一天，快上课了，撒贝宁同学见教室第一排还坐着个头发花白、工友模样的人，正想上前“今日说法”：师傅，暖气修好了，您放心走吧！不料铃声一响，那人起身向大家道：我叫朱苏力，这学期的法理课由我来上。接着，便滔滔不绝，跟亚里士多德、波斯纳、《赵氏孤儿》挨个儿对起话来。

我们念书那时，小品演的是季老。新生报到，以为他是东语系看门的师傅，让他照看一下行李，老先生就老老实实在那儿守了半天。

的确，大学致辞不易。根本原因，是高教体制官僚化，沾染了腐败风气。于是大学日益成为舆论质疑、揭露、调侃的对象，陷于公关困境。这是老百姓参与政治和社会监督，或民主化潮流所致。但大学既已蜕变作官场的一角，势必“党八股”泛滥，“面目可憎”，如毛主席从前批评的。当然，学生不会买账；尤其北大是现代中国学生运动的一只摇篮，有“五四”精神，有独立思考张扬个性的传统。校长院长们致辞如何拿捏分寸，既不出格又要得体，完成公关任务？只能像苏力说的，“责任高于热爱”，“尽管你不喜欢，还要干好”。

其实，现在校园里需要练习政治修辞的，不仅是头衔带“长”的，老师上课或作个学术讲座，也差不多在办“百家讲坛”。踏上讲台第一个感觉，进了录音笔和手机电脑乃至摄像头的包围圈。接下来的一切，我的每一句话，每一个表情，都会记录在案，随时上网发布——跟坐在电视台演播室里没什么两样，只缺化妆师涂涂抹抹了。曾经考虑，是否允许录音录像，因为从知识产权、肖像权或隐私权的角度看，数码技术的进步，已使法律保护与制裁形同虚设。但观察下来，似乎好些人读书已经离不开录音笔；再有就是受同学委托录音，不仅可归于（民法上)“善意”的复制和使用,更是充满了求知欲的“敬意”。所以就“师随生便”了,只是要求别放网上去。主要原因倒也不是著作权,而是讲课内容(史料案例、前人论说除外)往往是思考中的前沿理论问题,课上讨论辩驳,可以“教学相长”;公之于众,则多有未成熟处,文字亦不准确,容易引起误会。将来厘清头绪,成文发表,才算对读者负责。

同样,学生的言论自由和隐私权益也是一个难题。倘若教室成了演播室,同学发言或表现被一一记录,未经本人许可传到网上,那课堂讨论便很受影响了。提问回答都得当心,例如避开一些敏感话题,或者任何可能得罪人的说法。因而最稳当的策略是随大流,开两句轻松调皮但“政治正确”的玩笑,人人学做节目主持人。长此以往,我们的上课和讲座,会越来越像肤浅的表演,像娱乐片。严肃的问学,自由的思想交锋,只好去课下另寻机会了。

S君:

多谢祝福。

“山寨”这词儿好,出处查着了,谢谢。后发资本主义全倚仗它,不是拖后腿,是竞争优势呐。咱们大学里许多做法不也是山寨?原版叫“国际一流”,读作“美国”。有趣的是,支撑起这庞大的山寨教育产业的,却是极具中国特色的应试教育,不啻“美”中合璧,举世无双。

山寨版“美国式”的教学评估与科研体制,并非一无是处。人总得有点压力和竞争,才出得了活;大学老师亦不例外。但有一关键的程序忘了山寨,那就是所谓“核心期刊”。核心期刊本是图书馆为方便管理分配预算,搞的一种目录分类。现在拿来衡量学术,当硬指标,就荒唐了。一些院校甚至要求在读博士生,必须在本专业核心期刊发表论文若干。核心期刊,比如法学,一共只十来份,据说还分为几档,比照刊物主办方的行政级别。结果迫使不少研究生同青年教师给编辑送钱,买版面求生存,俗称"逼良为娼"。大势如此,我有些好奇,迟迟不见山寨版的《中国社会科学》或《法学研究》,什么道理?如今可是山寨经济,且不说手机手表方便面的 GDP 贡献,便是奥运圣火、"百家讲坛"、《还珠格格》跟春节晚会,也都有"雷人"无数的山寨版(参见百度百科"山寨"条)。全国这么多大学、科研单位需要山寨学刊,呵呵,那是多大的市场!

也许指日可待了,若满足两项条件。其一问题不大:提交审阅的论文,到了委员会那里,按照惯例(包括录用新人评定职称),没人会费心细读。换言之,山寨版抽印本只消封面、目录、标题、摘要等做得像样一点,便能过关,绝对不比假药假酒的装潢或防伪标志的仿造难度更高。其二,是美国开始的潮流,理工科、医科乃至社科期刊,很多已经取消纸版,只出网络版。国内学刊迟早得跟风。学刊一旦网络化,山寨的成本就更低了;通过自由竞争,在市场上取代正版核心期刊,成为中国学界绝大多数论文,包括"国际一流"论文的首发渠道,也不是不可能。等到那一天,大学请谁来致辞,庆祝学术的一场小胜?

兔年大吉,万事如意。

二位如面:

说得好,我的理论你们别全信。

政治修辞最可见出一个人的素养,诚如苏力所言。昨日积雪封路,在家整理收到的书报。《读书》去年十月号载周有光老人访谈，挺有意思。记者说，国家领导人“多次在公开场合”发问，“中国为什么出不了大师”，原因何在？周老答：这问题早在唐代，韩愈已答复了。“世有伯乐，然后有千里马。千里马常有，而伯乐不常有”——是因为人不懂马，不在乎伯乐的事业啊——“策之不以其道，食之不能尽其材，鸣之而不能通其意，执策而临之，曰：天下无马！呜呼，其真无马邪？其真不知马也！”

周老还说，“大学去行政化”的口号不对。教学科研哪儿不要高效的行政服务？应该去的是官僚化体制。为此，他曾致信教育部长，提两点建议：从大学做起，学术自由；取消小学生的“无效劳动”（繁重功课）。“不过我的朋友说，教育部长做不到的，他没有那么大的权力，因为中国的教育错误不是教育部的事情”（页 23—24）。你们看，一针见血挑明问题的实质，又十分温婉；借古人名文和朋友忠告，以百五老人的崇高声望，点到为止，反而比长篇大论更能服人。

“信言不美，美言不信”，这话本身是否属于美言（妙用修辞，对称悦耳等），而未免落入“美言不信”的悖论？我想，可归于经验性常识罢，或反常识的常识。因常人的愿望和习惯，是信美言，美信言的。然而，漂亮话太多，口若悬河，不一定令人信服。春秋末，邓析（公元前 545—公元前 501）编竹刑，善讼辩，今人比作中国律师的鼻祖。古人却说他“操两可之说，设无穷之词”，“以非为是，以是为非，是非无度，而可与不可日变”。显然，修辞论辩之术的盛行，引起了人们的警觉。同理，普通法实行对抗式诉讼和陪审团制度，法庭辩论极讲究技巧，故而英美人贬损律师的笑话也特多，正是对美言有戒备的表现。

另一方面，在发达的文学传统里，“信言”朴素可以是修辞风格高度成熟的标记，例如《圣经》的许多篇章。圣奥古斯丁（354—430）尝言：经文“不是骄傲者所能体味，也不是孩子们所能领会的，入门时觉得隘陋，越朝前越觉得高深，而且四面垂着奥妙的帷幕……当时我以为这部书和西塞罗的典雅文笔相较，真是瞠乎其后。我的傲气藐视《圣经》的质朴，我的目光看不透它的深文奥义”（《忏悔录》卷三章五，周士良译本）。这段话颇有西塞罗的遗风——圣人读的是拉丁语《圣经》，故可与古罗马修辞家作此对比——有时候，认识“质朴”，表达崇信，恰恰要求助美言。

如此，若想超越“信言不美”，成为经验性常识的“例外”，首先取决于读者/听众对作品风格的认同。法国18世纪博物学家布封伯爵说，“风格即人”（le style, c'est l'homme meme），意为修辞技巧必与作者的人格统一，前者乃后者之体现。放在大学致辞的语境，便是体现先前同学回复赞赏了的，那又美又可信的品质：真诚。“真”是学术追求，“诚”则是伦理实践。那些八股教条、官腔、口号，原本也多属美言，信众广大；抽象地说，甚而今天仍是真理。只是未能化作实践，变得虚假、油滑、哗众取宠而烦人了。苏力的致辞，实际是在一个普遍堕落的社会关系场域即大学里，展示了一种截然不同（但也不直接对抗）的职业伦理与理想人格。他的“贴心”抒情的“政治修辞”，只是那伦理人格的风格化的呈现。而那风格，无非是他对莘莘学子，对北大，对中国法律教育同法学的热爱、忠诚、不计回报的奉献的自然流露。同样的语句，如“你听见阳光的碰撞”，“渴望多汁的人生”，“你柔软地想起这个校园”，“让我的失败为这个民族的成功奠基”，等等，假使放在别人口中，恐怕就会变味,一点也不美,不可信了。

苏力:

谢谢问候。

抱歉文章拖到现在。大作读毕,感想良多。前两天同学生交流,收集了一些声音,也有故事。慢慢串起来,讨论几个问题。附上,一哂,请提意见。

此间雪暴不断,路边的雪墙比人还高。今日初霁,长空澄碧,如上帝脚下新铺一条蓝宝石大道(《出埃及记》24:10)。

新春愉快,阖府安康。

二零一一年春节于铁盆斋

自 序

2001年至2010年间，我担任了北大法学院院长，也就必须出席否则不会或不愿出席的大大小小的会议，常常还须发言、讲话，以院长身份。这也是一份职责。

而职责就是，用我2010年欢送毕业生的话来说，做什么，不是因为喜欢，而是尽管不喜欢；还要干好。不是绝对意义上的好，只是在现有条件下务实推进，有所坚持，有所创造，有所改进。这包括说话。即使院长身份，也拒绝官话、套话、空话、大话；力求言之有物，言之成理，拒绝真理的诱惑，拒绝公共知识分子"公共益多、知识益少"（波斯纳语）的通病；面对学生、老师或其他受众，坦诚交流自己对一些事情的观察、思考、感受和经验，既不强求，也不迎合。

决心总是比践行容易。这首先要负责任地思考，认真对待自己在每个公众场合的发言。即使非常仪式化的场合，即使高度单一甚至重复的话题，也力求通过自己的眼光和创造力来避免或减少无意义的重复。这是教育者和学人的大职。没有自己的理解和发现，只是真诚地重复，哪怕是普遍真理或普世价值，那也只是信徒，而不是学人。

还不能仅仅是学人,院长有教育者和学术教育机构领导者的责任。不只是表达个人的专业学术观点,他必须有相对开阔的政治、社会和学术视野;不能局限于专业和职业,他要尽可能从其他角度关注一些看似熟悉的人和事,研究因种种原因未获得足够关注的一些比较重大的问题,重新理解那些理解过了似乎已有定论的问题。所有这些追求最终必须附着于有效的表达,针对特定受众,让人听懂,听进去,给人哪怕是些许启发或感触。否则,就不是交流,而是自说自话。

这也是履行学术领导责任。创造学术氛围,争取学术尊严,这也是其中之一。反对大学行政化、官僚化,其实不全是甚至主要不是政府或别人的事;最简单的,就是从自己做起,从日常说话办事做起,力求把每一天的日常、每一项常规活动都变成思考甚至研究的对象。否则就是推卸责任,正确的追求就成了口号或姿态,变成用作媚俗的另一个道德高地。崔永元是通过自己的说话,而不是通过号召,改变了当代中国电视主持人的腔调;王朔和冯小刚在各自行当中也是如此。

即使是说话,长期努力,也会超越“解释世界”,异化为“改造世界”。副产品就是这本小书。

第一编汇集了这些年来我在北大法学院的新生和毕业致辞。这些致辞本来只是在本校网站张贴的,后来为一些网站或博客转帖,流传颇广,甚至有假冒;有些也曾为一些报刊、杂志转载。事后来看,致辞中触及的一些问题或某些议论,哪怕不对,其意义也越出了致辞的具体时空。

第二编是个选编,挑选了我在其他一些场合,包括在一些兄弟法学院院庆典礼上的致辞和讲话(包括节选);只有少数曾发表或在网络流传。除了多少得有点实在内容外，选编时，我还考虑到讲话的类型，甚至收了一篇介绍词。我想以此表明，由近及远，从小看大，个人的思考和表达空间总是存在的，别总是抱怨“风气”。

对这些文字，我基本保留了原样，只做了一些编辑性文字修改。时过境迁，为方便读者，我加了些也许多余的脚注。

在这个过程中，我逐渐悟到了另外一些道理，有关修辞学，有关公众场合的有效交流和表达。基于这些经验和感悟，加之时断时续、不多的阅读和思考，三年前，我写了“大学里的致辞”。这次修改，围绕两个主题，改成两篇，构成本书的第三编。我试图勾连修辞学与法学，也希望能从另一个视角审视之前的致辞，不光是文本，还有实践。为此目的，还选了三篇我认为比较好、类型不同的致辞类文字，作为附录。

任何雄心或努力，回头看，都有遗憾。这是所有人的悲剧，但也因此是正剧。

我将此书献给北大法学院的毕业生和同学们，因为你们，我有了责任、热情和坚持。书名则来自一篇致辞的题目；不仅法学院、北大乃至中国是我们共同的走不出的风景，而且我们各自也成了对方的风景——尽管，如本书题记，境中人（当时）看不到自己的风景。

苏　力

2011年1月31日于北大法学院科研楼

想起校园

你我都如流水

2001 年毕业致辞
2001/6/7

同学们，老师们，下午好！

今天下午，我们在这里集会，欢送即将毕业的 2001 届北大法学院毕业生。他们将远行；他们把青春中最美丽的一段时光留给了北大，留给了我们的北大法学院；北大、法学院因他们而美丽、年轻。让我们祝福他们，也感谢他们。

我当过军人。进军营第一天，我就被告知，“铁打的营盘流水的兵”，我不过是那流过军营的潺潺之水。而今天我才突然感到，其实北大、我们的法学院也是如此，一年年迎来送往，“子在川上曰：逝者如斯夫？”

在告别之际，说这样的话，也许有点伤感，尤其是你们这些即将远行的人，尤其是你们这些年轻人，尤其是你们这些因依赖符号为生而更为敏感的年轻人。但如果想开一点，其实我们这些在此继续安营扎寨的学生和教员，对于北大来说，对于这个世界来说，都不过是那一线流水。

流水是我们分享的命运；我们都将远去，留下的只是这个北大，这片山河。

“北大是常为新的”，鲁迅先生说。其实北大更是常青的，常青就因为有你们和我们这些流水。你我把青春留在了这里，把青春的欢乐和痛苦都留在了这里，把一些浅薄的深刻和一些深刻的浅薄留在了这里，我想，还有一些同学把自己的初恋永远掷进了未名湖。一些梦想消失了，却获得了另一些梦想。正是青春和这些青春伴侣养育了北大的常新和常青。

流水向何方？在江河湖海？在大洋彼岸？在高天流云？但不会忘记的，我相信你们，不会忘记曾让你欣喜若狂也曾让你焦躁不安、让你由衷赞美甚或也曾让你愤愤诅咒过的北大和北大法学院。这里有你永远不再归来的青春！北大就是你这一切的标识，北大法学院就是你这一切的象征。而这，就足够了！

祝你们平安，祝你们幸福，祝你们成功！谢谢。

迎接挑战

2001年迎新致辞

2001/9/7

2001年入学的各位同学,你们好!欢迎你们来到你我心中中国最好的高等学府——北京大学,你我心中中国最好的法学院——北京大学法学院。

这一刻,对于我们这些久呆北大法学院的教员来说,可以说是司空见惯;但对于你们,特别是对于第一次踏进北京大学的同学来说,我相信,这将是你们人生最重要的时刻之一。在这一刻,我不可能说很多;只想对大家说,特别是对本科生同学说,要准备迎接挑战。

所谓挑战,也许你们首先会想到学习。其实我最不担心的就是你们的学习。你们都是我们"众里寻他千百度"挑出来的。我相信你们完全有智识能力,应对一切学习上的困难。当然学习不仅仅是听课、读书。其实我们这些老师能教给你们的不会很多,更多的要靠你们从综合性大学的北大校园中学习,你们相互学习,在中国迅速变革的社会中学习。而且,大学学习与中学学习很不一样,知识的记忆不是最主要的,最主要的是培养学习能力,能够举一反三、触类旁通,能够综合运用。这些都要求你们有所变化。但是,我相信,对于你们来说,一系列更重要的挑战是在学习之外。

首先，你们要学会接受失败。你们每个人，至少绝大多数，一直是当地各校的佼佼者；是独生子女，在中小学和家庭受到种种特别的关怀和照顾。来到北大法学院，更可能令你们意气风发、春风得意。在这个意义上，你们是天之骄子；你们身上承担着沉重的社会期待和自我期待。然而，在北大，你们会发现，什么才是"群贤毕至，少长咸集"，什么是"各庄的地道都有许多高招儿"。[1] 一个不起眼的同学都可能在某个方面比你优越。我敢保证，你们当中，许多人将在北大迎来对自己能力和期待的第一次反思。除一个人外，你们不可能都总成绩全班第一；甚至不大可能指望自己某门课获得全班第一，更不可能在学习之外其他所有方面都全班第一。

挫折不仅来自学习，还会来自生活以及其他方面。你们必须从现在起调整自己的心态，准备接受这一切，甚至准备接受"失败"，学会如何坦然面对这种"失败"。

我给失败打了引号，因为失败是相对的，相对于你的目标，更相对于作为你失败参照系的他人。这里隐含着你们的第二个挑战，就是要学会在竞争中、在市场上——实际就是在一个小集体中乃至在更大的社会中——把握和发展自己。不仅要发挥自己的比较优势，有所为，有所不为；而且要学会在竞争中合作，向其他同学学习。我特别强调培养团队精神。

我不是在一般道德层面讲什么集体主义精神，不是谈论传统的"做人"的道理。我是在中国市场经济和现代社会转型的

---

〔1〕 国产电影《地道战》(1965)中的对白。

条件下讲这一点的。现代社会是竞争的,但也是互补的,不仅世界各地的贸易正在构成一个财富整体,而且每个人的知识和能力有限,任何人都不可能在绝对意义上“全面”发展。这也就界定了,同时也注定了我们每个人在这个市场中、这个世界中的位置。我们不是传统的农民,从播种到收获,单枪匹马。如果想有所成就,至少很多时候,我们必须摈弃那种个人单干、独往独来的行为方式和观念;在现代社会,我们更像流水装配线上的工人,用各自的知识和能力共同创造着社会需要的产品。我们必须学会在团队中生活。这意味着要学会竞争,也要学会合作,要学会领导,也要学会服从,否则我们就不可能成为一个现代法律职业人。

提到了法律职业者,因此第三个挑战就是这一职业的,包括学术的,责任和纪律。中国的市场经济正改变着中国社会,法律正日益职业化,中国的法学也面临着巨大转型。从事法律不同于从事哲学、文学等传统的人文学科,也不同于一般的科学和学术的研究。作为职业学科的法学,它不仅需要聪明、机灵,还需要职业的道德、责任和纪律;哪怕学术研究也有一系列规范与纪律,必须遵守。

现代的法治,因此,不仅仅是打官司,不仅仅是依法治国,它还渗透到我们日常学习、生活,是一种新的生活方式,一种新的社会组织方式。先前,我们社会,你的家庭和学校教育,我敢肯定,很少,甚至不曾,有时也不大可能给予你们这类训练,至少不足以迎接市场和未来的挑战。你们可能就得从这所大学开始这种教育和训练:把学术自由同学术传统、职业纪律连接起来,把思想自由同学术规范和职业责任统一起来;不仅要学会像法律人那样思考，而且要初步地学会像法律人那样行为。其中最重要的，也许是要学会对自己的选择和行为特别是选择的后果负责。这一挑战是你的现代社会角色对你的挑战，是法律人职业对你们的挑战。必须理解，在今天，在市场竞争中，在一个现代社会，你们已经是成人；这里说的成人，不是生理意义上的，不只是政治法律意义的，而且是社会意义的，要勇于和坦然承担起自己行为的后果，因为没有谁会而且也不可能有谁能替你们承担。

同学们，法律是一个世俗但不庸俗的事业，法学是一门因其高度务实才有了点神圣意味的学问。无疑，它需要勤奋，需要理想，也需要天分，但最需要的是对中国社会的理解，对法学传统以及其他学科传统的理解和实践。在这一过程中，你们会有失望，会有痛苦，会有困惑，甚至会有眼泪。但这就是生活。法学院会给你许多；但不要幻想，三年或四年的法学院生活就能给予你作为成功法律人的一切。法学院给你更多的将是一个个挑战。我希望，并且相信，四年或三年以后，当你们离开北大法学院时，你们会说，我已经准备好了，有能力迎接社会和生活的任何挑战！

祝同学们在北大法学院成功、愉快和幸福。谢谢大家。

你们不再提问了

2002年本科生毕业致辞
2002/7/17

这些天，法学院的楼道很热闹。即将毕业的同学兴高采烈，穿着毕业服，来往穿梭，合影留念。弄得我也是意乱神迷，惶惶不可终日。等坐到计算机旁敲打这些文字时，不禁暗自嘲笑：究竟是你毕业呢？还是人家毕业？

这种日子再持续下去，我可能就什么事也没法做了。

有许多事情是不能多，也不能长的。前几天，博士生、硕士生毕业，我讲了话；今天，又要讲话。我现在才知道，如果没有秘书，当领导也不容易——如果要讲他自己的话，而且要在一些类似的场合讲一些类似的话。本想把原来那份稿子再念一遍，反正讲话对象不一样了。但一想，可不能像有些老师上课的讲稿——不管哪年，不论对谁，年年照着念。法律世界的德性，简单和统一，与生活世界的德性，复杂和细腻，还真不一样，也不能一样。

这是说笑。其实，如果不是各种条件的限制，我倒觉得研究生和本科生毕业典礼应当分开。对本科生特别优待一点，是有道理的。进燕园的时候，不管是否愿意承认，你们都确实还是孩子；从十八岁到二十二岁，你们把最美好、灿烂的四年时光留给了北大。我们有责任让你们快快活活走进北大,让你们高高兴兴走出北大。

我还有更长远的想法。在国外时,我了解到,一个学校的校友募捐,最主要来自本科毕业生,因为似乎只有本科生活才真给人以身份归属感。我们现在多给你一点优待,40 年后,法学院该会有更多的回报(苏力是多么贪财和狡猾!现在就算计起你们 40 年后的钱了!)。当然,早一点也行。

而且,就你们这届本科毕业生而言,我们也很有缘分。将近四年前,我每周都有一天早起,匆匆赶到昌平园区给你们上课。虽然许多人和名字对不上号,更多人,甚至连名字也忘了,但我还记得:

期末考试时,我看到一份考卷,字迹娟秀,论证细致,说理挺充分。我给了全班的最高分,并记住了他的名字——章永乐。听说章永乐马上去加州大学洛杉矶分校学习去了。上次看到他,穿着一件就因印了几个字、就称作文化衫的老头衫;衣服太大,空荡荡的,让人觉得那里面不是章永乐,而是一根竹竿。

我还记得法理课代表,好像是贵州来的,一位有点胖乎乎的漂亮小姑娘,学习、工作都很认真,字也写得漂亮,大气,与章永乐的字相反。记得期中考试,她好像是得了 85 分,成绩不是最高,心里就有点难受。我不知说什么,只好装作不知道,混过去了。后来在楼道碰到过一两次,记得脸型,记得姓刘,名字是方什么,或什么方,因此我一下子就侵犯了两个人的名誉权,擅自把她改名为刘方誉;好在她不是齐玉伶,刘方誉也不知道,因此直到现在还没麻烦最高人民法院。直到照毕业照时,见到她，总算叫对了名字；而且发现她不再胖乎乎了，而是修长挺拔的，楚楚动人。对了，她的名字叫刘诗芳。

哦，还有张锐，也是一根竹竿——只是更长一点，头上顶着一个与我们改革开放总设计师同名的头型。课间休息，他和一些同学，总围着我提问；我也就有了更多机会展示自己的羽毛。再见时，是在院务办公室；记得是让他起草一份发往香港的唁电。他写了一篇很好的香港、台湾流行的那种公文唁电，半文半白，令我刮目相看。想来，几年来一定读了不少王泽鉴、史尚宽。只是，不再提问了。

是的，你们不再提问了。不再提问，因为我的课已经结束。不再提问，因为你们忙起来了，熟悉北大老师的套路了，已经能从容应付各种考试了。

不再提问，因为你们也许正忙着考 TOEFL、GRE；忙着准备律考；忙着计算机和计算机游戏；忙着从网上下载《大话西游》或《我的野蛮女友》或《蓝色生死恋》或《电视流氓自己的故事》。

但我想，你们不再提问了，也许是你们接触了更多的课程，遇到了更好的老师，有了更宽阔的视野了；你们不再迷信老师了；你们已经懂得，许多问题其实没有唯一正确的答案，同时，也有了你们的判断，你们的兴趣和趣味了；以及，最重要的，也许是你们懂得了如何独立学习，懂得了如何寻找自己学习的、生活的、工作的以及人生的答案。

也许因此，你们这一届毕业生，继续在北大的，无论是保研，还是考研，没有一个报法理专业的。作为法理老师，这令我失落和疑惑，不知道这是我的失败，还是成功。也许因为你们成功了,才让我感到自己的失败;但果真如此,我以及我们的法学院又能算失败吗?!

你们不再提问了。但这也就到了你们毕业的时候了。

如今社会上流行“爱心”这个词。动词名词化,是20世纪中国语言的一个重大变化。这意味着社会现象包括人的主观感受的客观化,背后也许是社会科学的发展,因为社会科学需要稳定、客观的研究对象。

但这种语言变化也有很多副作用。我想,当面对自己的女友或男友信誓旦旦时,你们不会说“我心中充满对你的爱心”之类的混账话。这样的句子别扭、拗口,甚至荒谬,或很周星驰。这种主观客观化、动词名词化令语言失去了那种朴素、直率和撞击心灵的美。

我不喜欢“爱心”的说法。我固守传统的、主观的动词表达。在你们临别之际,我只说:我爱你们。

是的,我爱你们,没有修饰和限定。

“如果一定要给这份承诺加一个期限,我希望是——一万年”。〔1〕

〔1〕 香港电影《大话西游之月光宝盒》(1994)中至尊宝的对白。

珍重自己

2002年研究生毕业致辞

2002/7/9

在三年或四年勤奋,或不那么勤奋的(有时甚至有点偷懒的)学习之后,同学们,你们以出色或不那么出色的成绩毕业了。你们戴上了硕士或博士帽。代表北大法学院和全体教职员,我向你们表示热烈祝贺。

你们即将远航。不论在校期间,你们曾有多少抱怨,有多少不快,对我或其他老师有什么不满,都正在过去;“而那过去的事”,如普希金所言,“都会变成甜蜜的回忆”。我相信,无论你们到天涯海角,北大,北大法学院仍然会不时在你们的梦境或闲谈或周围议论中出现。你们成功时,人们会说,毕竟是北大的!平庸时,人们会说,还是北大的!而失败或丢脸时,人们会说,看看,居然是北大的!

北大,北大法学院,已经是你们生命的一部分了,是你们无法挣脱的一部分。

但北大不能注定你们的命运。尽管你们已成为品牌的象征,随着中国市场经济的发展,品牌效应肯定会日益显赫,但无论成功或失败最终都将源自你们各自的努力。我们永远只能用欣赏的、惋惜的、感叹的目光看着你们,不可能替代你们。“你就是你,我就是我,即使你在那里苦苦挣扎,我也只能默默注视。”[1]人的相互间性注定了,也界定了我和你,界定了你们各自,永远无法抹去的个体区别。

在这临别之际,我只能告诫你们:珍重自己。

珍重自己,并不只是珍重身体;更重要的是珍重自己的才华,珍重自己才华的运用。未来的航程上,最危险的不是漩涡、暗礁、惊涛、骇浪,而是古希腊神话中塞壬女妖,她曾用迷人的歌声诱惑那些无畏且高明的水手,导致过往船只触礁沉没。这种诱惑,在当代中国社会转型期间,可能尤为突出。社会旧有的控制体系在一定程度上已功能失调,以法治为中心的现代社会控制体系则尚未竣工,在此期间,种种诱惑可能驱动你运用才智,以各种名义,甚至以法治的名义,干一些不道德的事、违法的事、龌龊的事、卑鄙的事;甚至做了,还可能不被抓到,不受惩罚,仅仅因为你有超过常人的聪明和才智。

但我必须提醒,有许多事,如果你的良心不能认同,就一定不能做,一定不要做。也许你会得逞于一时或一事,但这个社会正在变化,法治会越来越细密严格;而法治不仅会给你更多的自由和权利,也可能剥夺你另外一些所谓的自由或权利——如果这些自由触犯了他人自由的话。说不定哪天,你会面临一次无法挽回的失败,收获一个终身的耻辱;就算逃脱了,你的良心也可能终身追逐你——假如你还有良心的话。俗话说,不是不报,时辰未到。

你们聪明智慧。但一定要知道,聪明才智本身不能保证聪

---

〔1〕 据说是日本歌手冈林信康一首歌的歌词,转引自,张承志:《北方的河》(《十月》,1984年1期)。张的原文是“我就是我,我不能变成你,就连你在那儿独自苦斗,我也只能默默地注视”。

明才智的正当运用;干成坏事的,其实更多是聪明人。聪明才智也许可以保证你未来富贵荣华,却未必能保证你未来坦然幸福,更不能保证我们为你骄傲,母校和祖国为你骄傲,你的父母家人为你骄傲。

我们当中没有谁愿意成为成克杰、胡长清、慕绥新。[2] 但千万不要以为你我与这些共和国不齿的人、这些被钉上历史耻辱柱的人之间有什么不可逾越的、截然分明的界限。其实,都是人,你我与他们的差别也许仅仅在于人生某一步以及后来的某几步。不错,每个人的一生都是自己创造的,但创造并不意味着就会成为英雄;其实,赖昌星也会认为自己是在创造。

同学们!在这个时候,院长说这样的话,也许有点不合时宜;但我不仅仅是作为院长,更是作为老师,甚至是作为兄长说这些话的,并且特意选择了这个场合,这个时刻,只希望这些话给你们留下更深的印象。大家记得《三国演义》中对袁绍的评价吗——"见小利而忘命,干大事而惜身"。我不希望你们成为袁绍。

你们即将扬帆远航了!记住,珍重自己;这就是珍重北大,就是珍重北大法学院。愿你们"乘长风破万里浪"!

[2] 这三人均为因贪腐而受到严惩的政府高官。

发现你的热爱

2002年迎新致辞

2002/9/3

2002年新入学的同学们，特别是本科生同学，欢迎你们，欢迎你们来到北大，欢迎你们加入北大法学院这个大家庭！

我想同学们，特别是第一次进入北大校园的同学，尤其是那些第一次远离家门的本科同学，一定很兴奋。我们也为你们兴奋。

但生活，总体而言，是朴素的，因此是平凡的。当兴奋期过去之后，你会发现即使北大的生活也不像想象的那么令人激动，至少不总是令人亢奋。公寓宿舍有种种不便；要早起去教室或图书馆占座；有些课程、甚至一些原来看上去很好的课程也很乏味；大名鼎鼎的教授也很平常；满怀热情提出的某些建议久久没有回音；原先在家、在学校可能是，或者是在这次高考或考研中成了，大家关注的中心，现在自己却湮灭在一个群体中，失落了许多自信和骄傲，却凭添了不少烦恼；考试成绩不很理想甚至很不理想；许多同学可能太忙，注意不到你的麻烦和困扰；有些导师很忙，外出太多，甚至一个学期也见不到几次面；入校前暗下的决心很快就忘了——你可能不再早起到未名湖畔读英语了；冬天就要到了，在温暖的被窝里多赖一会，感觉真好，而一觉醒来，却该吃午饭了……

不是调侃,这么说是因为我就是这么过来的;我的许多同事也有过类似的经历。生活注定会溶化许多激情、理想、决心和追求,甚至会使生活变成仅仅是"活着"。引一段我喜欢的学者的话:"人是这样一种动物,他可以想象成功的生活,却不能触到它;可以想象永久的幸福,却知道自己会死亡;可以想象一个更美好的世界,但知道,在自己有生之年,有改善,也微乎其微;可以想象轻松的生活,当下过的,却磕磕碰碰。……人,意愿无限,干起事来却总受限制;愿望无边,行动却要接受界线的奴役。"[1]

我们必须学会接受生活,同时创造生活;因为朴素不必定单调,平凡也未必平庸。

前些天,北大山鹰社的五位同学攀登希夏邦马峰西峰时不幸遇难。当缅怀这些校友时,我们必须想一下,他们为什么选择这样的行动,为什么不愿安静呆在北大的美丽校园中,几年之后,做个高级"白领"——北大的金字招牌和他们的聪明足以保证他们生活安逸和闲适。难道仅仅是好奇吗?仅仅想浏览祖国的壮丽山河?仅仅因为"外面的世界很精彩"?

我们永远不可能追问他们了。我想,他们"不安分"是因为他们有颗躁动的灵魂,一种创造自己和超越自己的渴望。

我不是赞同或鼓励大家去登山,去冒险,去寻求刺激。我甚至必须告诫大家注意安全,为了自己,也为了你们的家人和好友,为了你们和我们未来的事业。但"人是要有一点精神

---

〔1〕 Richard A. Posner, *Law and Literature*, rev. and enlarged ed., Harvard University Press, 1998, p. 89.

的"(毛泽东语)。[2] 作为北大人,作为21世纪的中国知识人,为了我们民族的复兴,我们必须有一颗拒绝平庸、勇于创新的心。

勇于创新首先是要从平凡甚至平淡的生活中感受和发现你的生活,能够进入一个学术传统,并在这个传统中做出你的贡献。当然首先是学习,尤其对本科生;但大学学习与高中学习显著不同,在这里学习主要不是记忆,不是背诵,不是复述,最重要的是学会发现和研究问题,学会理解和想象,进而才可能创新。而知识创新是我们时代的要求,也是你们未来成功的保证。

我希望本科同学不要过早认定专业,早早就准备在某棵树上"吊死"。要充分利用北大优越的环境多学习,多了解;不仅是法律,而且有其他;不仅是理论,而且有常识;不仅是书本,而且有社会;不仅是别人,而且有自己。在学习上,要多一点"个人主义",努力发现并追求自己学术和职业兴趣的真正所在。别跟我说,你已经选择了法律;在信息不充分的条件下,很难说是你作出了这一"选择",还是听从了别人为你的选择,或是跟随了"时代的选择"。

我希望研究生同学努力自学并善于与同学交流,进入学术传统,同时把自己的观察和思考带进这个传统。千万不要指望导师——哪怕是名师——会教给你什么成功秘诀。真正的学习动力,值得研究的题目以及成功从来都来自你自身,来自对

〔2〕 毛泽东:"艰苦奋斗是我们的政治本色",《毛泽东文集》卷7,人民出版社,1999年,页162。

自身能力的发现,来自对自身的恰当社会定位;导师在某种程度上只是一个辅助,更多只是你走出校门时贴上的一个"商标"。

也因此,我不要求大家"刻苦"学习,只希望你们发现自己的热爱,热爱才是主动学习和知识创新的真正来源。"刻苦"学习的人往往不是因为他懂得刻苦,最主要是因为他从没有感到学习苦。"刻苦"从来都是局外人对"刻苦者"的行为概括,而不是"刻苦者"的自我感受。

如果在北大几年间能够找到这种感受,那么,也许你日记中的生活是平淡的,也许你在人们的记忆中是平淡的,但你的内心、你心目中的世界,每一天都是鲜亮的。你将愉快和幸福。

祝大家在法学院的三年或四年里愉快、幸福!

社会不会等待你成长

2003 年毕业致辞

2003/7/2

前几天，红四楼网上招生答问，潘思源同学也在。结束后，走过未名湖，我问，快毕业了，有什么感慨？阳光下，未名湖漾漾碧水，光影绰约，她幽幽地说了一句，“过好大学生活的尾巴”。

在这欢庆你们毕业、欢送一些同学走出校园的场合，我说两句话，加入你们大学生活的尾巴。

第一句更多说给马上走向工作岗位的同学，一句大实话：社会和学校很不一样。在校园，个人努力起作用，但作用更大的其实是天分。老师不要求你们的物质回报；只要你考试成绩好，人格没有大毛病，基本就会获得老师的欢心，获得以分数表现的奖励。在这个意义上，大学基本是“贤人政治”或“精英政治”的环境，更像家庭；评价体系基本由老师定，以中央集权的方式，奖励你的智力。社会很不同。社会更多是世俗的利益交换场所，是市场，搞的是“平民政治”；评价标准主要不是你的智力高下（尽管聪明和智慧仍可能帮助你），而是你能否拿出什么别人想要的；这个标准不是中心——老师——确定的，而是分散——由众多消费者——确定的。

因此，尽管定价178元，不到10天，3000册英文版《哈利波特与凤凰令》在北京新华书店已经脱销；而许多学者的著作一辈子也卖不出这么多，甚至只能“养在深闺人未识”。也因此，有了“傻子瓜子”年广九，有了“搞导弹的不如卖茶叶蛋的”，有了IT产业中的辍学生现象——大家还记得据说是甲骨文公司首席执行官埃里森2000年在耶鲁大学毕业典礼上的讲话吗？[1] 这种“脑体倒挂”，不完美，但也恰恰表明了市场的标准，人类的局限——你甭指望通过教育或其他，把消费者都变成钱钟书或纳什。[2] 同学们千万不要把自己16年来习惯的校园标准原封不动地带进社会，否则你会发现“楚材晋不用”，只能像李白那样自我安慰，“天生我材必有用”；甚至更极端，成为一个与社会、与市场格格不入的人。

尽管社会和市场的手看不见，它讲的却都是看得见摸得着的。它不讲人才期货，讲，也是将之折算为现货。你可以批评它短视，但它通常还是不会，而且没有义务，等待你成长和成熟。它把每个进入社会的人都视作平等，不考虑你刚毕业，没

---

〔1〕 据称这是——其实不是——甲骨文公司CEO埃里森（Larry Ellison）在耶鲁大学毕业典礼上的讲话，以“埃里森对毕业生说：输家才要文凭——甲骨文老总敦促学生辍学，重新开始”为题首先发表于 http://www.satirewire.com/news/0006/satire-ellison.shtml。以拉里·埃里森——所谓的该文作者，比尔·盖茨，保罗·艾伦，以及迈克尔·戴尔等当今世界顶尖巨富均为辍学生的事实为例，该文激励学生不要因循守旧，要不畏风险，勇于创新和创造。此文有中译本在网上广泛传播。支持该文观点但该文没提及的苹果公司总裁史蒂夫·乔布斯以及不可能提及的2004年创造“脸谱”的当今世界最年轻的顶尖巨富马克·扎克伯格居然都是辍学生。

〔2〕 约翰·纳什（John F. Nash，1928-），普林斯顿大学教授。由于他与另外两位数学家在非合作博弈的均衡分析理论方面做出了开创性的贡献，对博弈论和经济学产生了重大影响，而获得1994年诺贝尔经济奖。有以纳什为原型的电影《美丽心灵》。

经验。如果失去了一次机会,你就失去了;不像学校,会让你补考,或者向老师求情,改个分数。"北大学生有潜力、有后劲"。别人这样说,行;你们则千万别说,也别相信。这种说法其实不是安慰,在某种程度上,它说的就是,你不行,至少现在不行。如果有什么素质,有什么潜力,有什么后劲,你都给我拿出来,就给我变成实打实的东西——也许是一份合同草案,也许是一次成功诉讼。

这一点对于文科生尤其重要。理工科学生几乎从一入学就被迫务实,就是一次次实验、一道道习题,就是一个毕业设计,几乎没有谁幻想自己成为牛顿、达尔文或爱因斯坦;即使成名了,也就是他或她自己。文科学生,大学四年,往往一直漫步于历史上最激动人心的事件,同古今中外的大师会谈;知道了苏格拉底审判,知道了"马伯利诉麦迪逊",知道了"大宪章";还可以评点孔、孟、老、庄,议论柏拉图、亚里士多德,甚至"舍我其谁也"。大学的文科教育往往令许多人从骨子里喜欢那种激动人心的时刻和时代,甚至使人膨胀。但这不是,也不可能是,绝大多数人的生活,只是学院中想象的生活。我们每个人都生活在,也只能生活在,日常的琐细之中。

第二句话,要安分守己,这是对每个同学说的。这句话,对于我们这个时代,也许过时了;但对你们,可能还不过时。我从没担心北大毕业生没有理想,或不够远大;却总是更多担心,你们能否从容坦然面对平凡的生活,特别当年轻时的理想变得日益遥远、模糊和暗淡的时候,也因为,我要说,几乎——如果不是全部的话——每个雄心勃勃者都注定不可能完全实现自己的理想。

我当然希望而且相信，你们当中涌现出杰出的政治家、企业家、法律家、学问家；但只可能是少数。多了就挤不下了，多了就不值钱了——边际效用总是递减的。无论在世俗眼光中，还是在自我评价中，绝大多数人都必定不那么成功。但是，成功不必定同幸福联系，所谓的不成功也未必等于不幸福。因此，在离开校园之际，你们不仅要树立自己的雄心，更必须界定自己的成功。

就让我告诉你们一个人吧，也许当年就是他把你们当中的谁招进了北大，一个本来会也应当出现在这一场合却不再可能的人。当年他曾以全班第一名毕业于这个法学院，毕业留校后，长期做学生工作、党团工作、行政工作。在北大这样一个学者成堆的地方，他的工作注定了只是配角，而且永远不可能令所有人满意，乃至有人怀疑当年留校做行政是不是因为他的成绩不行。但他安分：勤勤恳恳在这个平凡岗位为我们和你们服务；他守己：恪守着学生时代选择和追求的生活理想——直到他外出招生，不幸殉职。

他不是学者，自然谈不上著名；他没有留下学术著作，留下的，在他的笔记本电脑中，是诸多报告和决定，有关招生，有关法学院大楼，有关保研的或处分考试作弊的学生；他每年都出现在“十佳教师”晚会上，不是在台上接过鲜花，而是在台下安排布置；他没有车子、房子，更不如他的许多同学有钱。

但当他离去之际，他的同事、同学和学生都很悲痛，包括那些受过他批评的学生。他没有成为一位被纪念的人，甚至不会被许多人长久记住，但他是一位令他的同事和学生怀念的人。这难道不是一种令人羡慕的成功？尽管有点惨烈和令人心痛！

我们的事业，中国的事业，其实靠的更多是许许多多这样的人。

安分守己并不是一个贬义词，甚至不是一个中性词；“安分”不容易，在这个时代，“守己”则更难！

看来老天注定要给你们的这个大学生活尾巴更多的色彩，更浓的情感。同学们，或者，还允许我加一个平庸的形容词——“亲爱的”。我想，哪怕是多少年过去之后，你们都一定会想起这个只属于你们的大学生活尾巴；想起“非典”这个比其本身在中国更流行的名词，那些慌乱和不安，“逃窜”和出入证，22、23、24楼〔3〕以及楼前那又一次漏不下星光的林荫路。会想起网名“飞花”的师姐，为她的疾病募捐以及向院长提的关于扶助基金的建议；会想起建武老师的突然离去，泪水中的鲜花和鲜花中的泪水，他爽朗的笑声，也许还有眼镜后他责备的目光。当然，还会想起今天的毕业典礼，此刻你周围那众多熟悉又陌生的“企鹅”，以及今晚你们年级的聚餐和狂歌……

我祝福你们！我祝福你们了！

---

〔3〕“非典”流行之际，北大校园的这几座学生楼曾用来隔离观察外地返校、可能感染“非典”的学生。

这一刻，你们是主角

2003年迎新致辞

2003/9/5

各位同学,欢迎你们——欢迎你们来到美丽的北大校园!在今后的四年或三年里,我们共属这个大家庭。你们的履历上会一直写上“北京大学法学院”这几个字,成为你们的自豪,成为你们的骄傲。

但也未必。

许多同学可能已经知道,最近有位北大校友被媒体疯狂炒作着。陆步轩[1],住在西安,因为下岗,只好转行卖肉;据说仅仅因为媒体炒作,这位校友近来生意一直特别好,每天都多卖了很多肉,收入大增;甚至有人想同他联营注册一个连锁肉店,“北大仁”,仁爱的仁。

同学们,不要将这仅仅当作一则社会新闻或笑话。想一想,如果是我,如果是你,让别人“嚼舌头”,什么感受?为什么?想想这件事意味着什么,对于你,对于我?

---

〔1〕 陆步轩,1989北京大学中文系本科毕业后分配至陕西长安县工作;失去铁“饭碗”后,他先后搞过装修,开过小商店,2000年,又开了肉店。2003年,多家媒体相继以北大毕业生长安卖肉为题报道了陆步轩的现状,引发了人们对就业观念、人才标准、社会分配等众多问题的讨论和反思。陆步轩2004年调入长安县档案馆工作,有作品《屠夫看世界》(北京十月出版社,2005年)。

是的，社会正在变化，言论应当更加自由，传媒更为发达；是的，工作无分高下。这些道理都好讲，也都对，一旦具体到某个人、某件事，却并非总是如此。而且，我还认为，当人们说工作无分高下的时候，恰恰因为在这个社会工作是有高下的，收入就不一样；即使言说者有意抵抗什么，弄不好也是在掩饰什么。至少在当代中国，同样上了报纸，下岗转业一定不如王选教授获得国家科技最高奖光荣；吆喝卖肉恐怕也不如我在此致辞风光。说真话，我们——你们——真的认为一样吗？千万不要上当，用别人塞给我们的概念生活，或生活在一个概念的世界。事实上，陆步轩还算幸运，如果不是北大的毕业生，媒体会把他当回事吗？为什么不报道张三、李四卖肉？就因为陆步轩还有北大毕业生这个社会认为较高的身份，也就因为卖肉在社会看来是一个地位较低的工作，媒体才给了他更多曝光，也给了他某种尴尬，尽管还算是令人庆幸的尴尬。

而这一切不无可能，在未来，在你我当中某个人的身上发生。考虑到前不多久媒体炒作很凶的北大教改（我自己也参与了这一“合谋”），我们必须清楚，在今天这个世界中，北大已不再仅仅是或总是你的净资产，弄不好它也会成为你的终身负担——用公司法术语来说，一种“负资产”。

因此，我要对你们说，尤其是本科同学，尽管北大的牌子从此同你相濡以沫，但未必可托付终身。北大是产生过许多名人，但不要错以为，自己进了北大也自然成了名人；这些名人与你我的成就大致无关，有关的那一点也只在概率上。我们已经身处一个个体主义的社会，一个竞争的社会，父母或家族或门第的余荫已经消散，家境贫寒的农村同学可能对此感受最深；

导师或学校的大名不过是产品的商标和商誉，往往意味着更多的责任。

这就注定了北大不仅仅是个学习书本知识的地方，千万不要以为书本中、课堂上就有制作你一生幸福的秘方。你们要“迎接挑战”，“发现你的热爱”（这都是我先前的新生讲话，也许还值得你们上网搜一下，看一看），更重要的是，要把大学校园视为一个现代化的组织机构，在这里，你要全面接受一种训练，一种现代化的训练。

你必须培养一种新型的责任感，不但要好汉（好女）做事好汉（好女）当，而且要对你的机构、你的单位、你的“老板”负责，一定不能混淆了自己的和“老板”的利益；要学会自己面对各种各样的陌生人，同喜欢或不喜欢的、行为古怪甚至居心叵测的人合作——包括某些时候的不合作，而不能按地域、学历、家庭或其他因素来选择合作者；因为喜欢“熟悉”，你必须更多面对“陌生”——这意味着持久的学习；因为在乎一个长久的成功，你必须接受众多眼前的失败——这意味着不断的风险；必须学会面对种种诱惑，仍然信守承诺、诚信做人，并且从现在——从助学贷款或遵守时间——开始培养自己的信誉；可以充满理想，但不但不能太理想化，而且要宽容像我这样的好像没什么理想的人；可以且应当从情理想事，但还要学会按原则办事；可以保持甚至坚持自己的偏好，你却必须学会用效率的眼光来考察社会和自己的选择和付出；不要指望大学老师像高中老师，不但是知识的化身，而且是真理甚或道德的楷模——其实他们只是另一种职业的知识人；必须遵守各种规则，不要指望好学生总会从老师和家长那里得到优待和特权，因为你们——至少本科生——每个人至少是本县的状元。

在这里,你会感到社会中各种知识类型的相对重要性正在改变,那些曾经或仍然令你们动心、动情或动容的文字变得不那么重要了,只能作为熄灯后侃山的谈资,或恋人间的"秋日私语";你们要面对一套看上去很——其实未必——冷冰冰的关于社会现象的因果性知识,斐然的文采必须让位给精确的叙述;甚至你们必须学会一套有关知识和学术的当代(甚至不是"现代")规范:拷贝他人的精美文字,在中学还可能得到作文老师的红笔赞扬,在这里,则是侵犯知识产权,甚至是剽窃,因此不能毕业,或得不到学位。你们会发现这里学习的许多职业规范与你在中学或父母那里获得的社会规范不完全一致,甚至完全不一致。你必须界定各自的适用范围。

大学不再只是——其实从来也不只是——一个接受知识的地方,它也是,甚至更是一个训练人的机构,一个将现代生活知识和纪律注入你们身体的机构。在这一点上,它和现代的工厂、军营、机关,没有根本的差别。你们必须接受这些,有一种真正的时代感。因为你们从没打算,也不可能,回到你生活的出发点,而是把这里当作生活的出发点;你们当中如果不是全部,那也是绝大多数,最终将生活在现代都市,少说是个"白领",最不济也混个"小资"。在这个意义上,你们是这个社会的先进。

因为,我们的社会正发生一个空前深刻且巨大的变化。

对于你们当中大多数人,特别是对于本科同学来说,这一刻也许是你们一生中最灿烂的时刻之一,至少就感情兴奋的强烈程度而言。这一刻,你们是真正的主角。今天来欢迎你们的所有老师,包括在这里讲话的我,都是配角。尽管每年此刻,我们的心也很感动,但对我们来说,这种场合更多是一种仪式,一种程序,也是一种职责;即使感动,也首先是因为你们的感动,为你们感动。我们的感动和你们的感动不一样,就如同此刻你父母的兴奋同你的兴奋不一样,他们的泪水和你的泪水不一样。这一刻属于你们。

但生活没有永远的主角,在这个已经或正在逼近的时代,尤其如此。

再过几天,就要"不知天上宫阙,今夕是何年"了。我祝所有同学,尤其是第一次离开父母的同学,中秋愉快。我们会努力为你们创造更好的学习条件,并且,也会如同一首歌中唱的:"幸福着你的幸福,痛着你的痛……"

走不出的风景

2004年毕业致辞

2004/6/16

刚才，我是有意从湖边走过来的，想看看细雨淋湿的未名湖，淋湿的这个下午。

每年这时候，校园里都纠缠着留恋：睡在你上铺或下铺的兄弟，暗恋了数年的某个同学，“学五”或“农园”，“必逃的选修课和选逃的必修课”，对了，还有贺老师，以及那已成为你青春之象征的湖光塔影。

但年轻人往往多情又无情，敏感又迟钝，执著又漂浮。四周有太多鲜活的诱惑，未来则灿烂得令人眼晕，匆忙的你也许正忙着“毕业前一定要做的10（或20）件事”，或是哼着郑智化的“用一辈子去忘记”，一边在“一塌糊涂”上贴一张把自己感动得一塌糊涂，也决心把别人感动得一塌糊涂的帖子。也许你没有时间细细感受一些因熟视而无睹的东西，你的一些风景。

因此，我们把张文教授和盛杰民教授的退休仪式放在你们的毕业典礼上。他们不仅是你的老师，也是我的老师。他们也曾同今天的你一样年轻，一样的激情洋溢。在为法学院、为我和你的成长贡献了自己全部华年之后，他们打算悄悄地离开。他们比徐志摩更懂得“悄悄是别离的笙箫”。

但许多时候是不允许悄悄别离的,否则,我们就太不仗义,会感到愧疚。我们希望把这一天变成他们人生中温馨的一天;借此,不仅表达你、我和法学院对他们的感谢,祝福他们健康、幸福,希望两位老教授能从你们身上感到一种欣慰和满足。最重要的是,我希望你们也能从这一刻感受到一种期待和责任。

我还想提一下你的父母。几天前进城,路过两所中学,看到一些中年人在校门前林荫间溜达,我突然意识到这是高考的日子,不禁眼睛有些发涩。

四年前或数年前的一个焦灼季节,在座许多同学的父母也经历过这种焦灼。而今天,在你的毕业典礼上,我又看到了他们,拿着相机,笑容比你的更茂密,比你更阳光;尽管更多同学的父母没来,或者说,没有能来。

我没打算神话你的父母,神话"养育之恩"。这是"欠了儿女的债",普通百姓说;而今天的你也许会调侃地引证《婚姻法》第 21 条。我提起你们的父母,因为他们大多是普通人,也因为他们是我的同龄人。在你今天这个年龄,他们是知青、士兵、工人或农民;有的至今如此,有的今天则已下岗或"提前退休"了。他们许多人没机会进入大学校园,更不用说北大校园;大学是他们许多人一个永远的梦,一个醒时的梦。至少部分因为这个梦,你从小就承载了他们的追求:也许你因此没能看上某部电影或电视剧,失落了一份童年或少年本该享有的快乐;也许你挨过骂,甚至挨过打,因为某次考试成绩或者一次恶作剧。而此刻,你是他们的骄傲,满足了他或她那难免的一点虚荣……

你是他/她这一生最杰出的作品!

明天,你或许坐在建国门外某间写字楼,从深茶色玻璃墙后,俯瞰窗外的车流,无声涌动;也不无可能,后天,你会在谈判桌上同外国同行谈判投资甚或并购索尼、宝马或通用……

但是,玻璃墙隔离了城市的喧闹,会不会也隔离了你对城市以外的感知?成天的飞来飞去会不会令你疏远了土地,走南闯北多了会不会什么都看不到了,或懒得看了?成堆的文件让你变得更务实了,但会不会也让你变得漠然?严谨的法条让你的思维更像法律人了,但会不会使你的判断不像普通人了?不错,知识改变命运,也确实改变了你的命运;但如同从老子、卢梭到王朔和波斯纳说过的那样,知识也会败坏人的纯朴天性。

知识不可能消除你的困惑和烦恼。你不可能拿着法理学要点去面对生活;“法律信息网”中也没有诊治人生的良方。午夜律所加班归来,打开房门,打开电视,你是否会感到孤独,或有种“梦里不知身是客”的恍惚?而且,你们还有时间,或还有心情,同你的父母对话吗?说得更俗一点,你会不会忘了自己姓什么?

如果遇到一些就是“找不到感觉”或是“剪不断理还乱”的问题,无论是个人的还是社会的,我建议,你可以甚至应当问一问你的父母,或设想一下他们的可能回答,即使他们的言词不那么雄辩,不符合教科书上的定义,甚至不符合什么“历史潮流”。也不是说一定要听父母的话,那不可能。但如果你真要做大事,不只是当个“知道分子”,那么起码要能同你的父母对话;你们要能理解他们的好恶,他们的情感,他们的愤怒和担心,他们的直觉、想象和判断,甚至他们的错误和平庸。否则,谁能指望你有能力同无数普通人对话?而你的成功,又能与谁分享?

你将为之服务、将捍卫其权利的，最终说来，就是他们，而不是什么抽象的正义。那个在你的教科书中常常出现的神圣的“人民”，说具体点，就是他们，就是像你父母这样的人——一些看起来不那么成功或受过挫折的人，一些聪明、才华、运气都不如你的人，一些虽关心他人但更关心自己和自己孩子的人，一些在生活跋涉中似乎失落了理想的人，一些分享了人类种种“弱点”或称之为“人性”的人。

而多少年后，你可能发现，你就是他们中的一员。

他们构成了这个社会的风景，你的风景；不可或缺。你行动的一切意义，最终由他们赋予；成功与否，也由他们说了算。

“老吾老，以及人之老”，并不只是儒家的一种政治理想，其中或许还隐含了一种，甚至是唯一的，真正理解你人生事业的进路？！

同学们，在这湿淋淋的、难得的沁凉夏日，在这浓荫如云、烟雨朦胧的未名湖畔，加上毕业、青春和别离，我想，任何人，哪怕是一个“愤青”，也会神奇地“小资”起来……

我也如此。

但不要说，明天起，你将独自面对一个陌生的世界；大道青天，绵延于你身后的，仍然是这个熟悉、朴素且庄严的风景，一个你永远走不出的风景！

这里是北大法学院

2004年迎新致辞

2004/9/2

各位同学,欢迎你们来到北大!来到北大法学院!

几年来,每到这个时候,我都会为新生致欢迎辞。有时,我会觉得我的话有些多余,有些唠叨:临来北大前,你们的父母已经千百次叮嘱,你自己也一定早已暗下决心;而我从来不怀疑作为整体的你们每届新生的天资和潜能,不怀疑每个青年都有自己的理想;更何况,面对今天社会的激烈竞争,难道还需要我来叮嘱你们勤奋和努力吗?

我还是说几句,不仅仅出于职责;不仅因为这里是你我心中最好的法学院,两年、三年或四年后,会给你盖上一个几乎是"免检产品"的印章,颁发一份"驰名商标"的证书,因此可能为你铺下了一条,总体说来,比其他同代人更为平坦、更为开阔的从业和生活之路。

更因为,这里是北大法学院。

今年5月,北大法学院刚刚举行了隆重、热烈的活动,庆祝她的百年华诞。你们没能赶上这一庄严的时刻;但没关系,50年后,我肯定参加不了白发苍苍的你们的集会。对于有梦的人,生活永远不完美,却大致公平;每个人都有属于他/她的时刻。

只是，你们必须创造和把握自己的时刻；并且，要从现在开始。

几天前，在雅典奥运会上，当刘翔第一个冲到终点时，主持人几乎是嘶哑地呼喊“刘翔赢了！刘翔改写了历史！”那一刻，我流泪了。这不仅是改写历史，对于我来说，更重要的是改变了一些我曾经接受的关于我们的想象，修改了一些我们曾为自己划定的梦和行动的边界。

而这就是我们这个民族和时代的象征。

近年来，我们常常说起“中华民族的伟大复兴”，“中国的和平崛起”。这并非只是一种政治动员口号，放眼看来，这是正迫近当代中国的一种可能。中国正经历重大的社会转变；由于涉及的人口总量和地域广度，这是人类历史上一个规模空前的变革。“我们正在做我们的前人从来没有做过的极其光荣伟大的事业。”[1]但也因此，中国面临着许多重大的国际和国内难题和制约。我们可以，也应当，更多学习和借鉴外国经验，但“空前”本身意味着，至少有些问题没有现成的答案，要求你我的创造性工作，要求青年人的想象力和创造力。

这是一个难得的历史机遇，一个我们的前辈一百多年来一直渴望的历史机遇，一个与我们这代人将直面相对的历史机遇，一个无论如何都将同你的青春华年狭路相逢的历史机遇。

如果说此前的25年间，甚至100年间，我们这个民族的努力主要是学习和模仿，那么，很有可能，就从你们这一代人开

---

〔1〕“为建设一个伟大的社会主义国家而奋斗”，《毛泽东文集》卷6，人民出版社，1999年，页350。

始，则需要更大的想象力和创造力。你们当中应当而且必须产生伟大的法律人！

这里是北大法学院。

因此，你们必须大气。

你们必须首先关注、理解并且努力回答好——而不仅仅是回答——中国的问题。因为这才是你的、你的亲朋好友、你的同胞兄弟姊妹的问题；而且，这至少是 1/5 人类的问题。

你们必须有开阔的国际视野。不仅是法律的，而且需要政治的（包括国际政治的）、经济的和社会的；不仅是学术的，更需要实践的。许多法律人可能试图避开政治，但真正伟大的法律人却必须是伟大的政治家（lawyer/statesman）；而法治的事业，说到底是行动者的事业。

你们必须深刻理解生活和人，同时又坚守你从生活获得的，而不只是从书本获得的一些基本信念。没有信念的理解会随波逐流，而没有理解的信念则必然沦为意识形态。

当然，你们首先必须当好学生，但是不能也不应停留于学生；特别是研究生。你们不应仅仅追求考试成绩排名；或通过司法考试，成为一个收入不菲的法律技工；或只是亦步亦趋地跟着中外的先生走。你们当然要尊重老师、尊重传统，但又必须决心、更重要的是有能力尽快超越你们的前辈，包括我们这一代人——不仅在知识的深度上，而且在知识的广度上；不仅在法律技能上，更重要的是在想象力和创造力上；不仅在学术的文字表达上，而且在个人的社会践行上。

我甚至建议，你们不应仅仅关注法学，也不必现在就决定以法律为业——无论是学业还是职业。正如霍姆斯在哈佛法学院250周年之际所言，法学院是教法律，是培养法律人，但它要以一种宏大的方式教法律，它要培养的是伟大的法律人。[2]而法律上的伟大，如波斯纳所言，意味的就是，超越法律。[3]

这里是北大法学院。

这是一个承载了许多光荣和梦想的地方，一个承载了也许太多社会期待的地方。但，转型中的、正在复兴和崛起的中国有理由对你们和我们有更高的期待。

我相信你们。而且，也只能相信你们！我相信你们有能力“迎接挑战”；相信你们会在北大校园中“发现你的热爱”；相信在你一生中不仅在“这一刻，你们是主角”（这些都是我先前的迎新致辞，也许还值得你们看看）。

我不要求，也不指望，作为个体的你们每个人都有机会并且都能承载起这份期待，获得成功。你们一定会有困惑、烦恼，会有挫折，也会有失手。只是，在所有这些之后，你们当中得有人成功。

这是你的一个新的开始；在这里，你将度过的也许不是你最幸福，肯定不是你最灿烂，但必定是你最怀念的一段时光。

这里是北大法学院！

你们是北大法律人！

---

〔2〕 Oliver Wendell Holmes, Jr., “The Use of Law School”, in *The Essential Holmes: Selections from the Letters, Speeches, Judicial Opinions, and Other Writings of Oliver Wendell Holmes, Jr.*, ed. by Richard A. Posner, University of Chicago Press, 1992, p. 225.

〔3〕 “法律上的伟大所隐含的就是要超越法律”，《法理学问题》，苏力[译]，中国政法大学出版社，2001年，页564。

你得是有出息的孩子

2005年毕业致辞
2005/6/29

20多年前,和你们一样,我在北大过着一段悠闲得令人惭愧的日子,一段努力无所事事的日子;没有时间的概念,我愿意、好像也可以永远这样地赖在这里。也知道毕业这个词,但它没有体温;直到有一天才残酷地发现,大学也会毕业的。于是,改邪归正,从春天开始(那时还不用自己找工作),不再上课,不再到图书馆占座,茫然地,一心一意——毕业ing。

今天,你的这个ing也走到了g,黑色的学位服凝重在你身上……

不要说你们伤感。伤感不是青年人的专利。静下来,写这段讲话的时候,其实,我,我们这些看着你们长大的老师,也一样伤感。并且年年如此。岁月没有让我们的心长出茧子,我们只是学会了掩饰,也善于掩饰。我们不再表达;伤感之表达是青年知识人的专利,我们知道。

"多情自古伤离别"。但离别会让你想一些来不及想的事,说一些本不会说的话,让没心没肺的你第一次品味了甚至喜欢上了惆怅,或是让滴酒不沾的你今晚变成了"酒井"法子。如果没有这样的离别,人生会多么乏味!问一问今天在座的王磊老师，还有刘燕老师、沈岿老师，还有今年毕业的凌斌博士、李清池博士，他们自打本科进来，一直没有离开北大校门，或只有短暂的离开。他们的本科或研究生毕业都不像你们今天这样百感交集，有滋有味，肆无忌惮；在他们心中，离别不过是一个暑期的开始。

这一个暑期是不一样的，你再也"赖"不下去了。

其实，外面的世界确实很精彩。走出大学校园，你会发现我们这个社会，这个国家，充满活力。活力并不都是美好、清新、温情脉脉的，吉他、摇滚和玫瑰花；社会中的活力常常很"糙"，更多野性、欲望和挣扎，还有你们要时时提防的贪婪、阴谋和背叛——一如桑德堡笔下的《芝加哥》。[1] 但这就是真实世界的活力，伴随着小麦颜色的农民工、水泥森林和汽车尾气中灰蒙蒙的朝阳，我们这个民族的身姿在这块土地上崛起。

想一想，为什么最近美国和欧盟会对中国的纺织品出口设限，还一再要求人民币升值？为什么近来小泉等人总在那里惹事，搞些小动作，没什么技术含量，搞得"中国人民很生气，后果很严重"？海峡对岸，连战来了，宋楚瑜也来了；阿扁没来，但很憋气，知道迟早也得来。我们周围也还有一大堆问题，贫富不均、发展不平衡、污染、腐败和不公。有同学可能还没找好工作，没有"签约"；签了的，也未必满意，还想着毁约。所有这些问题，都让人烦心，让人不爽。但有哪个时代，人人都爽？管它到哪一天，至少也会有人失恋吧？一个没人失恋的世界该多

〔1〕 桑德堡(Carl Sandburg,1878-1967)是美国现代著名诗人，《芝加哥》是他1914年发表的名诗，展现了，同时也歌唱了，工业化的芝加哥的粗野、贪婪和活力。

么无味?!

换一个角度看,也许,这些问题都表明中国正在崛起,以一种任何人无法遏止的强劲活力。中国正登上一个更大的舞台,一个更宽敞但不一定更平整的舞台;这意味着你们要面对更多的麻烦,一些前人和我们都没有经历,还有待你们来应对的麻烦。你们任重而道远。

说着说着就高调起来了。没有办法,在这个时代,我们这些人都有点,也应当有点,理想主义。还是渴望为了什么而献身,这是青春期的焦灼,也是生命力的反映。

按照一种说法,一个男人(也许女人同样如此)不成熟的标志就是他还愿意为某种东西(包括爱情)献身。[2] 乍看起来,这好像是对我们这些理想主义者的讽刺。其实不然。这只是从另一角度揭示了生活,暴露了那种浪漫主义的理想主义的脆弱和虚妄。献身其实比较容易,也许只要一丝血性,一点勇气,有时甚至只要一分冲动。但这往往不能改变什么,最多满足了青春期那一份个人英雄主义的激情。激情过后,则往往是空虚、失落,甚至堕落。而在今天这个好像越来越斤斤计较的年代,人们连激情也洋溢不出来了。前几年,傻乎乎地,看中国足球队比赛时,山呼海啸,人潮起伏,好像还有那么一点感觉;但今天还有多少人看中国队比赛?!

真正的理想主义往往在激情之后。它不是夏日的骄阳,而是秋光的明亮,它要经受时光的煎熬和磨砺,要能够接受甚至

---

〔2〕 因塞林格名著《麦田的守望者》的引用,这句话被广泛归在奥地利心理分析学家威尔罕姆·斯塔克(Wilhelm Stekel, 1868-1940)的名下,但原出处至今不详。原话的下半句是,“一个男人成熟的标志则是他愿意为了事业而苟活”。

融入平和、平凡、平淡甚至看似平庸的生活，从容但倔强地蜿蜒，在不经意中成就自己。它常常包含了失败甚至屈辱，还必须接受妥协、误解、嫉妒、非议。它同坚忍相伴，它同自信携手。

想一想那选择了在辱骂中顽强活下来最终为赵氏孤儿复仇的程婴；想一想在北海的秋风长草间十九年目送衡阳雁去的苏武；想一想走在江西新建拖拉机厂上班路上并保证“永不翻案”的邓小平；或只是想一想多年来养育了也许是你们家祖祖辈辈第一位大学生、硕士生或博士生的你的父母。

这些理想当然不同，有些似乎不够崇高，不够伟大，有的，今天的法律人甚至会批评其过于野蛮或狭隘。但抽象看来，他们毫无例外都是理想主义者，是成熟的并因此是真正的理想主义者。我们判断是否真正理想主义者的标准不应只是实质的，你是否认同、分享他/她的追求，是否值得你为之献身；至少部分应是形式的，即他/她是否始终并无怨无悔地追求了，是否展现了一种坚忍，一种对目标的恪守，一种我先前说过的那种“认命”或“安分守己”。

理想不全是个人的选择；在相当程度上，它是社会的构建，基于一个人对自身能力、时代和社会环境的理解、判断和想象。你们也不例外。也许你们的理想会显得比我们的，比我们前辈的更宏阔，更高远，但那也不过是你们的能力，以及北大和今日中国，为你们展示了更多选项和更大可能性。而我最关心的是，许多年后，在漫长的再也谈不动理想的岁月后，你能否像你敬重甚或不那么敬重的前辈那样，拿出一个作品，值得你向世人自豪——即使如同此刻站在你父母骄傲目光中的你？

我希望你们切记，真正的理想，无论大小，无论高下，最终都要用成果来兑现,否则最多只是一个令人遗憾的、对这个世界多一个少一个都无所谓的愿望表达,甚至只是一通大话、一张空头支票或一个笑柄。

我们会宽容、理解并心痛你们必定会有的失败和挫折,但我们祝福、渴望并欣喜你们成功,即使是微不足道的成功——如同当年你跌跌撞撞迈出的第一步。我们并不苛刻。

而且,我们也有耐心。我们会在这里长久守候;即使夜深了,也会给你留着灯,留着门——只是,你得是有出息的孩子。

而且,我们相信,你是有出息的孩子!你们会是有出息的孩子!

第一个梦想成真

2005年迎新致辞
2005/8/31

经历了长远的——时间和空间的,但更主要是心路的——跋涉,终于,你们来到了向往中的北大。代表法学院全体师生,我欢迎你们,欢迎你们来到北大法学院,欢迎你们成为北大法律人!

北大是值得向往的,但她只是你人生的第一个梦想成真。如今,同学和邻居羡慕和赞许的目光已经远去;北京的第一场秋霜就会平息你的兴奋和激动;在这个挤满才华乃至会横溢的校园,也不会给你留下太多的自恋空间;上课、占座、考试和“灌水”,教室、图书馆、农园和“一塌糊涂”,将挤满你的日程。什么时候呢,未名湖再一次听见你的足音?

学习不仅仅是读书和上课;不要把学习仅仅当作一项任务,或是为了分数,为了满足人人会有因此无可指责的虚荣心而谋杀了你生活的快乐。我说过,不要追求“刻苦”学习,而是要“发现你的热爱”;学习应当是从容地,一种享受,一种生活的常态。而在北大,这是可能的。这里有许多智慧的老师,不仅有本校的,而且有外埠的;有许多精彩的讲座,不仅是法学的,还有其他专业的。当然,不会都好,事事令人满意;但无论如何，它都不会，也不应，只是让你失望，你可以由此获得自信，促动你去创造。你还应发现，周围每个人都可能有你不可能一一亲历却是你需要的经验和知识。一次远足也许会令你获得一位良友，即使不是终生的；一次交谈也许会让你进入一个只能在电视上或书本里接触的世界，即使某一天你必须离开。大学并不只是校园更大一点，同学更年长一点，老师学历更高一点；大学与中学的最大区别之一是，后者是标准化的，而前者是高度专业分工的；因此它更像一个小型的现代社会，尤其是在北大这样的综合性大学，你要同各种各样的人打交道。

这对于学习法律尤为重要。因为实践的法律总是需要各种知识。与自然科学和人文学科相比有很多不同，法律说到底就是恰当地处理各种人际关系，规制和解决大大小小的人际冲突。法律的知识和技能，因此，在更大程度上依赖你，首先是理解，然后是妥善应对，人和事的能力。好律师、好法官的那个“好”字既不是文字构建，也不全是个人修行，它更多是在各种交往和事务处理中，逐渐磨炼出来的那种敏锐、犀利、干练和缜密，当然还包括一定程度的、通常为人们贬低，至少避而不谈但要做成事又不可缺少的“圆滑”或称之为长袖善舞（比方说，在这样的场合，就别像我这样告诫人们“圆滑”一点）。

这只能从社会交往中学。但学习本身不是目的，目的是生活。你们当中很多人，特别是本科生，一直生活在父母的目光中，如今第一次真正远离家门，要同这么多、将来还会更多的无亲无故的人打交道，其中难免有信誓旦旦却居心叵测的人，这真的是非常艰难却是你必须迈出的一步。要学会相信别人，也要学会自我保护；学会竞争，也要学会协同；学会严格，也要学会宽容;学会坚持,也要学会妥协;学会倾听,也要学会表达;学会默默恪守,也要学会分享心灵;学会在挫折中守护理想,在超越中留住平凡;而所有这些都还需要一种任何人都无法教授、只能靠你们独自摸索的"分寸"。

对于你们,大学不只是一个灌输知识甚或创造知识的地方。随着中国社会的发展,随着越来越多的独生子女被父母和社会一直"关"在从小学(甚至幼儿园)到高中的校园内,事实上,今天的大学已不得不悄悄承担起另一个重要社会功能:它成了青年人进入现代社会生活之前的最后一个集训营。

不要以为这只是对你们个人生活幸福和职业成功的告诫,这其实也是我们这个正在转型发展的社会的需要。仅仅是可用文字表达的一般性知识或技能,不足以组织一个我们愿意接受的现代社会,仅仅是父母或老师的告诫,也不足以应对严酷有时甚至是险恶的生活世界。在书本之外,课堂之外,我们每个人,特别是法律人,特别是北大法律人,需要许多东西,其中包括——但不限于——胸怀、视野、想象力、同情心,以及在此基础上才可能发生的你对周围人的真诚关切,乃至对整个中国和整个人类的关切。

最后半句话并非夸张。中国社会已经在市场经济和人员流动中日益整合了——你带着些许口音的普通话就是一个标志;世界也已经在全球贸易、交往甚至冲突中日益整合了——你床头的英文版《哈利·波特》或衣袋中的手机就是一个明证。不只是惩罚犯罪,不只是"为权利而斗争",甚至主要不是法学论文和著作,今天的法律变得越来越像是一个同各种陌生人打交道、寻求妥协、达成共识、争取双赢或多赢的竞技场,一种社会交往活动。今天的中国需要更多头脑冷静、富于想象的行动的法律人，今天的世界需要更多优秀的行动的中国法律人。

你们是幸运的，不只是因为你们来到了北大法学院，更因为今天的中国，今天的世界。再过三天，是中国人民抗日战争胜利60周年的纪念日。想一想有多少如同你们一样，甚至比你们更年轻的中国青年——无论是作为战士还是受害者——的鲜血洒在了这块土地？仅仅感到幸运是不够的。即使不谈每个人都无法逃避的对于生者和死者的责任，幸运也还有点偶然的意味，因此不意味着前程一定远大——如果你们太多关注了考试、分数、出国、考研、个人情感，以及其他数不清但注定会遇到的麻烦和纠葛。

你的才华、自信、经验以及其他许多东西都会在这里第一次遭遇挑战，高中或大学本科独孤求败的经验将在这里终结。你会遇到许多同青春相伴的困惑、怀疑、挫折和痛苦，也许还有你的初恋，也许更多是暗恋和失恋。但即使如此，有一点请记住，没有什么可能规定你的未来，最多只能算“被青春撞了一下腰”。

还是去年的一句话，我相信，在这里，你将度过的也许不是你最幸福，肯定不是你最灿烂，但必定是你最怀念的一段时光！

我祝福你们！法学院祝福你们！

你柔软地想起这个校园

2006年毕业致辞
2006/6/23

不少同学是今早5点看完世界杯,巴西队5比0瓶了日本队,没有睡觉,赶来参加这个毕业典礼的。有些历史时刻不能错过;我们不愿成为历史的看客,因为这一刻属于你和我。

曾以为这段日子非常漫长,此刻都已打包存盘。四年前(也许是两年前、三年前甚或是十年前),夏末初秋,你怯生生走进这个校园。时间像刚出屉的馒头,饱满且热气腾腾;"发现你的热爱",每一天都在心灵中占了很多空间。后来,日子渐渐慵懒起来,周而复始,"同上"、"同上"——似乎是费孝通先生童年的日记;后来就变成了对寒假、暑假以及毕业的期盼。

但此刻,时光又一次丰满起来,每件事都很细腻和缠绵;在今晚的"散伙宴会"上,或许是未来几天的一次开怀大笑后或独自发呆时,莫名的酸楚涌动着不期而至,终于,你一个大小伙子变得比女孩还脆弱,泪水扑簌而下,甚至相拥着,肆无忌惮地哭泣……

六月是最残忍的;一转身,校园硬生生地拽下了一段你舍不下的青春。

其实入学和毕业都只是人生的片刻。"天地不仁,视万物为刍狗”，想来，在天地的眼中，这一刻不会有什么特别。只是，与之相伴的微笑和泪水表明，我们人类不完全是，或者说注定无法成为，纯粹理性的动物。我们无法超越肉身，成为自己生活的无情旁观者。许多时刻、许多地方和许多人因我们获得了特别的意义——对于我们；我们为它或他或她而感动。

我们为自己感动：为我们的无知，为我们的年轻；为我们故意装出来的粗鲁和野蛮，为我们掩饰不住的温情与脆弱；为那个夜晚未名湖畔你野狼般的嘶吼；为那个白天“一教”门前飘过眼前的一个倩影；为“非典”时被隔离的惊惶；为院庆100周年前夜的忙碌；为连战和李敖的造访北大；为杨利伟和神五、神六的穿云登天……为了那再也不会有的、只属于你的这个集体，为了那再也不会有的、只属于你的这个离别。为所有虚度的和没有虚度的时光感动，为我们是那么容易感动而感动。或者，什么都不为，就只是感动，因为我们自恋、敏感和矫情，因为我们率性和真诚。

在这个因市场竞争而日益理性和匆忙的年代，说实话，我希望你们保持这样一份真性情。有所追求但不刻意，渴望成功但也接受平凡，无论在学业上还是在事业上，无论从政还是经商，无论面对爱情还是面对功名。我在其他地方说过，不是一切努力都没有结果，但也不是一切努力都有结果；不是最努力的就一定最有结果，更不是努力就有一个确定的结果。不要把生活变成一项志在必得的竞赛，因为生活不是竞赛。

因此，不要总是拿自己同别人比，无论是昨天的同学还是明天的同事，除非你想把自己往死路上逼，把自己变成别人的影子，把生活变成自己的炼狱。每个人的天分和机会都有差别。你是戴昕,你是游艺,你是田田(请允许我这样称呼庄田田同学),你们都不是刘翔;而且,即使真是刘翔,你就真的愿意天天比赛——哪怕是奥运会?我们当然希望,也相信,你们有骄人的成就;但如果没有,只是做好了自己的事,问心无愧,那就足够好了,那就是有出息。不要仅仅生活在他人的期待中,或者被北大的牌子压得喘不过气来,也千万不要把"明天北大以我为自豪"太当真。什么地方规定了北大毕业生就不能平凡、平庸甚或是失败?就不能比别人收入低,房子小,就必须有车?请记住你父母亲的话,一句老百姓的话:"平平安安就是福"。

也因此,你们千万不要上了某些法学教科书的当,总觉得,或刻意寻找,社会或某个人欠了你什么,这里没有起点公平,那里没有结果公平。一不小心,你会把一生都用来挑剔抱怨了。生活从来就有许多偶然、意外,幸与不幸,以及许多你认为的不公平,无论是在事业上还是在情感上。但无论什么,都只能面对,那为什么不从容一些——人所谓的荣辱不惊?其实,你走进和毕业于北大法学院,虽非纯属偶然,却也不是天经地义;其中就可能有一丝幸运,而你这一丝幸运的背后或许就有你的许多不知名的同代人的失落、遗憾甚至不公平感。我当然不是劝说你们听天由命;你们一定不会。我想告诉你们的只是,愤懑和抱怨都是沙漠,山野丛莽间的杜鹃才会让你懂得什么叫做怒放;当你抱怨时,你就是在毁灭你的当下,就正在失去创造和享受生活的这一刻。如果你看不清这一点,你就不会有幸福,也不配享受幸福。

而我希望你们幸福。

这就是临别之际我对你们的真切希望,一个也许太平庸俗气的希望。只是也许。我并不认为庸俗,即使在这一有点庄严的场合和背景下。高谈阔论,宏大话语,你们已经听了很多,尤其是在北大,尤其是在北大法学院。但即使句句正确,连续的高亢单音也只是高分贝的噪声,会让人受不了,更会湮灭心灵的感悟。因此,每年毕业典礼上,我都没打算重复什么正义或人权,勤奋刻苦或自强不息,而只是絮叨一些小道理,希望你们幸福。似乎不合时宜,但即使是“依法治国”,又有什么地方规定了毕业典礼上院长只能说一番大道理,不能说一些悄悄话?只能豪情满怀,不能温情脉脉?

而且,如果不是希望你们幸福,我们还能为什么工作?你们的父母又为什么辛劳?如果不是首先希望你们幸福,我们又如何追求和拓展人类的幸福?

我,以及北大法学院的老师们,都爱着你们;除了家人,也只可能首先爱你们。也许,在这个高歌人权和全球化的时代,我的这种情感、思想和表达已经落伍,至少不那么政治正确了。但我并不惭愧和惶恐。作为生物的和社会的人,我们的感受、想象和爱其实都注定是地方性的、狭窄的,甚至是“自私”的。“孩子是自己的好”是老百姓的俗话,而我们都是些俗人。但别忘了,耶稣基督对其信徒要求的也不过是“爱你的邻人”。我坚持“老吾老,以及人之老,幼吾幼,以及人之幼”;这才是我们真正可以实践性拓展我们的感受力、想象和关爱的实在出发点和可靠路径。

爱你的亲人,你的朋友,你的同胞,你的祖国;这其实不是一个要求,更多是一个祝福。只有在这里,你才会发现你情感的归宿;否则,还能有谁分享你的成功,或分担你的痛苦?

无论此刻你是多么向往远方，憧憬未来，即将远走他乡，甚至漂洋过海，都请相信我，多少年过去后，你光洁的脸庞变得粗糙，纤细的腰身变得臃肿，在一个飘雪的薄暮，或细雨的清晨，永远也不知道为什么，你柔软想起的不会是图片或电影中的哈佛、耶鲁，不会是宇宙间某个遥远星球上陌生的高等生物，而只会是这个让你心疼过的校园，这个残忍的六月，这些相拥而泣的 XDJM——也许还有你们的邓峰 GG、郭雳 GG……

我祝福你们！北大法学院祝福你们了！

选择北大

2006年新生欢迎辞
2006/9/8

两个月前，香港的大学到内地来招生，一时间媒体上沸沸扬扬；似乎中国最优秀的考生都将云集香港，北大、清华从此将沦为二流甚至三流大学。但此刻，风流云散，秋高气爽，北大校园里有了你的、你们的身影……

代表法学院全体师生，我热烈欢迎你们！欢迎你们加入北大法律人。

其实，香港的大学在内地招生，对相关各方都是一件大好事。对香港来说，意味着它同内地的交流日益紧密。对中国的大学来说，意味着更大范围内的竞争，由此可能推动高教体制改革和教学科研水平提升。注意，是中国，而不只是内地；因为竞争是一种互动。近些年来，香港各大学对教员开始要求学术发表（而内地的许多高校早已如此），就是有力证据；香港大学法学院把法学教育从英式的三年改为四年，则是另一证据。

而对于你们，这个意味则更为具体、真切。俗话说，“各庄的地道都有许多高招”，“青菜萝卜，各有所好”；人的偏好不同，社会供给也应丰富多彩。既然“情人眼里出西施”，我们当然希望你们每个人都找到自己心目中的“西施”。更多的选项意味着你们,以及未来的考生,在学业上有了更多的选择,更大的自由。

你们选择了你的热爱,行使了这种自由。

能有这种自由,做出这种选择,当然首先因为你的努力,但不仅仅是个人努力。你们当中许多人未必是你们县、你们中学甚或你们班学习最刻苦的同学;或多或少,还有其他一些因素,比方说个人天分、临场发挥,等等。

这不是贬低你们,也不是想给你们泼点凉水;我只是想让你们更多思考一下,构成你自由选择中的社会因素。父母的养育,老师的教诲,亲朋好友的帮助,还包括一些也许不如你幸运、没能选择北大、甚或根本没考上大学的同学的鼓励;这些说滥了的语词在你的心中应该是生动的,甚至是动人的。

还有一个因素也许更重要,中国的经济发展以及由此带来的高等教育发展、社会转型以及由此带来的法治需求。30 年前的明天毛主席去世,当时中国内地只有两所大学保留着法律系;再此前几年,全国甚至一名大学生也没招,更不说法律学生了。即使是 28 年前,我进燕园时,北大法律系在各省平均也只招两名学生! 而今天,你甚至可以选择香港的大学,即使最终你没有选择。所有这一切都意味着,看上去完全是个人的自由选择,背后也总有许多超越个人的社会因素。

也因此,选择一定隐含了某种责任。你也许是你们家庭的第一位大学生,你们中学的第一位北大学生,或者你们县的第一位北大法学院学生。睽睽众目,殷殷期待,谆谆嘱托。我相信,无论你是多么心高气傲、狂放不羁,也一定会感到某种压力。

仅仅感受到这一点还不够,因为你选择了法律。法律其实是一个非常世俗、琐碎并因此才神圣起来的社会事业。它努力以制度化的但又细致入微的方式来化解各种社会纠纷,无论是杀人放火,还是家长里短;它努力协调同时也规范社会生活,无论是人际交往,还是经济发展;它追求实现公正与和谐,但这个公正与和谐不来自教科书的定义,而是由无数普通人长期的日常生活体现或界定的。这是一个只有前方,不会有到达的跋涉!选择法律就是选择更大的社会责任。

也因此,选择不仅意味着获得,它必定还意味着某些放弃,包括与任何选择相伴的自觉的或下意识的放弃。不是讲"天将降大任于斯人"吗——"必先苦其心志,劳其筋骨,饿其体肤"?自由选择因此总有其"不自由"的一面。由于法律的社会实践性,无论你是否愿意,选择法律就意味着选择一种审慎的生活。不是胆小,不是保守,不是放逐想象或摒弃情感,审慎只因为对他人和社会的责任。法律涉及利害关系,包括他人的身家性命,甚至会引发一系列事先很难想象并予以掌控的重大社会后果。这就注定了,法律学习不只是,甚或主要不是一种智力的训练,更是一种社会责任感和办事能力的培养。

只是由于生命和精力的有限,更由于有所为有所不为,我们每个人都必须在一定程度上远离某些个人喜爱的科目,必定会错过一些法律学习或实践必备的其他知识。这是任何自由选择都难以避免的一种宿命,此事古难全。但北大并不是这些被称作教室和图书馆的楼房,法学也并非那些被称作教材或专著的书本。你的北大就是这里的生活世界,是你交往的每个人,是你的每个选择,是你即将经历的每一件生活琐事,包括成功,也包括失败。因此,千万不要因为某些知识贴着其他学科的标签,或者某些经历似乎同法律无关,就有意无意地回避、排斥或拒绝。学好法律,但不拘泥于法律;因为生活并不仅仅有法律,也不仅仅是法律。

也因为,今天的选择并没有,而且也不应规定你的未来;未来仍然开放。你还将面对无数选择,不仅有专业和职业内的选择,而且包括选择其他专业和职业。发现你的热爱,不追随社会时尚,但也不必“从一而终”;在知识上,你应当“喜新厌旧”。

这不是鼓励见异思迁,随心所欲,更不是提倡自我中心或趣味主义。我已经说了,个人选择的实现在相当程度上是整个社会的建构;我们都有责任。我只是希望你们每个人都充分意识并努力开发自己的爱好和潜能,选择并创造自己。人不会有一劳永逸的选择,除了死亡。

而且,无论选择了北大、清华或是港大,即便是哈佛、耶鲁,其实也只是选择了一个品牌,与买手机时选择海信或摩托罗拉没有根本区别。品牌是对他人的、而不是对自己的担保,不能保证你的未来不是梦;否则,你的未来真会成了梦。真正的选择其实是对当下、对自我的超越。北大希望并要求你们不断超越自己;不仅因为我们这个国家、这个时代要求创新,要求每个人充分发挥自己的潜能,而且因为,这种选择也是每个个体实现自由的现实、具体和实在的形式。而我们每个人的自我超越,又会在微不足道但实实在在的意义上促进整个社会的发展,并为他人的更多自由选择创造可能。

去年的“超女”后，社会上流行起一个英文缩写，PK，大致意思是“单挑”；而我们学校的英文缩写恰恰是 PKU。PK you，或许这是北大给你下的第一道战书？PK yourself，或许这是北大对你的另一种提示？因为，你选择了北大。

我相信你们的选择，相信你们的 PK。

祝福你们！还是一句老话：在这里，你将度过的也许不是你最幸福，肯定不是你最灿烂，但必定是你最怀念的一段时光！

责任高于热爱

2007 年毕业致辞
2007/6/21

又是合影留念,又是祝福叮咛,又是离愁别绪;只不过这是2007 年的六月。

去年校方说今后全校统一毕业典礼,法学院今天还是举行了欢送会;名字变了,主题、情绪和程序都差不多。确实,一起待了好几年,哪能悄没声息就走了?世界上好多事改头换面也要坚持不懈,这也算遵循先例,即所谓制度吧(对不起,一不小心,又给大家讲起了法理)。

甚至听说,有同学大气磅礴地替我撰写了题为《光荣与梦想》的致辞,10 天前就在未名 BBS 上"剧透"了。一位英语国家的记者前天还把电话打到了我的办公室;我不认领,还以为我矫情,一定要强加于我。谢谢这位同学的良苦用心。虽说如今倡导志愿者,但也不能如此深入普及吧?太多的事不可替代;你有权沉默,无权代理。而且,照着你的稿子念,看过帖子的同学会觉得忒没劲,且不说枪手、抄袭或是署名权问题了;但不照着念,苏力院长每年也就那几句煽情,让你先占了,他再说什么?

我只好旧话重提。

几年前，专为针对北大校园的学习生活，在迎新大会上，我说过，“发现你的热爱”。但无论你是否“发现”了，此刻，针对你新的社会角色，我又想说一句不大中听的话：做你能做的，而不是想做的事。

不中听的一般是实话。找工作，说是双向自由选择，但地球人都知道，你既没太大自由，也没很多选择；更大程度上是在进入一个格式化的社会，是“求职”。社会一点也不“小资”；它最多也就听听，却不在乎你的感受和自尊，不会迁就你。你要与之兼容，而不是相反。你可能得在一个甚至是一系列未必热爱，更多出于功利而选定的岗位上，尽心尽力，干出业绩，然后才谈得上发展、开拓和创造自己。当然，不必太多抱怨或感叹；这个世界上，古往今来，没几个成年人干的就是自己想干的事。

因为，你们大了，已经有了更多可以统称为“社会的”责任。“老板”对你有要求，同事对你有期待，甚至就因为毕业于这所大学，这个法学院，你也有额外的压力。你得活的像样，更得活的正派，让父母欣慰，让（已有的和将有的）妻子/丈夫和孩子幸福，顺带着也让亲友、同学和老师放心。这都是你的责任。当然，你还可以，也应当，谈谈“治国平天下”或“和谐社会”或“大国崛起”之类，只是“修身”和“齐家”是最起码的。如果连自己都撑不起来，本职都干不好，还得那最多几十号关心你的人为你操心，还说什么社会贡献，谈什么人类关怀？

记住，在社会、职业以及家庭中，责任永远高于热爱。

而且，我们绝大多数人对工作或职业也未必有什么具体的执著；即使有，是否真值得一生追求，也是问题；即使情愿，谁又能保证你恪守此刻的山盟海誓？你不也曾沉迷于金庸、“曼联”或王菲,甚或认为自己某方面才华不菲？还有,你喜欢,就真能干好？有什么根据说,你此刻的热爱,甚或不热爱,不是“吾从众”,不是社会对你的塑造,或干脆就是一个机会主义的选择？我们绝大多数人其实也喜欢,至少不坚决拒绝,职业或生活的丰富性和多样性,包括与之相伴的意外、风险、惊喜以及一些可以用来装点回忆录的小小——不敢太大——失败。很多时候,一个人此时此地的成功恰恰因为他彼时彼地的失败。

我们就是这样走过来的。我们的陈兴良老师就曾是千岛湖畔的一位民警,白天走家串户,深夜还抱着郭小川或浩然。[1] 牟平姜格庄大地也一定记得那本梦想署名“卫方”的《春苗》类剧本[2];甚至十多年前,我们的“老鹤”还曾勇敢下海,尽管几个月后又扑腾着水淋淋的翅膀上了岸。还有,我们的姜明安老师、王世洲老师、龚刃韧老师和孙晓宁老师,30年前都当过或当着军人;也许早早预知了贺老师的批评？复转军人没进法院,就进了法学院;而且是北大法学院。在一个30年前不曾想到更谈不上热爱的职业中,如今,他们都创造了自己,也正塑造着你们和你们的未来。

听起来很有点传奇,这却是我们这代人的经历。不希望你们重复,也不可能重复;前方拐角等候的,是你们的传奇。但它还是给你我一些启示:生活和职业,过去不是,今后也不会是个人爱好的光影投射;它是子弹划出的那条抛物线,无论是否连

---

〔1〕 郭小川(1919—1976)是1950年代至1970年代末期新中国最有影响的诗人之一;浩然(1932—2008)是1950年代至1970年代中期,特别是在“文革”时期最有影响的小说家之一。

〔2〕 这是“文革”期间上影拍摄、谢晋导演、1975年上映的有社会影响的电影之一。

接了击发者和他心中的目标。这是我们所有人的命运:规划人生,却无法完成设计;向往未来,却只能始于现在。

我们只能向生活妥协!但妥协也是一种坚持。不仅我们每个人的追求和爱好都必定在社会中校订和丰满;更重要的是,成攻和失败,伟大和平凡,从来都不在起点,而只是基于结果的事后评判,甚至——改一改奥威尔的话——未必是你干了什么事,很有可能是你赶上了什么事。[3] 评价标准是社会的,不是你个人的;跟自个儿较劲,分不出高下。做你能做的事,因此,既不消极,也非无奈;它的另一意味就是超越,超越那个感性的自我。

时间过得真快!对法学硕士来说,有些书可能还没来得及打开,毕业已猛然站在眼前,带着青春的欢乐、骄傲、活力以及些许伤感。这不是你的第一次,肯定也不会是最后一次。你还会重复今天对时间的主观感受:向前看,光阴迢迢,望眼欲穿;事后又感叹,白驹过隙,人生苦短。而随着年龄增长,你还会发现日子是越过越快。

这是我的生命体验,每个人中年后都会感觉,尽管未必自觉。在此挑明,只希望你们更珍惜时光,热爱生活。想做些什么事,一定抓紧;无论大事小事,无论工作、学习、创造还是爱,无论追求功名、享受人生还是两者兼得,也无论最后是世俗眼中的成功还是失败。具体生活永远在琐细平凡的当下,千万别把它抵押给自己的"愿景"或"理想图景"——vision,这个词更

---

〔3〕"如此欢乐童年",《奥威尔文集》,董乐山[编],中国广播电视出版社,1997年,页5。

多译作幻觉。

你可以持之以恒，也可以随遇而安；可以雄心（野心？）勃勃，也可以知足常乐；可以谨小慎微，也可以大胆奋进。只是，"莫等闲白了少年头"，当一个个未来变成"此刻"时，怅然和失落。

未来并不遥远；此刻不就是你曾经眺望过的一个未来？！

岁岁年年人不同，年年岁岁"话"相似。在这送别之际，代表北大法学院和全体师生，我祝贺你们每一个人毕业；更祝福你们每一个人，坦坦荡荡，走进社会，平平安安，走过未来！

你听见阳光的碰撞

2007年新生欢迎辞
2007/9/4

暑假之初,电邮,一位美国教授问起“小资”和“愤青”的英译。其他特点除外,“小资什么都知道,但从不上街游行;愤青上街游行,但不知道为什么”[1];我说,小资总体说来循规蹈矩。回信称,希望更多的年轻人如此,因为他实在厌倦了处理作弊的学生。他没说具体,我也没问。但我想起早先一个报道,他的大学刚处理了一桩学术作弊:在一场带回家考的必修课考试中,30多名学生互相抄袭,最终9人被开除、15人停课、10人重修。网上有帖子暗示,开除的,有8名中国学生;停课的,5名;重修的,6名。这位中国法教授,大概是参与处理了这一令人难堪、痛心但必须严肃处理的事件。

我不是告诫学术纪律,尽管有这个意思。我的问题是:为什么一向老实守规矩的中国学生,会不时发生这种令人震惊甚至骇人听闻的事情?去年,香港有位内地去的研究生,甚至试图贿赂老师。这当然有,但显然不仅仅是,个人品行或知识问题;更深的,它反映了转型社会的规范和规范重建问题。近来沸沸扬扬的食品、药品问题,“纸包子”假新闻等,其实也都与此有关。

---

〔1〕《当小资遇到愤青》,http://www.xici.net/#d10989194.htm。

传统社会是讲“修身齐家治国平天下”，但在实践中，那只是少数为官者或预备从政者的事。普通人只顾得上齐家，责任和义务都止于熟人及其所属社区；朋友相互帮忙，“两肋插刀”，似乎怎么做都不过分；你的利益增加了，社区的利益就增加了，无需考虑哪怕是邻村人，除了联姻外，他们不属于你想象或真实的利益共同体。但在现代社会，不论你多么怯生，目光所及几乎全是陌生人——看看身旁的同学，也看看我！也不论你何等多疑，也只能相信陌生人——看看你的手机或 iPod，身上的 T 恤，手中的矿泉水或“可乐”，还有这不知该说是脚下还是头上的理教大楼。不论是否愿意，你我的生活世界都由无数陌生人、其产品以及我们对他/它们的信任构成。一个跨越国界、遍及全球的利益相关共同体已经成型，还在扩展。

这是一个空前深刻的变化，需要法治；但不仅是法治。许多曾经可以接受、习以为常或天经地义的做法，甚至某些传统美德，也必须完善、调整或改变，有的干脆必须放弃。学习上也是如此。强调独立思考，“集思广益”甚或“助人为乐”因此要受到限制。不再是“不让一个阶级兄弟掉队”，大学就是要考察、测度和比较个人能力，确保向天下陌生人推荐规格不同但让人放心的人才。“古之学者为己，今之学者为人”[2]；一旦知识要面对社会，作弊就不仅关系个人，更会导致信息错误：不仅关于你自己，而且关于你与他人的比较能力以及你经手的种种产品。遍布世界各地的无数陌生人怎样才能有效保护自己？潜在的严肃社会后果逼出了严格的规矩。一旦触犯，就是一个

---

〔2〕《论语·宪问》。

记录；你就得像郑智化柔情歌唱的那样，“用一辈子去忘记”，尽管你感到的只是严酷。

有道德意味，但不是说教；我没说好坏，只分析后果。我们每个人都曾经并一定程度上仍然生活在熟人社会，耳濡目染，有的还很重。但要在这个正逐步展开的现代社会中好好并放心活着，我们就必须形成、自觉并严守一些新的社会规范。许多人，不只是作弊被发现的同学，也包括那些没被发现、没机会作弊甚或一直守规矩的同学，包括我和许多成年人，还不仅在学习上，而且在日常生活各个方面，往往没有足够留心：深刻的社会变迁已为我们设立了做人的新的责任底线，提出了非常具体的素质要求。大学的功能，因此，不局限于传授和创造知识；它更是以陌生人的环境和只看标准的方式塑造着现代社会需要的人格，以此履行它对全社会乃至人类的责任。

因此，你们来北大就不只是读好书。我甚至不认为这是你的头号任务，不仅因为你们每个人的智力和潜能；更重要的，知识并非一个人的社会贡献或个人幸福的第一素质。社会需要的杰出者、成功者，并不等于，也几乎从来不是，那个时代的成绩最优者、学位最高者甚或最博学者。想想也曾在这个校园待过的毛泽东。想想 3 个月前才获学位的“哈佛历史上最杰出辍学生”盖茨同学。

尤其是本科同学，一定要刹住把“大一”当“高四”的惯性，别盯着老师、教科书、考试或“保研”；更别以为搭上了时代或是北大这趟车，就上了保险。伟大时代一样有失意者，北大出身也难免有人还是找不到北，光想着大。你的中国和世界也在你周围，在课堂、宿舍、食堂和志愿者活动中，在包括恋爱、社团甚至打扫卫生等日常琐细中,要以你们张扬个性的循规蹈矩或循规蹈矩的个性张扬,全面培养和增强自己的素质,积累你现代社会生活的资产和信用。前面提到的对所有陌生人保持基本诚信,就是其中之一。

这个追求,不高,但艰巨且必需;对你自身,也对整个社会。数年后,走进市场,走进社会,走向国际,不仅作为北大产品,更作为北大甚至中国的形象大使,你的胸襟气度,为人处世,言谈举止,规矩方圆,而不只是你的知识,同样推动深刻全面的社会转型,同样构成一个大国的软实力。

而如果不理解你正进入一个现代社会生活的训练营,忽略了大学可能给予你的博杂教训,就会有一个追随你终身的遗憾;如果只记住了一些互联网上很容易检索的法条,背下了一堆翻译软件就可以完成的单词,即使你所有考试都是“优”,甚或不幸获得了硕士、博士,也还是北大教育的一个失败。

开始了!再也不会有比这更饱满、丰润的经历了,你这一生!上万名男孩和女孩——你都能听见阳光的碰撞——合作、竞争、妥协、创造和分享,从陌生到熟悉,从忐忑到自信,还有终身受用的友谊,一夜反侧的无眠;当然,也还有你得当心却还是不可避免、可能击伤但不应击倒你的欺骗甚至背叛,还有那必不可少的失落、困惑和幻灭,以及只有青春才配享用,也只有青春才敢享用的失败。

而这之后,会是,更应当是,未来岁月中你所有的应对自如和从容不迫!

北大法学院,重复她的祝福和相信:在这里你将度过的,也许不是你最幸福,肯定不是你最灿烂,但必定是你最怀念的一段时光!

在许多感动之后

2008 年毕业致辞
2008/6/23

无论你何种心情，毕业这一天还是来了；居然来了；或，终于来了。

但我不打算太多关注校园，因为过去半年来扎堆儿的意外！二月，冰雪冻僵了南中国。三月，拉萨的浓烟；全球华人呐喊："做人不能太 CNN"。四月，埃菲尔铁塔下，金晶抱紧火炬，那感动了整个中国的羸弱又坚强的身姿。然后就是五月和六月，撕裂大地和河流，也撕裂了亿万中国人肝肠的特大地震；以及那些背着生者走出死亡、背着死者走出瓦砾的，比你更年轻的中国军人……

我们流了许多泪水，和中国一起；此刻的你，还会感动吗？

这注定是你人生中最重要的一年。情感的大起大落，一场最生动的毕业教育。你更多理解了自己，理解了中国，理解了这个相当复杂，不只有温情，还有险恶，有时还很残忍的世界/自然界。银杏树叶日见浓厚的一个早上，在排队献血的长长队伍中，我看到了你，还有你的选择。你长大了，你的身影告诉我；然后，学位帽的流苏一闪，你走进了这个刚刚举行了 110 周年校庆的大讲堂……

代表北大法学院，我欣慰也真诚地祝贺你们毕业！

预言当下是危险的。但我还是想说，多少年后，2008 年不仅是你，更可能是中国近代以来最具标志性的年份之一。不仅仅因为上述事件以及一个半月后的奥运，更因为你、我以及无数中国人在这一系列事件中的直觉、情感、思考和行动。一个利益和情感紧密交织的中国正在发生，穿越了生死于斯的村落、县乡甚或省市，也不再限于政界、商界或知识界人士。打湿中国的泪水，涌向汶川的志愿者和救灾物资，低垂的国旗和驻足的行人，以及舰、船、火车、汽车和工厂三分钟的汽笛悲鸣，重新锻造了我们每个人、这个国家以及每个个体与这个国家和世界的关系。

我看到了共和国；我看到了共同体。

这当然有，却不仅仅是人性和善良；更不因为所谓的“普世价值”。否则，死难更多的缅甸风灾为什么没有激起你我同等强烈的悲痛？奥运火炬传递为什么在各国会有如此不同的经历？以及为什么，尽管华人抗议，还是有许多美国人不知道，也没打算知道卡弗蒂先生究竟说了些什么？至少今天，民生与福利，民主和宪政，仍然并只能以民族国家为边界展开。如果一个国家的民众对利益共同体缺乏认同，对共同的基本利害缺乏感知，他们就还只是法律定义上的而不是自觉的公民；所谓民主就不无可能导致战乱和分裂——想想十多年来版图一次次切变的南斯拉夫以及今年 2 月间自行宣布独立的科索沃！而所谓宪政不仅可能成为一个地理国家的政治闹剧，更会是那里民众日常的生活悲剧——想想几年来爆炸声持续不断的阿富汗和伊拉克！

说这些烦人的话，不仅仅因为你我是法律人。精神洗礼或情感升华固然重要，仅此却不足以应对当今世界，甚至不足以有效展开你个人的未来生活。需要更有穿透力地思考、感受和理解社会，智慧地洞悉幽暗的人性，看到那些也许恰恰因为情感强烈、我们才有意无意拒绝看和思考的东西，并行动。

是的，我们愤怒于某些西方媒体对中国的偏见或成见，但那非常的愤怒也暴露了我们曾有过非常不切实际的期待；而这本身就是偏见。为什么如此期待别人的“全面”、“客观”甚至“正确”的评价？其中难道没有一点深刻的不自信，甚或自卑？创造者会以并总是以行动和作品创设标准！当然应当批评CNN或BBC或德国《镜报》不理解甚至妖魔化中国，但怎么可能期待他们同你我一样，甚至比你我更理解这个国家？更别说热爱了！而你我又真的很理解自己，或他们？卡弗蒂先生的刻薄言辞确有种族歧视的嫌疑[1]，但不无可能，他试图以“很黄很暴力”的语言争夺收视率；如果这一猜测不错，那么你我有理由分享的情感反应，在一定意义上，是不是又有点“很傻很天真”？即使他真的仇视中国，那也正常——怎么可能期待世

〔1〕 2008年4月9日在美国有线电视网(CNN)名为“情境室”节目中，一向言词火爆好斗的评论员和主播卡弗蒂(Jack Cafferty，1942-)在评论美中关系时说：“我不知道中国是否不同了。但我们与中国的关系肯定不同了。可以肯定，由于伊拉克战争，我们已经几乎把一切都典当给了中国。他们手中是我们数以千百亿的美元。我们手中却是同样数量的贸易逆差。可我们还在继续进口他们涂着超标铅油漆的垃圾品，以及有毒的宠物食品。[……]我们与中国的关系真是变了。我想他们基本还是那帮子50年来没啥变化的笨蛋和恶棍(goons and thugs)。”卡弗蒂的话引发了全球华人群体的强烈抗议，中国外交部发言人同年4月15日在回答记者问时也表示“震惊和强烈谴责”。

界上每个人都对中国友好？正如不可能期待每个人对你真诚一样——除非你准备上当受骗！“让世界充满爱”是期盼，恰恰因为这个世界还没有，也许永远都不会，充满爱。仅仅歌声，改变不了世界！

我们关心别人的看法，会努力沟通，必要时也将抗争。但看法，和爱情、友谊、信任乃至你未来的事业一样，不可强求；强求会使一切变质。中国和中国人的世界形象，说到底，要靠你我的长期努力。相信世界绝大多数人的善良和判断力，但首先自信：我们正在创造一个强大的、更是伟大的中国！

还回到汶川地震。灾难使我们血脉相连，但要清醒地意识到，这种心心相印未必会，甚至就是不会，持久。钱钢的《唐山大地震》曾有过生动描述；涂尔干的《社会劳动的分工》则有过理性分析。[2] 和灾难不一样，情感来得快，可能去得也快。生活一旦回归常规，斤斤计较、钩心斗角甚或贪婪卑下，如离离野草，就会重新占据它的领地。灾难考验人性，但不改良人性。因此谭千秋老师安息了，而我们的一位校友范美忠老师闹出了很多动静。灾难不是长效的道德保鲜剂，否则诺亚方舟的大洪水或肆虐的黑死病早该把人类带进天国了！事实上，这次地震也没能挡住一些罪恶的手伸向死者的财物。

而我们如此动情，相当程度上应归功于发达的媒体，特别是电视。“触目惊心”，“触景生情”，人类更多是依赖图像感知世界和自我的生物。我们很容易震惊于如山的废墟、成片的特

---

〔2〕 钱钢：《唐山大地震》，解放军文艺出版社，1986年，第5章；涂尔干：《社会分工论》，渠东［译］，三联书店，2000年。

别是儿童和孩子的尸体，乃至废墟间小郎铮一个敬礼就让许多人潸然泪下；否则，8.0级、特大地震、近10万人死亡和失踪，在我们心中，几乎就是一些抽象的文字或数字。

不是苛求或批判，但也不是宽容，我只想暴露，你我在内，人类的一些弱点。永远不要低估这些至今没多少改变的人类弱点。

甚至，我想说，地震后的许多慷慨，尽管出自善良，却不仅仅**因为**善良，至少部分的，因为我们的人民更富裕了，国家更强大了。许多个人才可能成百上千，甚至上万的捐款，捐出的也不再是穿旧或退出街头风景的衣物；才有人能够自驾甚至"打的"千里迢迢去当志愿者。中国政府才可能一个多小时即启动了，并在几天内运送了，十多万军人、武警进入灾区；震后一个月就制造和调运了上百万顶帐篷和十多万套活动房。是，富裕不等于善良，但极度贫困甚至会剥夺善良。一个强大的祖国不可能仅仅是情感的，她还必须拥有巨大的物质财富！

其实，我们从来善良。但只是这一次，在整个世界面前，中华民族才得以展现令我们自身也震撼的强大的善良——而不是善良的强大。而正是30年来的改革开放，为我们的人性在这一刻的饱满释放奠定了坚实基础！

这还算一个毕业致辞吗？冷酷说教中还夹带了不少"政治不正确"！但替代公文化毕业致辞的并非只是"柔软地想起这个校园"。面对今天的中国和世界，我们必须超越昨天和自己。我们拥抱，却不止步于，感性和温情！

而且，我相信，无论如何，这都会是你心中最好的校园，留下了你的一段刻骨铭心。种种失意，哪怕是失望，时光打造，最终都会成为你回忆中的亲切。其实，记住这一点也就够了：贺岁之夜的广场上，这个大学的校长为你们，更为了你们，唱着“我一直有双隐形的翅膀，带我飞，给我希望……”〔3〕

真的，我相信，即使流了许多泪水之后，今晚，“上元居”的散伙饭上，我仍会看见你盈盈的泪光！

祝福你们！北大法学院祝福你们了！

〔3〕《隐形的翅膀》原是台湾偶像剧《爱杀17》（2006）的主题曲；2008年年末，许智宏校长为守夜欢度新年的学生现场演唱了这首歌。

重申的祝福

2008 年迎新致辞
2008/9/24

迎新会早该开了。前两天去日本开了个学术会,不去不好,就想请守文书记致辞;他还是要等我回来,让院长给新生说几句话。就这样耽搁了,实在对不起各位同学了。让我代表法学院全体师生,热烈欢迎 2008 级新同学来到北大,走进或走近也许自少年时代以来你的那个期待——当然,回家过了个暑假,回来继续上学的同学除外。

一些同学,特别是本科同学,可能期待一份专门的、属于你们的致辞,为了你们的校园生活开始。但这个场合该说的话,其实,每年迎新会上,我大都说过了。在一个网络时代,你们或许已经熟悉;但也许还值得你们看看,不为那些文字,而是引出这文字的那些问题本身;问题没啥变化,变化的只是受众,或修辞。

说起来,30 年前,前后也没差几天,我,和你们今天一样,梦一般踏进这个校园。恍恍惚惚,懵懵懂懂,找不到北,光看见大;一年过去后,考法理,也就是我今天的研究方向,惭愧地告诉各位同学,我考了全班最差。

不是在这里忏悔,头发和眼睛都花了,再吟诵"少壮不努力，老大徒伤悲”，没意思，也很讽刺。我只是想和大家说说“期待”。人当然会有，也应有期待，它其实是个人理想或愿景的一部分，是比较“小”、比较个人、很可能实现的那一部分。人活着也就是活在某种期待中，无论这个期待的社会评价。但期待也常常作弄人；特别是那些把期待更多放在环境或他人而不是自己身上的人。在一定程度上，这是一种依赖，或会变成一种依赖，不仅高估了名校、名师、天时、地利乃至机遇等外部因素的作用，有时还隐含了对自己潜能和实力的高估。结果，或者怨天尤人，或者得意猖狂，至于具体何时何种状态，则取决于一些偶然因素。

不要以为进了北大自己就会如何如何，就能成为谁谁谁；我以前说过的，大意是，除了都属于北大这个专有名词之下，你我同陈独秀或胡适、鲁迅或毛泽东这些北大名人其实没什么关系；即使事先看来，有某种有关你的未来成就的概率关系；这种概率，尽管统计学上分配公平，现实中只能某人独占，而不管你觉得公平与否。这种概率在你没进北大也就存在，因为都是人，都是中国人；今天不过是让你觉得这种概率好像高了一些。永远不要相信北大、清华乃至哈佛、剑桥本身有什么神奇，除非你自己努力，并且要贯穿于你在北大以及北大之后的一系列看得见和看不见的琐碎，甚至“无事”中。

即便最大的努力，也不必定会，甚至一般不会，令你人生的所有的梦想成真。许多努力都不是以光荣结束的，而会以梦想结束。因此也许才有了“光荣和梦想”这个短语。努力只是，最多只是，光荣的一个因素。

就说说刚结束不久的奥运会吧。即使因中国的努力而

“无与伦比”,但对中国,还是有,甚至激起了不少发达国家的人(至少从这些国家的媒体来看),各种各样的怀疑和猜忌。不要以为自己努力了,做得好,别人就会或就应承认。这个期待不现实。如果猜疑和嫉妒是更关切自身利益和安全的人们的一种自然情感,偏见是任何偶在个体的在所难免,那么利益不同或利益关注不同的人就永远挣脱不了这种“原罪”。你们自然也会遇到。这甚至不完全是软实力问题;没有“干货”的软实力,就只剩下软,没有实力。有点扯远了;我想说的不过是,别太指望努力就一定会得到承认,甚至未必需要别人的承认。

因此,不切实际的期待有时会带来沮丧、愤懑,甚至一种失落,以及因失落而强化的“权利”感。我们当然希望未来和世界美好,我们会为之奋斗,尤其当你们踏入这个学校,这个学院之际。但真实的世界从没,而且也不可能,允诺每个人很多实在的享用;现实给予的更多是一些归在自由名下的那些潜在机会。实现这些潜在,除了努力外,常常还需要并非人人都有的一份天赋。不是博尔特,不是刘翔,黄金大奖赛上的黄金就没你我什么份了;既然进了法学院,你已肯定不是爱因斯坦,也很难说会成为另一个鲁迅;在这个意义上,我们每个人至少在某个甚或某些方面都是“残缺”的,和刚刚结束比赛的那些勇敢的残奥会运动员一样。甚至,首先在对世界不存幻想上,然后在意志品质上,我们许多人可能还不如他们健全。

不是想打击同学们的兴奋;我不过是说点实话,提醒,要及早走出自我对社会、人生和世界的任何不切实际的期待。别忘了“君子求诸己,小人求诸人”(他人、环境、社会和世界)的古训。努力是唯一可以由你把握的变量,否则,你甚至会受不了考试成绩不理想或失恋这类小小挫折,更不可能在关键时刻、大是大非问题上"知其不可而为之"。既然你们来到了这里,在很大程度上,就不应过多期待别人,而要接受更多别人(家人、社会等)的期待,因为你们是北大法律人!

不多说了,生活的磨砺会比任何说教都更强有力。我相信,你们都明白,也一定盘算过,该如何度过在北大的这两年、三年或四年。重要的是要"从我做起,从现在做起"。这是30年前我们那代人上大学时,清华同学提出的一个口号。转送你们,因为太阳底下无新事。请珍惜并充分利用不仅是北大、而且是中国和当代提供的一切可能,"发现你的热爱",创造一个"大气"的自己。

而北大法学院也重申她对新同学的祝福和相信:在这里你将度过的,也许不是你最幸福,肯定不是你最灿烂,但必定是你最怀念的一段时光!

走出校园

2009年毕业致辞
2009/6/29

你们就要走出校园了,该老师说的话,还不说,就是失职。因此,趁今天这个场合,我首先代表北大法学院和全体老师祝贺你们;也感谢你们多年的努力,不仅造就了你们,还有我们,此刻的成就感。也想唠叨几句;话题是几年前看电影《天下无贼》留下的,一直耿耿于怀。

影片中,傻根忠厚老实,对所有人都没戒心、不设防。女贼(刘若英)怀孕后,突然良心发现,想保护傻根,生怕他了解了生活真相,失望、受伤或学坏,愿意他"永远活在天下无贼的梦里"。男贼(刘德华)则认为,不让一个人知道生活的真相,就是欺骗;生活要求傻根必须聪明起来;而一个人只有吃亏上当受过伤,才能重获新生。他强悍地反问:"[傻根]他凭什么不设防?他凭什么不能受到伤害?凭什么?就因为他单纯,他傻?"

这是两种教育理念的尖锐论战。都有道理;道德高下也并非一目了然。今天中国几乎所有的父母、老师都更多偏向了刘若英。不是不知道生活有阴暗面,但就怕年轻人学坏,不让他们接触,还来些话语谴责。我们太注意区分知识的善恶了;与时俱进,搞了各种政治正确。似乎只要严防死守,像对付"萨斯"或"甲流"一样,或是装上个"绿坝"[1]什么的,就不会有人感染,就能消灭病源,最终培养出一批时代新人,全面提升人类的道德水准和生活质量了。也就二十年吧,说是不能让纯真的心灵受伤,以保护隐私、防止歧视为名,我们就进步(或堕落?)到从小学到大学都不公布考试成绩了!

鸵鸟战术不可能成功,校园也非净土;我只是担心有人被忽悠了。真傻还不要紧,傻人有傻福——想想傻根;而"天真是冬天的长袍"[2],也能帮助我们抵御严冬。我最担心的是,过于纯洁、单一、博雅或"小资"的教育,一方面让人太敏感、太细腻,一方面又会让人太脆弱。考试不好都"很受伤",那考不上大学呢?求职或求爱被拒呢?更别说其他了。瓷器太精致了,就没法用,也没人敢用。生活中谁还没个磕磕碰碰?!

但也确实很难接受刘德华主张的"残酷教育",更无法实践。影片中,刘德华也没做到;他倒下了,为保护梦着天下无贼的傻根。更可怕的是,刚听罢"无毒不丈夫",一转身,理论联系实际,活学活用,李冰冰一面满含热泪恳请黎叔原谅,一面就把自己的这位导师交给了警察;连老奸巨猾的黎叔也只能感叹

---

〔1〕"绿坝"软件,全称"绿坝—花季护航",据说可以有效识别色情图片、色情文字,并对之拦截屏蔽,还具有控制上网时间、管理聊天交友、管理电脑游戏等辅助功能。2009年4月1日教育部等部、办曾发文要求各地教育行政部门,于2009年5月底前,在各中小学联网的计算机终端安装"绿坝";2009年5月19日,工信部也通知,要求2009年7月1日之后在中国境内生产销售的个人计算机出厂时预装"绿坝"。这一决策受到了社会广泛质疑和批判。2009年6月30日晚,工信部新闻发言人称,由于工作量大、时间仓促、准备不足,可根据实际情况推迟预装绿坝软件;这实际宣布了绿坝计划的破产。

〔2〕英国诗人布莱克的诗句。参看,布莱克:"老牧人之歌",《布莱克诗集》,张炽恒[译],上海三联书店,1999年,页30。

“大意了”。一个字——报应!

莫非我们和刘若英一样,“怕遭报应,想做点善事积点德”。但一时的善良会不会成为长远的残忍?而且,我们真的善良吗,或只是为证明我们善良——其实证明的是我们的虚幻、虚弱并因此是虚伪?

这是教育的深刻且永远的两难。由此才能理解中国古代“易子相教”、斯巴达教育以及毛泽东的“大风大浪培养革命事业接班人”。但这些也只是生活磨难的替代品;严苛不让人长记性,吃一堑才能长一智。我有时甚至怀疑,今天大学搭起的知识殿堂,只是暂时搁置、部分隔离、更多是推迟了你终将面对的严酷;却缓解了我们内心深处的疑虑和不安。

知识也未必能走出这个困境,尽管我们常常王婆卖瓜,说什么“知识改变命运”。这话没错,但弄不好也,甚至很,误人子弟。它夸大了知识、博学、思想和理念的作用,捎带着也就夸大了知识传授者的意义;它低估了行动的意义,更严重低估了行动者的艰难。其实,至少我,或许还有其他老师,选择校园并不只因为热爱学术,至少部分因为读书比做事、特别是比做成事更容易,也更惬意。校园教育注定是残缺的。它确实拓展了你某些方面的想象和思辨能力,却也可能因此弱化了你应对和创造生活的能力。

出于责任,而不是愧疚,我把这些困惑和担忧,包括自身局限,都告诉你们。就是没法给你一张 IQ 卡,也没密码;而且“是真没有”,即使“这可以有”。希望你们重新审视并尽快走出校园。不要只用规范的眼光看世界。生活世界一定不规范,有时还抵制规范。不要把符合逻辑或看似普世的话都当真或太当真。生活不是逻辑。真正普世的无需倡导,有人推销的则一定不普世,还可能假冒伪劣。如果没有准备,一旦遇上忽悠行家或策略高手,甚至卑鄙小人,你就会手足无措。无论是消极无为,还是同流合污,即便愤世嫉俗,那也是行动力的丧失。说不定,一次情感创伤就毁了你的善良和未来——想想法大的付成励同学。[3]

你就得像宋丹丹说的,“做[……]人就是要对自己狠一点”;请记住,是对自己。要抗造,经得起摔打,顶得住飞来横祸或无妄之灾。“好人一生平安”也就一支歌,听听就行了。出门被车撞的,野外遭雷击的,并非都是,其实基本不是,不孝子孙或贪官污吏。就算民主法治能让国家长治久安,也消除不了办公室的钩心斗角。格林童话里,你也得走到结尾,才能“从此过着幸福的日子”。

不是说放弃诚实和善良;只是老百姓说的,“害人之心不可有,防人之心不可无”。真正的善良只能出自知情的选择和坚持。

这些话冷峻,却不冷酷,更非冷漠。怎么可能不希望你们每个人都一帆风顺?!只是既然你走进了这个校园,生活在这个世界,你就注定不是为重复昨天的故事,听从教科书的安排。我们只能创造你的此刻,你要创造的却是自己的未来;要实现的,不是别人——包括父母——对你的期待,而是,最好是,你

---

〔3〕 因同女友分手,2008 年 10 月 28 日,付成励用菜刀砍伤并致死据称先前曾同其分手女友有过恋情的本校副教授程某;2009 年 10 月 20 日,北京市一中院一审判决付成励死刑,缓期两年执行。

对自己的期待。你必须有能力承担起想象中你无力独自承担的责任,即便是为人子/女、为人夫/妻,为人父/母或为人师/友。

而且你们是共和国的年轻公民!你们当中应当产生,也定会产生这个国家和社会各行各业的精英,甚至领袖。共和国很快将迎来她的60周年,但凭什么说你的今生今世或此后,中国就不再遭遇汶川,就没人折腾了,就没人打西藏或新疆或台湾或南海的主意了;或贪婪不再引发什么全球性危机,人类就此与“9·11”决绝,一路高歌,直奔历史的终结?!

过去一年来,我强烈感到,中国不是正走向,而是被推上更大的世界舞台。主要还不是“奥运”,而是金融海啸。当然还有索马里护航、美国要中国为巴基斯坦提供军备,以及盘算中的收购悍马或沃尔沃。即使看似波澜不惊,也意味着波澜壮阔也一定波诡云谲的挑战。不尽是机遇,一定有莫测的风险、陷阱、圈套,弄不好还有灾难。

而所谓精英,就是人们感觉良好,他却见微知著,小心翼翼,默默为整个社会未雨绸缪。这就是先天下之忧而忧。仅有理想、知识或爱心还不够,你们必须,也相信你们会坚定、冷静、智慧和执著;还必须有人准备,紧要关头,挺身而出,当仁不让,承担起对这个民族乃至人类的责任,直至为之献身。这就是后天下之乐而乐。

我不是推荐这条路。没有。我只是指出有这么个选项。和天下的父母差不多,我们其实更愿你们平平安安;也想过,却未必期待你们成为英雄。英雄路注定坎坷,更是狭窄;无人允诺,更没法保证,选择了,终点就是成功,而不是悲壮。至少,我的这番婆婆妈妈，在很大程度上，恰恰是想到你们当中难免有人失落、失意甚或失败。

但无论如何，我们都祝福你们！北大法学院都祝福你们！

也无论如何，我们都尊重你们各自的选择；并相信你们，会无怨无悔！

更是播种的季节

2009年迎新致辞

2009/9/13

为预防“甲流”，与往年不一样，我们把今年的迎新大会搬到了室外。未名湖畔，绿茵场上，北国初秋恣意流淌的阳光和风，确实给人漂荡、沉浮于梦境的感觉——不只是多年来你的，还有你父母的梦。但，这不是梦。你就站在北大，你已是一名北大法律人。

北大法学院真诚祝贺你们！北大法学院热烈欢迎你们！

这么多人许多年来一直梦着、想着、瞄着甚至盯着北大，这肯定是个好地方。但对于你来说，北大的好处不在于外人对她的评价，而在于她给你的挑战以及你给出的回应。在这个群贤毕至、少长咸集的地方，你自幼以来的智力优越感会受到挑战，曾认定天经地义的也会受到质疑；当没人督促学习之际，连闲暇也都可能成为你的挑战。上北大曾是你的明确目标，如今真来了，甚或恰恰因为来了，似乎所有的路都已向你敞开，有了比同辈人更多的选择，无需“走别人的路”，自然也不会“让别人无路可走”了，你却很容易失去目标和方向感，甚至有点困惑。

你的回应在很大程度上取决于一个很容易被人视为空泛，其实并非如此的问题，即如何选择你的人生目标，你大致希望自己这一生成为一个什么样的人。注意,这与选择北大、选择法学院不同;也与毕业后选择什么工作、挣多少钱不同。来北大,哪怕是你自己填写的志愿,那通常也是家庭、母校和社会的“合谋”结果,从一开始你就很难也没打算抗拒;而当没有其他同样诱人因此需要比较取舍的选项,或其他选项不过是退而求其次的保险之际,算不上真正的选择。至于毕业后找什么工作,挣多少钱,也算目标,也并非不重要,但即使全都如愿,也只能给你暂时的满足,不可能给你持久的动力。坦白地说,要实现这些目标,未必要上大学,至少未必要来北大。

而现在你是在北大。

北大法学院希望你们能成为杰出的公民。

首先是公民,不是实证法律意义上的——你们已经是;我说的是规范意义上的。独立、诚实、自律、信守承诺并坚毅,分享普通中国人的喜怒哀乐,有一定的理想和追求,有足够的宽厚或仁爱,无论现在还是将来,无论在什么地方,从事什么职业,在什么岗位。这其实不算什么要求,而只是你在当代社会正派体面生活的基本素质。加上我丝毫不怀疑的你的智力,你就能面对每个人都无法幸免的各种艰难曲折,无论达穷荣辱,都能保持足够的自信,并获得内心的安宁和幸福。

但北大还希望,也要求你们杰出,同样是无论在什么地方,从事什么职业,在什么岗位。这里是北大;这里是北大法学院。她有责任为社会培养精英,各行各业的,不一定要坚守在法律界或法学界。这因为“君子不器”,你可能还需要、也有时间发现自己潜在的真正偏好和优势;但更因为全球化和崛起的中国对知识和人才需求是变化的。创新意味的是,今天的专业学习不应成为明天你飞翔翅膀上的黄金。不管怎样,中国对北大,并通过北大对你们有比对一般公民更高的期待。你们不能只是作为晚辈或学生面对亲人和熟人的期待,更要作为公民面对无数在天资、家境或运气等各方面不如你的陌生公民的期待,有能力并更多承担起对他们的义务;甚至,必要时,承担对于人类(即儒家传统的"天下")的责任。

这是义务。因为,过去两个月来,甚至就在来京报到的路上,你们每个人都以不同方式收到了许多人对你的欣赏、赞美和支持。不要把这些仅仅视为个人努力的结果,是自己的应得。你还没有为社会做出多少实在的贡献;因此,在我看来,这些赞许不过是社会预支给你们的荣誉和信任。预支的结果不能是透支。人要讲信用。用句《无间道》中我知道很不恰当的话来说,那就是"出来混,总是要还的"。

说到公民,自然离不开我们的共和国。她即将迎来60周年华诞了。尽管有许多艰难曲折,许多经验教训,一个古老的中国已焕然一新。对于绝大多数中国人,烽火硝烟、兵荒马乱都是一些不会眨眼的词了;曾经的巨大社会动荡也在记忆中逐渐沉底。中国正在崛起,充满活力,即使有许多亟待解决的问题和麻烦,本身都来自,同时也构成了这种活力。这是我们的先辈在血里火里开创的,是你们的父辈在风里雨里拓展的,并将由你们延续光大的一个民族的伟大事业。共和国需要,始终需要,一批愿意,更重要的是能够,以天下为己任的人。

这是一个真正重要的选择,只能由你,最终以你一生的行动来选择。无论你是否喜欢,哪怕是不经意间,你也都正做出这种人生选择;并且,无论结果如何,你都无法不接受。

因此，这个秋天，在一定意义上，是你第一次收获自己的季节；但更是你真正开始独立播种自己的季节。四十年后，共和国百年华诞之际，你会有更多的收获；共和国则会因为你，因为你们，有更多沉甸甸的收获。我和今天在场的一些老师不大可能见证那一天，我们却仍然如此相信。

相信你们，是因为你们。

许多告诫和叮嘱就不再重复了；我只想重复，也该重复，北大法学院的一个从未食言的允诺和祝福：

在这里你将度过的，也许不是你最幸福，肯定不是你最灿烂，但必定是你最怀念的一段时光！

不可能的告别

2010 年毕业致辞
2010/6/28

首先代表北大法学院感谢尊敬的罗豪才老师出席今天的毕业生欢送会，他也是今天在座的我们法学院最年长的毕业生；感谢曹康泰老师加入北大法学院，令我们——用姜明安老师的话来说——兵强马壮；更感谢各位远道而来的家长，来参加这个欢送会，来看你们的孩子，他们真的长大了。

因为学院换届，各位同学，我以为，今年我不用致辞了，可以轻松了；但新班子还没定下来，或是没宣布，临了临了，只好再一次，也是最后一次，我在这里代表北大法学院真诚祝贺并欢送你们毕业。

尽管也有几年了，但致辞还真不是件惬意、风光的事。我嗓子不行，唱不了高调，还老跑调，每每让那些挤在真理身边的人士听了窝心（都往那儿挤，若把真理挤掉下去，那可就狼狈了）。而且不也就那么些话吗？真诚的重复还是重复，深情的唠叨也是唠叨，这两年还有了赝品；今年就有，还不能算什么"山寨版"，而是假冒。因此，我很担心你们厌烦。何况这一次还是临阵磨枪，昨晚和今天一大早我都在办公室写和修改。但怎么办呢？我们生活在一个日益制度化即所谓法治的时代，不管你愿意不愿意、喜欢不喜欢，都得遵守制度，履行职责。

因此,上面这些话就不全是调侃。因为,法治并非某个文件或书本上那些让一些人热血冲顶让另一些人昏昏欲睡的语词,而就是现代生活少不了的大大小小的规矩,包括毕业由谁致辞,说些什么,以及怎么说,等等;自然也就不容假冒。规矩不一定起眼,有时还让人闹心,却能给人们一个大致稳定的期待。而你即将踏入的社会,就是我们参与创造的这样一个制度网络。它对你有全新的稳定期待;你要从更多接受他人的关爱和宽容,转向更多关爱和宽容他人;甚至仅仅因为你北大法学院毕业,要求更高、更苛刻。

不错,我说过"发现你的热爱",那是在新生入学之际,是就大学学习而言;对于毕业生,我的告诫从来都是"责任高于热爱"。记住,承担责任,有时不是因为你喜欢,而是尽管你不喜欢。这是对成人的要求;理解并做到了这一点就算大人了。这或许是毕业对于你最重要的意味。

与此相关的则是要守住自己。去年我已说过,大学教育天生有缺陷,还无法弥补。今年再加两句吧:学校会增加你的知识,但知识不等于德性,提升不了人的德性,也增加不了你的判断力和意志。别以为学了多年法律,有了法学学士、硕士、博士学位,嘴边挂着正义,就真以为自己正义了,或是比别人更正义。这是一些脑子不清楚或是脑子太清楚的法律人编出来的,忽悠别人,捎带着推销自己,但弄不好把自己也给忽悠了。想一想,难道学经济的,天天念叨亚当·斯密或成本收益,就个个是亿万富翁了?好像(这个"好像"完全是个修辞)比尔·盖茨、斯蒂夫·乔布斯都不是学经济的,还都辍学了。"知识越多越反动"当然不对,但也别以为念过几本书,知道几个词,还会说“我很 happy”，人就聪明或高尚起来了。这些年来，我们就生生看着一些法律人倒掉了，学位、地位甚至学问都不低；最近，还包括我们一位 ’86 年毕业、在商务部工作的校友。

我不怕丢人，也不怕这一刻提这事令各位扫兴。提及这位校友，是因为，对于承担更多更大社会责任的精英来说，对于你们来说，这是个真问题，很现实，也很要紧。腐败会追着社会责任，农民工即使想受贿也会受歧视。孔子早就看到了这点，因此他提醒君子——不是普通人——三戒；说的是一回事，就是任何时候，都别光看见眼前那点私利，都别给自己干坏事找借口。如果你能戒，就是君子；没戒或没戒住，就不知该如何称呼你了。君子的界定是行为主义的，不是自我想象的——好像是莎士比亚说的：在恶棍心里，自己也是个大好人。

人们常说今天是一个充满机遇和挑战的时代，是社会转型、社会道德共识重建的时代。但换个说法，同义反复一下，会让我们看到和想到更多的问题。这句话也是说，今天是一个诱惑很多、外在规范特别是制约不够的年代。这挑战法治，但更挑战一个人的德性、操守和判断力。如果没有或不足，或有侥幸心理，你就把握不了自己，容易忘乎所以，随波逐流，一不小心也可能混迹于成功人士。但记住鲁迅先生的话，大意是：如果你真能折腾，真会忽悠，也会小有斩获；但要想凭此成大事，自古以来，门都没有。[1]

当外在规范和制约不足时，我们心里就更需要点荣辱感，也就是独自面对自己或永恒时，心头会悄然掠过的那一丝莫名

〔1〕“捣鬼心传”，《鲁迅全集》卷 4，人民文学出版社，2005 年，页 635。

的骄傲、自豪和优越感；借用李敖的诗，还“不要那么多，只要一点点”。有了这么一点，你就会更看重做事，努力做成事，而不太计较所谓的公正回报，也不那么关心，或总是关心，别人对你的看法；你就可以不要求别人理解和原谅，却可以，恰恰因为你理解了，不原谅、不宽恕某些人，某些事。

人生有许多事不值得较真，但有些事必须较真。要对得起自己。如果觉得不该做的，无论是折腾人还是倒腾事，就是不做；该做的，“虽千万人，吾往矣”，爱谁谁！但这不是知识问题；就算是，北大也给不了你。得你自己养成，在一次次艰难有时甚至是痛苦的选择和行动之后。它拒绝机会主义，需要德性，对自己真诚，有时还要有点血性。

听起来像是说教和劝善，其实不是。我55岁了，有点天真，却不只有天真；我也毫不掩饰自己相信后果主义和实用主义（别有人认得这几个字，爱拿北大说事，就以为可以开练了。当心闪了腰！）。我是认为，只有这样，一个人才可能穷达淡定，荣辱不惊，守着自己的那点事业，守着自己的那份安宁，哪怕在世俗眼光中他/她既不富有也不成功，甚至很失败；也只有这样，我们才有一个虽不完美却还是值得好好活着并为之努力的社会，而许多人也会因此多了一个好好活着的理由。

就让你我站成这个理由！

我们不就是为此才走进北大的吗？尽管，许多同学就要告别这个校园了，我也将告别院长的职责。我们都如流水；我们都是过客。但我们不可能告别北人。

北大并不只是一所大学的名字，不是东经116.30度北纬

39.99 度交汇处的那湾清水、那方地界，甚至不是所谓的北大象征——“一塔湖图”或墙上铭刻的北大校训。你我都有一个属于自己的北大，包括农园的油饼或二教的自习，一帮子伪球迷半夜爬起来光着膀子看世界杯，或是“淘宝网”上守候秒杀，当然还有岁末晚会上许校长那并不动人却因此更加动人的歌声，或是那枚从没别上胸前、已经找不到了、却永远别在你心头的校徽……

北大也是近代以来许多中国人的一个梦。你我就生活在，明天则会说曾经生活在，他们的梦中；他们也因此将，且应该，永远生活在你我的梦中了。不是什么庄生梦蝶；我说的只是，因为北大，我们懂得了责任，并且有能力担当。

更何况高铁和飞机，google 街景、短信以及刚上市的 iPhone 4，已经彻底改变了农业社会的“此去经年，应是良辰好景虚设”。天涯比邻，法学院随时欢迎你回家看看，也会以更多方式与你同在——无论你身在何方！

但为什么，为什么呢？穿过时光，穿过南方的山，北方的河，我们祖先的基因跋涉而来，在你年轻的心中，又一次撩起了古老的离愁……

实在扛不住了，就“小资”一下吧。用剩下的几天，细细体会一下你似乎从未有过的软弱和温情，伤感那“小鸟一样不回来”的青春，告别——在你入学时我祝福的——这段“也许不是你最幸福，肯定不是你最灿烂，但必定是你最怀念的时光！”

然后，我们出发。

这个夏日，北大见证了一批过客，他们要到一个叫作“前方”的地方去！

废弃的石头

不会忘记的承诺

北京大学法学院100周年院庆大会致辞

2004/5/2

各位领导，各位嘉宾，各位校友，老师们，同学们：

今天我们在这里隆重庆祝北京大学法学院100周年；庆祝中国现代法学教育100周年。

1904年1月13日，清政府批准了主管学务的大臣张之洞、张百熙、荣庆等修订的《奏定学堂章程》，把法律学正式列为十种“专学”之一。尽管此前京师大学堂以及外地的一些学堂已先后开设了一些法学课程，作为政治系（当时称作“门”）的一个专业（当时称之为“目”），也尽管京师大学堂法律门正式招生是在5年之后，但今天看来，1904年却是中国法学的一个重要标志。它不仅标志着法学成为一个单独的学科，标志现代法学教育在中国的正式确立，它还意味着学术的变迁，社会需求的知识类型的变迁，学科体制的变迁；但最重要的是，它意味着面临“数千年未见之大变局”（李鸿章语），整个中国社会不再可能，以“三纲五常”为核心，以传统的政治、伦理体制来治理了。中国开始，也必须，寻找现代的政治和社会治理方式了。

但在过去的100年里，应当说，法学和法学教育在中国社会中起到的作用，总体看，不太辉煌，在很长时间内，甚至颇为暗淡。它有许多先天不足：最初主要是移植的产物，因此它与当时的中国缺少亲和力；最早是在“仕学院”或“进士馆”中传授，因此是作为科举仕途的一个替代，它与传统官僚体制有纠结的联系；没有一个有需求的市场和一个强大的法律职业，因此它缺乏职业知识的根基；诞生于马关条约、戊戌变法以及八国联军入侵北京之后，因此它有很强的“变法图强”的影子，却又没能避免甚或延缓中国的衰败，甚至是加快了王朝的覆灭；而此后持续了100年的一系列以变法、维新、革命、战争和改革为标志的具有重大社会意义的变革，从另一层面看，则不时扭曲、湮灭、中断或至少不太有利于法学和法治的发展。

但它毕竟延续下来了。而且，正是或只是经历了这些激烈、重大、深刻且全面的社会变革后，中国基本完成了经济、政治和文化的历史性转型，中国的法治才有了真正坚实的现代社会根基，中国的法学才有了有生命力的附着。特别是在过去的25年间，随着中国进入一个长期稳定发展的时期，随着改革开放和市场经济的蓬勃发展，中国的法治实践、法学教育和法学研究终于迎来了它一个世纪来最为迅速、全面和生动的发展。

持续百年的北京大学法学教育见证了这一历史变迁，浓缩了法学在现、当代中国的兴衰荣辱，并以这段历史提出了或重申了一系列值得我们今天反思和铭记的有关法学、法治与中国社会的基本命题。

我们应当感谢这个天翻地覆的世纪，感谢这个自强不息的民族，正是对于民主法治的要求，正是对于民族振兴的渴望，才有了北大法学院，才有了今天遍布各地的现代法律人和法学人。我们感谢那些已经故去的，甚至已记不起他们名字的法学前辈,我们感谢曾在和正在北大法学院服务的全体教职员工,在风风雨雨的路途上,他们以各种努力坚守着、呵护着、传递着这燃烧了一个世纪的法学薪火。我们感谢从法学院走出去的一代代追逐理想又脚踏实地的法律人,正是他们——包括今天在座的校友——以自己也许是平凡的实践,才使得今天的北大法学院可以以他们或你们为自豪。

我们感谢世界和全国各地的兄弟法律院校,它们不仅曾为北大法学院培养、输送了许多优秀的教员;并且,即使是它们的存在和竞争,甚或是对北大法学院或教员的各种形式的和各方面的批评,也都是北大法学院发展的动力,使得北大法学院有了发展的参照、标准和模范,甚或有了对手——而没有英雄作对手,又怎能锻造英雄?我们还必须感谢北大的各个院系,这个学术的共同体滋养了曾经“幼稚的法学”——如今她已是燕园最大也是最重要的院系之一了。

我们必须感谢无数学生的,不仅那些进入了甚至特别是那些没能进入北大法学院的学生的,家长。一年又一年,走过南方泥泞的田埂,或北国高远的星空,他们送来了自己抚育多年的宝贝儿女,让我们挑选,北大法学院因此获得了她持久的青春活力,更重要的是,把她的根系深深扎入了这块土地。

当然,我们还要感谢以各种方式关心过、支持过北大法学院的全国各地乃至世界各地的无数的组织、机构和个人,感谢在此不可能一一列数的、他们长年累月的也许是细小微薄的帮助。

正是这一切,才塑造了这所属于整个中国的法学院。

100 年来,无论在清末的变法维新中还是在民国初年爱国学生运动中,无论在新中国的建设还是新时期的改革开放中,无论在历次宪法的制定、修改还是香港基本法的制定、解释中,无论在审判“四人帮”等重大政法事件还是依法治国的历史进程中,无论在法学教育还是在法学研究中,无论在边疆的基层法庭还是在一些重要的国际法院中,都活跃着北大法学院教师和校友的身影。我的一位师兄如今正领导和管理着一个超过一亿人口的大省,要知道,这个数字接近日本全部人口。我们有最多的法学重点学科,我们获得了法学一级博士点;我们的科研教学成果获得了从中央到地方以奖励或其他形式的社会承认。

对于身处北大或毕业于此的法律人来说,毫无疑问,北大法学院是我们的最爱。但此刻,我不打算一一历数她的辉煌。不仅她的历史和现状都无法同世界一流法学院相比;而且当年“南有东吴,北有朝阳”的说法也表明:即使在昔日中国,她也不是西施。她只是我们眼中的西施。每个学校都有自己的骄傲,就如同每位母亲都会为自己的儿女骄傲一样。

更重要的是,在我看来,面对100年来中国的天翻地覆,面对着正在发生的中华民族的伟大新生,北大法学院的辉煌还不够气派,清点数字甚至有点小家子气。沉溺于历史者有可能失去当下,去年我在参加某著名高校校庆时就说过,一个人或一个组织如果总是追溯自己悠久的历史,展览其高贵的源头,有时不仅可笑,而且在某种程度上可能恰恰反映了她的今天已不那么辉煌,甚至可能是缺乏自信。我希望与法学院同仁分享这一也许是不合时宜的评论。我们的思考应当,而且必须大气,我们应当有能力跳出北大法学院,必要时甚至必须跳出法学圈来思考,我们应当有能力反思、批评我们敬重、热爱乃至愿意为之献身的这个事业。

我们面对的是,变革时代的这个伟大民族向我们以及向全体中国法学人提出的种种实践和学术问题。我们必须审视,甚至必须严苛地审视我们这一代北大法学人是否已经有了足够的准备,不仅是心理的,而且是知识的、情感的和想象力的?!

是的,100 年来,我们的法学院涌现了一批批中国最杰出、最优秀的法学学者,但我们还没有产生一位可以称之为伟大的法学家;我们还没有产生中国的法学流派(尽管也许不必刻意追求乃至成为一种姿态或口号);我们的法学院还没有走出过像马克思或韦伯这样的法学出身的社会思想家,也还没有产生诸如萨维尼、霍姆斯这样的法学家或法律家。我们的校友遍布中国,乃至海外,从上到下,在各行各业承担着重要职责;但我们还没有产生过共和国的主席和总理,或重要国际组织或机构的领导人,或顶级跨国企业的 CEO。

也许这太野心勃勃了?那么就说小一点。我们的法学学术产出还远不如一些国际顶尖法学院,无论数量还是质量;法学院每年都有不少毕业生远渡重洋,留学深造,许多学校也许会以这种现象而自豪,但我看到的是,这至少部分表明我们的知识和技能产品还不足以满足消费者的需要,间接的,也就是不能满足日新月异的中国发展和国际交流的社会需求;我们正在创建世界一流的法学院、国际化的法学院,我们的教学科研体制和人事体制也在改革和探索之中;包括作为院长我在内的法学院管理层,对管理还很不专业,很不到位;我们的新法学楼正在建设,靠着贷款;我们的财政还很紧张;我们的教员还没有自己的办公室。而在某些方面,一些国内法学院也已走在我们前头。

更重要的是，尽管目标已经明确，我们国家的法治还处于建设过程。我当然不认为这是北大法学院可能完成的事业，甚至未必是法学教育或研究本身可以完成的事业；我知道，这是整个民族的事业。但是，我们有不可推卸的责任。

我们并非不可以，甚至有一定理由，把这些以及其他问题都归结为中国的历史转型，经济还不够发达，或社会的其他方方面面。这种归结也许会减轻我们的心理负担，但不可能减轻这个民族对我们的期待，不可能也不应当减轻我们每一位北大法学人的责任。既然我们的法学前辈在过去的一个世纪里，在各方面的巨大社会制约中，恪守了他们对这个民族以及法学事业的承诺，创造了他们可能达到，或许还不能用灿烂来形容的光荣，处于 21 世纪之初的北大法学人，以及中国法学人，作为后来者，都有义务继续艰苦的跋涉和奋斗，创造属于我们的光荣。我们需要一种为法学教育和研究事业献身的精神，需要一种知识创新、追求卓越的精神；不但要把北大法学院建成世界一流的法学院，而且应当对中国乃至世界的法学做出真正是我们的，因此也是中国的知识和学术贡献。我们应当以我们的方式和能力促成中华民族的伟大复兴和中国的和平崛起；而这个复兴必定要有一个包括法学在内的伟大的文化复兴，这个崛起也必定要求一个包括法学在内的伟大的学术崛起。

有人会说这是好高骛远，眼高手低。我们确实——但不会停留于——好高骛远；因为我们知道，眼不高的人，不可能指望他的手会高起来。

也不是没有这种可能。不仅我们有中国最优秀的学子，有全社会的支持，有日益开放和竞争的学术环境；而且，应当看到,近现代以来持续至今的中国的空前社会变革,从特定角度看,更为中国法学人的创造提供了一个具有高度张力的历史机遇和前提条件,为当代中国法学人敏感地参与观察和研究当代中国的法治变迁,提出可验证的理论假说,获得具有一般性的概括乃至法律学术创新创造了巨大的可能。将可能转变为现实,这是一个值得北大法学人以及全国的法学人为之共同奋斗和献身的事业。

这是一个庄严的日子。这也是一个朴素的日子,因为有关中国现代法学究竟应从何时起算,就有种种并非毫无根据的断言和论证。我们会把这些有关历史事实的问题留给历史学家或法律史家;但这丝毫不能减少今天对于我们和对于中国法学的意义。因为,今天的意义其实并不来自 100 年前的那一事件;恰恰相反,正是因为中国的、中国法治和法学的今天才使 100 年前那个当时看来也许并不重要的事件,在我们的生命中和民族的历史中,获得了一种令我们感动的意义。

不仅如此。我们选择今天,还因为我们需要这样一个日子,用我们对于这个古老民族和对于这个年轻事业的热爱把五月的这一天锻造成一个金色的日子,一个令人激动、值得怀想和纪念的日子,或者说,一个象征。我们需要这样一个象征。借此,在这个新的百年开始之际,激活我们的想象,凝聚我们的信念,焕发我们的追求,表达这一代北大法学人乃至中国法学人对于我们自己,因此也是对于横卧在万水千山间的我们的祖国的一个郑重承诺。

“我从来没有忘记过对自己的承诺”!如果有一天,后辈问起这一代法学人,我——我们——会用这样一句歌词回答他们。

不是见证历史，我们就是历史

77、78级校友入学30年聚会致辞

2008/5/2

尊敬的各位老师，

亲爱的77、78级各位校友——师兄、师姐和同窗们，

各位嘉宾：

我感到很尴尬，从刚才的称呼中，你们就可以感到我的这种尴尬。也当了好些年院长了，也在各种场合讲过各种类型的话，欢迎的，鼓励的，甚至吹捧的；但此刻，在这里，我不知道怎么讲话。因为我的身份不确定，在我的老师面前，在77级师兄师姐面前，在同窗四年的同学面前，我是谁？

不知道怎么讲话，还因为百感交集。我就是你们的一员，分享了你们——我们——77、78级同学在这所学校的所有经历和情感。我甚至无法太多赞美你们，尽管你们太值得赞美了，但这会不会变成自夸？！

我还是首先以官方身份表示一下，就一下，原谅我；今天，我总算是理解什么叫做“强龙压不过地头蛇”了。那就让我今天这条“蛇”，代表北大法学院，热烈欢迎北大法学院77、78级校友！无须论证却毫无疑问，你们是北大法学院建系、建院100多年以来最值得骄傲的，也是最幸福的一代校友。今天，

你们不少人千里迢迢、漂洋过海、携妻带夫、携子带女，来到这里，为了我们的同窗情谊，为了我们无法释怀的饱满青春，为了我们对祖国、对北大、对法学院、对老师的感恩。

你们——我们——是77、78级！一个注定写进共和国历史的年级。我们的北大生涯同当代中国伟大的改革开放一起起步。我们不是见证了这段历史，我们就是这段历史！我们每个人都是其中的一个细节。

30年了，往日仍栩栩如生：在一个非常贫困但充满希望的年代，我们努力了，啃着窝窝头，吃着一分钱的咸菜，喝着飘着几片菜叶的清汤，我们度过了匆忙又充实的四年大学生涯，然后迅速并成功地投入到伟大的改革开放的社会主义事业中。30年了，无论我们个人有什么起伏，有什么挫折、不快甚或不幸，但我们的国家迅猛发展，今天正不可遏止地和平崛起，远远超过了我们当年的想象——记得吗，我们曾很认真地讨论，其实也就是怀疑，到2000年中国经济果真能"翻两番"?!"我们正在前进，我们正在做我们的前人从来没有做过的极其光荣伟大的事业"。[1] 我们为这个事业骄傲、自豪和幸福。

我们支持改革开放，不因为我们是这个事业最早的受益者，只因为这个事业正在实现1840年以来我们这个民族一代代志士仁人追求的伟大梦想，因为它代表了整个中国最广大人民长远的根本利益。正是为了这一点，我们才从祖国的四面八方走来，才有了这个"77、78级"，才有了那个永远激情的3·

〔1〕"为建设一个伟大的社会主义国家而奋斗"，《毛泽东文集》卷6，人民出版社，1999年，页350。

20之夜——我们点燃宿舍的笤帚,喊出了“团结起来,振兴中华”……

北大法学院也在这30年间大大发展了。我们已经成为北大最大也是最重要的院之一,是北大的品牌之一。公道地说,有不少数据表明,我们就是中国大陆最好的法学院(对不起,王利明院长听到了,一定会同我较劲,甚至“翻脸”)。但正如4年前在北大法学院100周年庆祝大会上我说的,其实这并不是我们的追求;我们的目标是,用10~15年左右的时间把她建成亚洲最好的法学院或之一,并在这个意义上,进入世界一流法学院。这不是好大喜功或浮夸,这是中国社会发展的需要。而且我们已经具备了一些条件:我们有最优秀的学生,我们的硬件设施也已大大改善,我们的科研水平在迅速上升,自由平等的学术风气已经形成,许多制度措施在全国各高校法学院都开了风气之先。两天前,在北大法学院的“五四”学术讨论会上,无人要求,但所有老师都平等发言,相互“拍砖”,抢话筒、辩论,没有什么职称、职务、年龄、辈分、身份以及特别是“政治正确”的禁忌,唯一只有学术、思想、逻辑以及经验的考量。请相信你们的母校,一定会建成中国最好、世界一流的法学院。

但北大法学院需要你们的全力支持,以一切可能的方式。对法学院毕业的师弟、师妹们多加关照,或有时间来学院做个讲座,或哪怕是100块钱的捐助,或是有什么关于法学院发展的好主意,或是帮助联系某个慈善家为法学院捐一笔钱或一个讲席教授。我们都要。

但最重要的支持一定是你们的杰出和成功,无论是在法界、商界、学界还是政界,无论是在大陆,港、澳、台还是海外。

北大法学院要为中国的和平崛起做出全面努力,不仅要产生杰出的法学家、法律家和企业家,而且要产生伟大的政治家和思想家。而你们前进的每一步都是对北大法学院最重要的支持,对北大的最大支持。

30年了,我们的老师更老了,但老当益壮;我们祝他们健康、长寿。但我们也都进入了壮年。两届同学中,最大的已经退休了;郭明瑞校长就刚从位置上退下来;最年轻的也接近50岁了。想当年,我们班的李建生同学在水房里,往眼角抹当时男女同学可能有的唯一"化妆品"——今天的年轻人甚或不知为何物的"雪花膏",试图阻止鱼尾纹的渗透(补订:在我讲话时,李建生同学当场"抗议",说这发生在他读研期间;我拒绝平反"冤案",无论如何,它都是那个时代我们生活状态的一个温馨符号!);但今天,在座的任何一位女同学恐怕都有各式各样的甚至国外进口的化妆品,却再也无法掩饰我们眼角甚至是额前的皱纹了。今天一大早,我也是先到校医院看了牙,杀了牙神经,然后赶来会场的。30年时光没有磨损我们的理想,还是磨损了我们身体的某些部件。再过10年,最多15年,我们这些人大多将退出历史舞台的中心,尽管还不会退出历史舞台。

因此,不说其他大的了,法学院首先希望你们各位多加保重。不只是保重身体,还要保重自己的声誉;尤其是,我们的职业往往在法律边缘,不仅有潜在风险,甚至要防备有人搞"小动作"。总之,干什么事都别过分了,都得"悠着点",这也是对自己、对家人、对北大、对我们热爱的法学院负责。

第二就是你们——我们——这一代还有提携和培养下一

代的责任。要在我们每个人从事的工作岗位上,把我们的人生经验教训告诉他们,特别是在眼下民粹主义上升的年代,要尽可能地让他们懂得历史,理解前辈;坚持改革、开放,坚持科学、理性,坚持坦荡、正派;热爱这个国家、这个民族,把我们积累的、难以文字传递的广义知识有效传递给下一代。我们在各方面都要做个好的榜样,为了北大和北大法学院,为了中国,为了中华民族,为了我们的子孙后代。

30 年了,昨天我们唱着"再过 20 年,我们来相见",仿佛十分遥远;而不知不觉,就已经 30 年了,真是感慨万千!刚才,在准备这个讲稿时,会场背景音乐是小提琴曲《同一首歌》。我特别喜欢这首歌,特别是感慨其中的一句,"每一次相逢和笑脸都彼此铭刻"。今天,我们入学 30 年的聚会就是这样一个幸福的时刻,让我们彼此把挂着泪水的笑脸铭刻,我们期待着下一次幸福相逢!

历史不容假设

社科院法学所50周年庆典致辞
2008/11/15

尊敬的李林所长、陈甦书记，
各位领导，各位嘉宾，各位朋友：

代表北京大学法学院，我首先热烈祝贺中国社会科学院法学研究所建立50周年。

因为当了院长，这些年来，我常常参加一些院、校的周年庆典；有时还挤在一起，安排不当，还得罪人。但这也常常迫使我思考这类周年庆典的意义。对于一个机构的内部，其意义显然，回顾历史，追根溯源，凝聚人心，团结向前；我在北大法学院100周年讲话时，就曾简单提到这些。但对于社会来说，这种纪念的意义何在？生日宴会对于个体有意义，但对于社会，意义何在？

我最近看了篇文章，说到《哈佛法律评论》邀请波斯纳法官为《评论》100周年撰写一篇文章，但老波起初居然谢绝了，尽管这是世界顶尖法学杂志之一，老波不但是该院杰出毕业生，在校期间，也曾担任过《评论》主编。老波认为，周年只对那些崇拜整数的人才有意义。[1]

---

〔1〕 Richard A. Posner, "The Decline of Law as An Autonomous Discipline," 100 *Harvard Law Review* 761 (1987).

50周年,对在座一些年轻人来说,已算漫长,其实不算太长;而如果仔细想想50年前,对于中国法学,似乎那也不是一个很有历史意义的年份。不像1919年的"五四"或1949年的建立新中国,或1978年的改革开放,这些年份作为标识和象征,划分了两个时代或时期。而1958年,我们都知道,是新中国建立之初,和一切革命政权一样,实际还顾不上法治;事实上,就在前一年,1957年,"反右"扩大化曾令中国法学研究和法律职业受到了重创。

还有一点,刚才显明校长致辞中说法学所是法学研究的国家队。这毫无异议,听起来很气派,我完全赞同;但细想一下,这说服力也不够,并未具体概括法学所对于中国当代法治的贡献。说起来,中国足球队也是国家队;它的意义,说句笑话,那就是,我觉得,应当划归娱乐界,而不是划在体育界。

说这些话,不是想扫大家的兴。我是想,一个人可能因其年长而证明他/她身体好,但一个抽象的机构,甚至一个国家,意义不在于其历史悠久,而在于它对于社会或人类有无贡献,以及这个贡献是否不可替代。正是从这个角度看,法学所的50年间,我个人认为,主要是自改革开放以来的30年,对于中国法治的贡献无可替代。

法学所最早展开了关于民主与法治,人治与法治,法律面前人人平等,法律的阶级性和社会性等一系列讨论,同中国法学人一起,激活了法学界。也许最值得一提的是,1995年,今天在座的王家福老师、李步云老师、刘海年老师、梁慧星老师,还有不在座的肖贤富老师,以及已经去世的刘翰老师,共同撰写了有关依法治国建设社会主义法治国家的论文。中共中央采纳了他们的建议;最终写进了宪法,成为国家发展的根本原则之一。

对于这一点,我想特别多说两句。也许有人说,这其实是包括在座许多法学家共同分享的观点,有的人提得更早,文章也可以写得比他们的更好。但必须懂得,思考允许,历史却不容,假设;说到底,这是在他们手中完成的。用霍姆斯的话来说,在历史的那一刻,是他们在那里。[2] 是他们完成了许多人希望完成但未能完成的工作。在这个意义上,你可以说,历史不太公平,它记住的往往只是——再次用足球作比——把球射入门框者,而不是那些传球者或助攻者;也从不设想如果换谁来,可能射得更漂亮。“重要的问题在于改造世界”。

其次,30 年来法学所也培养了一大批法律和法学人才。我们这一代人中,有今天在台上就座的信春鹰老师,还有比我们略为年长的梁慧星老师,还有已经谢世的郑成思老师。其他就不说了。今天,在中国所有重点法律院系中都有法学所培养的人才。这可能是其他高校无法替代的。

还有一点也可能是法学所独一无二的,那就是作为国家的法学智库,社科院法学所主持、参与国家法律制定和修改,提交调查报告和政策建议,常常默默无闻地为国家立法、行政和司法活动提供了自己的智识。许多高校法学院系也承担了这类工作,但无论就数量、深度和广度而言,都无法与法学所相比。并且,法学所的待遇同许多高校相比,至少近年来,一直偏低。

---

〔2〕 *The Essential Holmes: Selections from the Letters, Speeches, Judicial Opinions, and Other Writings of Oliver Wendell Holmes, Jr.*, ed. by Richard A. Posner, University of Chicago Press, 1992, p. 207;中文译本,请看本书附录“约翰·马歇尔”。

所有这一切都已经是历史，或正走进历史。我们是务实的人，不沉湎于历史的辉煌；我们都知道，纪念历史的目的基本不是为了过去，而是为了当下和未来。因此，面对今天的中国，法学所乃至我们如何创造对于这个国家的无可替代？

我认为基本是两点，首先是制度建设。中国作为大国正在和平崛起，在世界上扮演着日益重要的角色；金融海啸以来，甚至许多国家在敦促中国扮演更重要的角色。这需要更强的制度支撑，但相应的制度创新、设计、规划和执行，我认为准备还不充分，有些还没来得及准备，甚至相应的信息和人才都缺乏。我们必须知道，大国崛起从来不仅凭经济实力，一定需要政治法律的实力，文化的实力，以及意识形态的实力，或者统称为软实力。法律和法学不是全部，但必定是这一软实力的重要组成部分。

伴随的是法学的表达。中国的实力需要制度的表达，但也需要学术的表达。我们必须有足够的文化自信和学术能力，总结中国的法治经验，让中国法学具有凝聚和表达社会共识的功能，符合中国社会的核心价值，与中国人民的情感、直觉、公平正义相吻合。我们需要表达。这是中国法学必须承担的任务，是这一代中国法学人应当承担也必须承担的历史责任。

50 年前的中国法学人，甚至 20、30 年前的法学人都不曾想到今天。他们没有我们的时代机遇；当年张友渔先生无论如何也想不到今天会来得这么快，快得令我们有点措手不及——当我们还习惯于复述外国法典和学术著作，或醉心于同世界接轨之际，时代已经要求我们创造，拿出中国的产品和自己的“轨”。我们有责任继承前辈的事业，推进前辈的事业。我认为这是今天纪念法学所建所 50 周年的另一个重要的，甚至是更重要的意义。

正是面对这一历史使命,北大法学院愿意,也一定会同法学所进一步合作,同全国所有法学院系合作,同全中国的法律人、法学人一起,共同履行我们的伟大使命。我们,能够做到。

谢谢。

患难与共，血脉相溶

"清华法学80年"纪念会致辞
2009/4/26

尊敬的王振民院长，
各位领导和来宾，老师们，同学们：

昨天下午5点，忙完了公务，查看电子邮件，查看了周到的王振民院长为我今天大会致辞准备的材料和资料；很好，也很完备，但还不够真切，不够劲。好不容易，80年才一回，哪能这样就放过了清华法学院，岂不便宜了王振民院长？！因此，借助这些材料，我连夜准备了一份致辞，代表北京大学法学院，并听命于王振民院长，未经各兄弟法学院校授权而擅自代表他们，热烈祝贺清华大学的法学教育80年。

清华1929年就设立了法学院，先后曾有一批著名学者如张奚若、钱端升、程树德、燕树棠等在清华法学院任教，为中华民族培养和输送了许多杰出的法律和法学人才，例如著名的法学家梅汝璈、陈体强、王铁崖、端木正等。毫无疑问，清华法学院在中国现代法学教育中占有光辉的一页。只是因为全国高校院系调整，1952年清华中断了法学教育，直到40多年后，1995年才重建清华法律系，1999年又复建法学院。

法学教育中断40多年，我分享许多当代中国法律人的观点,这是清华的不幸,也是中国法治建设和法学教育的某种不幸。但我也认为,历史的中断,失去一段可能的辉煌,也未必是一个值得后来者太多凭吊感叹的事件。历史充满了这种诡谲莫测,不仅出现于往昔,也完全可能因种种变局而出现于未来。但更重要的是,一个法学院甚或一所大学的光荣,并不在于或主要不在于她的历史悠久。时间确实会使美酒浓郁醇厚,但时间也可能仅仅意味着年迈和败落,甚至衰亡。都说意大利波洛尼亚大学有持续最久的法学教育,但从中国法学学生的倾慕程度来看,证明它在今天世界的法学研究和法学教育中算不上一个响亮的名字,更不是一股最朝气蓬勃、鲜活生动的力量。它在当代中国的著名,更多是因为它是时下中国法学意识形态建设的一个符号——人们喜欢拿它说事。

一如既往,在我看来,最重要的是当下和未来,是行动和创造。事实上,对于今天参会的绝大多数人来说,历史上那个大名鼎鼎的清华法学院,已经模糊了,更多是时空距离的创造。真正生动真切的,其实是在过去14年间我们看到的这个新生的清华法学院。14年来,特别是过去10年间,在清华大学校方的全力支持下,在王叔文、王保树、王晨光、王振民——四"王"——主任/院长领导下,在全体师生的共同努力下,清华法学院已迅速崛起,成为当代中国法学教育的一座重镇,其实力无论是北大还是人大法学院都不敢小觑。张明楷、崔建远、高鸿均、张卫平、王亚新等一批中年学者在中国法学界十分耀眼,更有一批优秀的青年学者正在迅速成长。

不仅于此。清华法学院更创造了一个,在当代中国问题多多的社会环境和教育体制下,如何新建或重建法学院的模式;

而这个模式如今正在上海交大等一些著名理工科大学得到有效复制。这就是,一所著名理工科大学,凭借其雄厚的无形资产和相对雄厚的经济资产,在短期内,从全国各地吸引一批一流学者,便可能迅速获得相当程度的成功。清华法学院是第一个成功的范例,这是清华法学院对当代中国法学教育的一个重要贡献。

这个模式的意义其实相当实在。除了其他必要条件外,我认为,它告诉我们的最重要一点就是,法学教育同样需要大量投入,需要有形资产,也需要无形资产,首先得有钱,然后才可能有一流的学者,一流的校舍,一流的管理。也因此,清华法学院对当代中国几乎是白手起家、"过快"发展的法学教育无论如何都是一个重要提醒:尽管法学教育主要靠讲授,无需昂贵的仪器设备,但千万不能以为办法学只要找几位教师,给几间教室就可以了。

清华法学的快速发展还对整个中国法学教育提出了挑战,促使法学人反思。这个挑战并不是多了一个强有力的竞争者。这其实应令人高兴。真正令人忐忑的是,尽管中国法学教育在过去 30 年里有了很大的成就,但就总体而言,水平还不高,积淀还不厚,进步还不够快,这才给清华法学院留下了可以迅速跨越的可能。一旦意识到这一点,我们就更应在各自岗位上不断努力,推动中国法学教育的坚实和有效发展,特别是面对中国社会的急剧转型,特别是面对中国在世界的迅速崛起。这是中国法学教育和研究必须面对,也只能面对的第一位的重任。

过去有一句老话:"同行是冤家。"但距离清华法学院空间距离最近的北大法律人并不这么看。这固然因为,或首先因为，清华法学院与北大法学院之间的历史渊源。在民族危亡之际，北大、清华和南开曾共同组建西南联大法商学院——我们曾患难与共！新中国建立后，1949 年 10 月华北高等教育委员会决定将清华法律系并入北大，紧接着，1952 年全国高校院系调整则把整个清华法学院并入了北大——我们曾血脉相溶！而过去十多年来，两院之间的师生交往，无论是正式的，还是个人间的，更是家常便饭。

但最重要原因在于我们的追求。在法学教育、科研和管理等各方面的更多竞争、挑战和激励将有益于北大，有益于清华，也有益于整个中国法学教育。我们愿意并会一如既往，同包括清华法学院在内的全国其他法学院更紧密合作。这并非因为某种抽象的北大精神——兼容并包，而是因为我们的事业不可能属于任何个人、学院或大学。我们的事业是共同的；这就是中国，是中国的法治，是中华民族的正在崛起和伟大复兴。

让我们为这个伟大的事业共同努力！

谢谢。

祝福复旦

复旦法学教育80周年庆祝会致辞

2009/9/26

尊敬的孙南申院长，

复旦法学院的各位校友、老师和同学们，

各位来宾：

上午好！

今天，复旦大学法学院，在江湾校区这座也许是当代中国法学院最气派的法学楼中，隆重举行80周年院庆，我谨代表北京大学法学院，并且，如果在座其他兄弟院校领导不反对，相信他们不会反对，代表他们热烈祝贺复旦法学院80周年华诞！

和当代中国的许多著名高校——包括北大、清华——的法学院一样，由于大致相同的历史原因，复旦的法学教育也曾中断。新中国建立之前，复旦法学院曾有过相当程度的发展，有一批法学名师和著名律师任教于此，形成了较为完整的法学课程体系。我尊敬的沈宗灵老师就是复旦法学院1946年的毕业生，也曾在此任教。只是1952年全国高校院系调整，法学院离开了复旦，成为新组建的华东政法学院的一部分；直到1980年代改革开放开始，复旦才重建了法律系和法学院。

20多年来，凭着复旦的赫赫声誉，法学院发展迅速，吸引了一批全国最优秀的学生和学者,为国家特别是上海和长三角地区输送了一批优秀法律人才,为当代中国的法治建设和法学教育做出了重要贡献。在此举一个小小的例子,一个不大为法学界众人了解的事。据我所知,中国法学界最早运用——而不是介绍——法律经济学,研究当代中国法律问题的,就是当时复旦法学院的一位青年教师;他就是今天在座的张乃根老师。

就我了解的情况而言,并且我相信有不少人分享,复旦的法学教育有自身特点。与其他一些著名高校法学院相比,总体而言,复旦法学院更关注特别是外字号的,并且是有关经济、贸易、商业、知识产权的教学和法律技能培养;也许沾了商业都市的气息,复旦的法学毕业生通常更务实严谨;甚至,在各种学术符号资源的竞争中,复旦法学院也不那么咄咄逼人,或根本就不那么在意,很有点北京人说的“爱谁谁”的气派。这或许是因为远离北京这个全国立法和司法因此也是政治的中心;因为位于上海这个中国的经济、商业、贸易和金融的中心;甚至还可能因为在复旦这样的综合性大学中,相对于其他老牌院系,在学校领导心中,而不是在口头上,法学院的实际分量还不够。

许多人会认为,一定程度上我也承认,这是复旦法学院发展的不利条件;但从另一层面看,也因此使复旦法学院,相对而言,更少在意现有的、明显需要改革的法学教育和学术体制,也较少为时下的法律和法学潮流裹挟;也许是因祸得福,由此塑造了复旦法学院的教育和研究风格。

法学教育当然要有个一般标准,但中国的法学院又一定不能、不应当甚至不可能是一个模式。从自身条件出发,将所谓的不利条件转化为有利条件,防止那些看似有利的条件蜕变为发展的包袱。这可以说是复旦法学院给中国法学教育的一个告诫。

但,有利于复旦法学院发展的一些因素,如今在它身旁正急速汇聚和积累。经济社会的快速发展正重新打造上海和长三角地区的法学教育和研究。数年前,我曾大胆但私下不安地预言,这一地区将成为中国法学教育的又一重镇,仅次于北京。近年的情况表明这已不是预言。有越来越多优秀法律学者和年轻博士会聚长三角,教学设施有了令人羡慕甚至嫉妒的改善,法学教育和研究水平正在提升,长期以来法学教育北京一家独大的局面正在改变。而在长三角地区,复旦法学院又占据了优越的地位。

这些话,似乎应当留到下午法学教育会上说。我不认为如此。我们今天是在纪念一所著名大学法学院的周年。我们当然应当追忆学院的前辈,继承他们的事业;但更不能忘记,在现代和当代中国,一所大学,一个学院,乃至一个学科的命运更多取决于我们国家、社会甚至地区的发展。和祖国同命运,并非夸张,并非煽情,而是无法回避而必须思考的一个事实。

复旦的历史就是例证。从 1905 年民间集资兴办复旦公学,到 1917 年私立,再到 1941 年"国立",说句很得罪复旦人的话,但是实话,在当年的上海,复旦并不那么著名,更非顶尖。复旦的辉煌始于新中国建立后的两次院系调整。1950 年,同济、浙大等大学的文科并入复旦;1952 年浙大、交大、南大等十多所高校的文、理系科再次并入复旦。调整中,复旦有得有失,但得大于失;失去了法学等院系,复旦却经此一跃成为华东最著名的高校,同时也是中国顶尖高校之一。加上 2000 年上海医科大与复旦合并,复旦已成为一所学科完整的现代综合性大学。在共和国成立60周年前夕，让我们直面这些复旦人可能因种种顾忌不太愿意提及的历史，才令我们更感到应祝福我们正在崛起的祖国。只有国家安宁、发展、富强了，才能有教育和学术的发展，包括法学的发展，而不只是某个学校或学科的发展。

复旦一直是我仰慕的学校之一。当年高考，我的志愿中就填写了复旦，但不是法学院，而是中文系，结果"不幸"为北大法律系录取。但我仍敬重复旦；少年的爱情不会因没结果就荒唐，青年的梦想也不因破灭就褪色。就算有吧，也绝不仅仅因为，"漏网的是大鱼"。

北大和复旦两所法学院之间可以说是君子之交。孙南申院长不久前曾带队专程访问我院；我也曾三次拜访复旦，分别是中文系、经济学院和法学院。多年来，特别是近年来，复旦法学院聘用了北大多位毕业生，一位成为上海市十大青年法学家，另一位则新近获得了提名奖；我指导过的一位优秀硕士生也来自复旦。随着中国法学教育事业的发展，我相信，两院师生的交往联系会更紧密，合作机会也会更多。这不仅因为我们有此愿望，更因为这是中国经济社会发展和法学教育发展的大势所趋。

真诚祝愿复旦法学院80周年院庆，真诚祝愿复旦法学院未来辉煌！谢谢。

务实时代中的理想

国家法官学院5周年纪念会致辞

2002/11/1

首先,我代表法官学院的兼职教授,也代表北京大学法学院衷心祝贺国家法官学院成立5周年。

几年前,当法官学院正准备或刚刚成立时,北京地区的法学教育界有一些误解和非议,似乎法官学院也要办本科教育,要同各法学院争夺生源,瓜分教育市场。我当时也有这样的怀疑。如今5年过去了,误解已经化解,非议也逐渐远去。但一个重要的问题仍然存在:法官学院应当如何办?什么是法官学院的特色?今天的中国是市场经济的社会,教育虽然还没有完全但也已日益产业化了,因此,没有一个准确的定位,没有自己的产品优势,就很难在这个市场站稳脚跟。

如果从中国"文革"后正式恢复法学教育起算,已经25年了。过去的25年法学教育可以给我们一些重要的启示。其中最重要的一点也许就是,随着中国市场经济导向的改革日益发展,社会对法律人才的需求日益增加,竞争日益增加;正是在这种竞争中,法学教育和研究的分工也日益增加,从而推动了中国法学、法制和法学教育的发展。如果从这个角度看,法官学院以及检察官学院的建立,在一定程度上都表明了中国法学教育的分工在进一步深入,表明了社会发展对法学知识的需要更为专业化了。

也正是从这一角度透视,我认为,法官学院有其独到的发展优势,应当努力追求这种法学教育和法学研究的比较优势。目前来看,法官学院也许还不得不,甚至必须以提高法官的专业素质甚至文化素质为主;但长远来看,法官学院的教育可能有其他法学院无法替代的优势;以法官学院为基础,其教学和科研成果也可能在中国占据一个其他法学院难以替代的角色。

说这些话似乎有点奉承的意味,在这种场合必须说一些令主人高兴的话。并非如此。我是思考之后才如此判断的。判断的根据就是司法审判知识不等于一般的法学知识。司法审判生产和需要的知识有其自身的特点。与一般的法学研究相比,司法审判更强调实践理性,更强调要会做,要求更为审慎。这种高度实践性的职业本身一定会形成先前的法学课程中没有总结甚至难以总结的一些重要知识。如果法官学院的任务是培训和提升在职法官的素质,那么与一般的法学院相比,它的学生更富有实践经验,更多直面和了解社会和司法的问题,这些实践经验有可能转化为系统的知识,学生的问题会给法官学院的教师更多智识上的挑战,从而形成法学研究的新的增长点。我衷心希望法官学院能给中国的法律界和法学界带来一些新的东西。我也这样相信。

因此,尽管我今天是作为法官学院的兼职教授来到这里,多年来我也一直算比较关心司法,似乎有些关于司法审判的知识,但我知道,自己的知识有缺陷,并且我们现有的法学知识体系也很有缺陷,至少不完善。我们的法学知识,总体而言,对司法知识关注不够,也不系统,有些甚至只是或长期停留在一些原则上,脱离实际;更有许多问题根本就有待研究。我们必须促进对司法知识的研究,不仅是一般的研究程序法,而且要更细致地研究与司法有关的一系列问题,包括司法体制、司法行政、初审法院、上诉法院、法院管辖、法官任免、法官激励机制乃至判决书写作等一系列通常法学院不研究或较少研究的问题。这些问题中有许多还是其他国家现有书本不可能提供完整答案的,必须通过我们和你们的努力来回答。我相信,在这一方面,法官学院无论就其规模还是就其资源而言,都具有任何其他法学院不可替代的潜在优势。

我没说过头话。我说的只是潜在的优势,不等于现实的优势。但是,要知道,没有潜在的优势就完全不可能获得这种优势,因此也就完全没必要去追求这种优势。我们其实都是我们的潜能的产物,而不是或者说不全是我们努力的产物。我们不可能将一个先天痴愚者训练成爱因斯坦;我自己也不可能成为麦克・乔丹,哪怕我再刻苦努力。当然,这种可能性的实现最终需要法官学院的全体教员和学员的刻苦努力,也需要其他法学院的协同努力;不仅是在教学上,而且是在科研上。

我希望,而且我也相信,不久的将来,不是我们这些法学院的教授来法官学院兼职,而会有更多法官学院的教授和毕业生成为诸多法学院的兼职教授;他们教授的不应是一般法学院教授都能教的,而应是法学院教授无法讲授的。我不认为这是天方夜谭。

许多人说,如今是一个务实的时代,理想主义暗淡了;但我还是一个顽固的理想主义者,尽管从另一个角度看,我又太务实了。其实这并不矛盾,在我看来,正是在这种务实中,理想才变得不仅可以看到，而且可能触摸。不是吗，正是在这个务实的时代，中国社会的发展，中国法治的发展，尽管还存在着很多的甚至很大的问题，却已经取得了我们的先辈想象过的甚至没有想象到的成就！只要我们持续认真、努力、务实，不尚空谈，我们就有可能实现我们的理想，并且有可能为社会甚至为人类的法学事业做出些许贡献。让我们共同努力吧！

祝法官学院未来辉煌，祝法官学院成为中国法学教育和法学研究中一个无法替代的产出基地。

谢谢。

萤火虫的光亮

"树立北大文科精品意识大会"发言
2001/4/27

何校长、袁行霈老师、厉以宁老师发言后,其实,我不敢多讲了。近年来,学界关于以学术为业的话也讲得很多了。

这些年来,自己还算努力,常常感到很累,尽管并不只想着学术,也想到职称以及职称背后的房子等,想到虚名。夜半人静时,也感到心虚。因此,在这里,我再表什么态,实际上是要把自己架在火上烤,还不如自己暗暗地做点什么,能做就多做一点,做不了就少做一点,大面子上亮得过去就行了。坦白地说,我常常想给自己在学术上留条后路,话说过头了,将来很难下台,狡兔三窟吗!

但时代不同了,我们也不得不适应市场经济——学术的市场。尽管我是 1992 年才加入北大的教学科研行列,仅仅 9 年,我已深深感到,中国的大学,至少是北大这样的学校,正经历着或已经经历了一个巨大的转变,从教学型大学向科研型大学的转变。这个转变是和国际接轨的。这个转变已经使北大、使我们法学院发生了一个重大的变化。人们越来越重视科研,重视创新,重视学术专著和论文,而与 90 年代初很不同了,那时人们还往往以编写教科书为主,以介绍外国或他人的研究为主。如今我的同事们日益关心研究新的问题,不再仅仅注重汇集资料、注重对外国或台湾学者研究的概述和介绍了。我们亲自经历了,事实上也通过我们自己的努力推进了,这一转变。我们正在创造一个日益良好、竞争日益加剧的学术市场。

如果说当年我们急切盼望这个转变到来,今天,我们也感受到这种转变给我们带来了压力。近年来,越来越多的关于"抄袭"、"粗制滥造"、"学术腐败"等并不都言过其实的学术事件,如果换一个角度来看,都在表明这种竞争在加剧。至少在法学界,一些在80年代末、90年代初很普遍、很平常甚至会被认为"好"的现象,例如学术上不断自我重复,如今已受到学者的鄙视,人们越来越重视学术规范和职业道德了。"不发表,就死亡"这个国外的学术铭言开始走进我们的生活,走进我们每一个在大学任教的教员的生活。我们在继承、创造和改造这个学术市场的同时,我们也在被改造。我们已经不可能在这一进程中停步了。今天,人们已经不再仅仅要求我们发表,而且要求我们有更多的精品,遵守更严格的学术纪律,提出了更高的学术标准。我们必须保持学术生存的敏感。

学术的生命在于创新,尤其是在北大,尤其在正争取创建世界一流大学的北大。不论我们是否意识到,甚至是否愿意,我们事实上都正扮演一个历史角色;或者说,在我们每个北大学者的心目中,不论是否公开承认,不论我们个人能力大小,我们都认为北大在国内扮演了一个领头羊的角色,并希望北大在创造中文学术世界中扮演一个重要角色。中华民族正在复兴,我们有责任总结我们的生活、提升中国的经验、贡献我们对于这个世界的理解。我们有比较优势,即我们有悠久的学术传统,中国正在发生的巨大的,可能是独一无二的社会历史变革,以及这种境遇给我们带来的学术敏感。我们应当而且可能通过努力提升中国学术在世界学术的地位。我们必须而且有可能创造出一些学术精品。

什么是学术精品，说实话，这在今天很难判断。因为，在我看来，学术精品是通过社会的长时段的公共选择最终确定的，因此，学术精品最终由社会界定完成。但这不意味着我们可以无所事事。我们还是可以有所追求。在此，我不想说什么严守学术道德和遵循学术规范这些东西了，在我看来，这都是做学术人的起码规范；我想说的只是，在研究一个问题、写作一篇论文时，至少应当想一想，我们的研究是否对知识有些许的推进，是否有一点点新意，是否以学术的进路回答了一个他人没有回答或他人的回答不如自己精巧的问题。我们必须反对重复，不仅是重复别人，而且要反对重复自己。我不反对为了影响社会实践而以宣传的方式重复自己，但是我们一定要反对以“学术”的方式重复自己。我们必须区分学术论文与杂感、随笔、报刊文字，我们必须理解学术专著与教科书、与资料汇编（哪怕是以学术专著的形式表现出来）的区别。我们必须争取“不悔少作”。我们应当争取自己在晚年编文集时（如果可能的话），发现自己的文字很少自我重复，经得起考验。我不反对高产出，但我们目前更应当注重精品的高产出。今天，有的中国“学者”的著作已经开始以千万字计了，我只是怀疑其中有多少不重复的文字？

追求学术精品是个人的事业，也是社会的事业，是学术共同体的事业。因此，为了学术精品的创造，我们需要学术的批评，严格的学术批评。学术批评不是学术评奖，我历来不大相信学术评奖，尽管出于种种虚荣或任务，有时我也曾参与，一旦没有评上，还会很不舒服。我们都有人的弱点。但我也知道，许多（如果还不是“所有”的话）奖励，数年后，除了自己记得，恐怕连评委都不记得。我说的是学术的批评，这是学术精品产生的前提之一。没有学术批评，许多假冒伪劣产品就会堂而皇之进入学术界，凭着其国家项目、重点学科或其他名目至少短期内会欺骗一些读者，欺骗一些学生。没有学术批评，许多好的思想、洞见可能会“养在深闺人未识”，在较长时间被湮没，甚至永远被湮灭。没有学术批评，许多思想很难萌芽、扎根，很难开花、结果乃至硕果累累。没有学术批评，学术思想的垄断、僵化也很难打破。我们这些人是可以做出这种努力的，并借此推进学术精品的产生。

我说的是学术批评，因此，必须坚持学术标准；反对各种形式的政治正确，包括用经典学者或政府决策或西方经典或做法本身作为学术评判的标准或唯一标准，反对用社会流行、时髦、招摇过市作为评判的标准或唯一标准。反对以个人社会道德作为学术的标准，反对“文如其人”、“学问拼到最后就是拼‘道德’”的说法。我认为，这种用道德的（实际是政治的）优势替代学术优劣之评价的进路是妨碍学术和知识发展的。在一定的意义上，我赞赏王朔的话，大意是，“他的作品确实好，可这个人真不是个东西”。[1] 请注意，我不是认为一个人的社会道德不重要，认为可以不讲师德；相反，我认为一个人的社会道德在社会生活中非常重要，但这只是对一个社会人的评价，而不是对一个学术人及其学术成果的评价。

---

〔1〕“我愿意将来有一天，我们谈论很多伟大的作品，谈到这些个作家，都说‘真不是个东西’，而不是相反。”王朔：“我看老舍”，《无知者无畏》，春风文艺出版社，2000年，页72。

我说的还是严格的批评。严格,说重一点,包括了出于门户之见的批评,包括学者间因为个人间的误解、偏见、嫉妒甚至情仇而发生的学术挑剔,只要这种挑剔是学术的,而不是其他。因为,即使是出于恶意,但只要是学术的批评,也能如同看不见的手构成一种制约,最终促成产品的完美。正如尼采所言,真理和科学方法往往产生于学者的激情,他们相互间的嫉妒、仇视,他们的狂热、无休止的争论以及争强好胜。[2] 我不是主张学者要相互“掐架”,而只是说,我们没办法防止他们相互“掐”,我们很难在“掐架”与“真诚的、负责任的善意批评”之间画出一条明晰的界限,这条界限只能在实践中逐渐形成,并形成制约。因此,从实践上看,我们也不可能,或不可能过分,追究批评者的动机善恶。学术自由,包括批评的自由,总体看来,是学术发展、学术淘汰的唯一的强有力的机制。而这些都是我们这些学术人可以做到的,并不很高的要求。

我还想说,甚至我们不应当害怕出错或失败,不要总是希望随大流,跟上所谓的学术潮流。创新其实必定是孤独者的事业,其中绝大多数还必将以失败告终。这些年来,我自己就受到了许多批评,其中有许多在我看来都是误解,甚至是错误的。许多朋友和学生都劝告我是否可以修改一下自己,减少一些批评。我也不是没有过犹豫,但是最终我还是铁了心,不修改自己的学术观点,甚至不打算过多解释自己。我觉得,学术当然要追求正确,但也要敢于为自己的学术错误作证,哪怕是为其他学者或后备学者树立一座告诫的界碑。因为,即使是个人的

---

〔2〕 Friedrich Wilhelm Nietzsche, *Human, All Too Human*, trans. by Gary Handwerk, Stanford University Press, 1995, pp. 41-42 (n. 34).

错误,对于社会也可能是一种财富。只有我们每个学者都有这样的决心和勇气,才可能产出更多的学术精品。

说实话,即使个人错了,又怎么样?!我们这些人从事学术,是知识分子,但并不因此上帝就给我们发了担保证,我们的见解就一定正确。其实,我们这些学术人,在很大程度上,是没有太多其他本事的人。我们不会当官,尽管有时我们会被赶着鸭子上架,包括一些在座的学校领导,恐怕也是如此。我们不会挣钱,尽管我们也渴望生活更优裕一些。我们甚至不大会同学界以外的人交往,尽管我们今天常常不得不求人。但是我们有自己的优势,我们可能而且在一定意义上只能用我们的学识、见识、洞识在这个市场上交换,我们可以把我们所做的事做得更好一些。学术的精品应当成为我们的追求,在一定程度上,也只能是我们的追求。

还是回到我一开始说的,我常常感到累、感到压力,有时甚至想急流勇退;但是,我多少有点不甘心。对于我们这一代如今已经人到中年的学者来说,也许我们的学术事业由于"文革"的限制,不可能非常辉煌。但是,既然我们生活在这个校园,既然我们的生活在中国,既然我们生活在20世纪末21世纪初或上半叶,那么就让我们在这个时空中用我们的智慧和能力、发挥我们的比较优势,创造我们生命的辉煌,哪怕我们个人生命的辉煌对于这个时代来说仅仅是萤火虫的光亮。

由于种种原因,我这个已经有了白发的人至今还被称作学术中青年,但在此,我还是想向更年轻的一代学者说几句话。大约三四年前,我就多次同一些同代朋友和更年轻的学者说到,如果不继续努力,我们这一代学者将在5到10年内从学术中消失,哪怕还不是从学界消失。今天我仍然这样相信,并且很不甘心地这样期盼。首先是期盼，因为，我们知道，就学术作为事业来看，是一个传统，不是哪一个人，哪一代人能够完成的。为了学术的事业，更年轻的一代必须超越我们和我们的前辈；我也相信你们由于种种比我们、比我们的前辈学者更优越的条件一定会超越我们；为了中国的发展和赶上发达国家，我也期盼着学术和学者更新加快，必须加快。但我们这一代学者也不甘心，我们还会努力。我们会，但年轻的学者不要指望我们的扶持；也不要认为年龄会使你们自动拥有了超越我们和我们的前辈的一切必备条件。说到底，你们必须用你们的努力、用你们的学术精品把我们打败。我们既是同事也是对手。我们不会主动让路，我们不会乖乖下台，我们不会轻易缴械。我们知道，我们这些人最终将退出学术舞台，而且为时不会太久；但我们还是铁了心准备“负隅顽抗”——通过我们的学术来进行顽强的抵抗，直到打得剩下最后一个人。你们要记好毛泽东同志的话，“扫帚不到，灰尘照例不会自己跑掉”！[3] 你们准备好了吗？我可是准备好了！

2001-4-24 于北大法学院

〔3〕 毛泽东：“抗日战争胜利后的时局和我们的方针”，《毛泽东选集》卷4，2版，人民出版社，1992年，页1131。

珍惜学术事业

首届“长江读书奖”颁奖致辞

2000/10/29

人似乎都有一个“毛病”，爱听“好话”；因此，我今天的高兴也就不是“没事偷着乐”。坦白地说，在我的心目中，我曾获得的其他学术奖励没有哪个可以同今天的这个长江读书奖相比。这个奖是中国学界认真评选的。

围绕着这个奖的评选，学界内外曾有过令人痛心的争论。尽管这个评奖程序确有可改进之处，但如果平心静气地看，这个奖励——至少在我看来——还是代表了一种形成真正的学术评价标准的社会努力，标志着一种新的更为专业化的学术评奖机制的形成。我为此感到高兴。我向这次评奖的评委会和评委们表示祝贺和感谢。感谢他们的努力工作，感谢他们的真诚努力，感谢他们的工作给中国学术界带来的制度创新。同时也向其他获奖的朋友表示祝贺。

今天，此刻，重提几个月以前围绕评奖发生的不快，有点令人扫兴；甚至不无可能，我被指责为既得利益者，因此下面的言词从一开始就会被作了某种推定。但是，我觉得还是想说，而且必须说，我们要珍惜学术的事业。当代中国的学术共同体是在改革开放的过程中逐渐形成、重建的。尽管还存在着很多问题，学术界的朋友对许多问题看法不一致，甚至有时涉及许多个体的、群体的利益，但是，必须看到，这个事业正在发展，需要我们共同的努力和追求。我们必须爱护这个事业。

为此，我们首先应当尽可能避免将真实存在的或虚假存在的各种非政治问题政治化、道德化。我个人始终认为，政治化、道德化不解决实际问题，最多只能给言说者的立场带来某种政治合法性或道德优越感，一种虚幻的大义凛然。这种合法性不等于学术的论证，道德的优越并不必然意味着学术的优越。相反，这种合法性和优越感在当代中国的学术界可能会造成很大的破坏，它可能会使得本来有分歧的朋友只剩下分歧，而不再是朋友；使得学术界的交流更为困难。并不是所有的交流都创造理性。一些经验性的研究已经表明道德话语的争论、论证并不缩小分歧，相反会扩大分歧；[1] 当道德话语占据主导时，甚至可能造成某些人为的学术禁忌，造成某些视角的被压制、被遗忘，损害学术事业向各个方向的自由发展。事实上，我的确痛心地看到，近年来不少始于学术的争论，最后都由于争论者过分相信自己的政治正确和道德优越造成了一些后遗症。我们不可能没有分歧，我们甚至不能完全避免误解，但我们应当尽量避免制造分歧，加大误解。

要避免制造分歧，加大误解，促进交流，很重要的一点，我觉得，我们应当在学术上对自己多一点怀疑主义，有时甚至要有一点虚无主义。学术是重要的，不仅对于社会，而且对于我们这些以学术为业的人，必须把它看得很重。但是，我觉得，有时我们的自信是否有点过分，把自己对社会的、学术的问题的

---

〔1〕 Charles Larmore, *The Morals of Modernity*, Cambridge University Press, 1996, pp. 168-173.

观点看得太了不起，认为自己真心确信的东西就是真理，就是社会应当采取和接受的？有这种知识的意志有时是好的，它促使我们努力，但其中也可能潜藏了一种知识霸权心态：为了使自己的声音为社会听到，影响其他人，影响更多人，甚至有意强化分歧。但是，在知识问题上，我们必须看到知识的界限。正如一位中国经济学家说的，中国过去20年来的经济高速发展，其实与中国的经济学家的关系并不那么大。在其他学科上，我看也同样如此。

如果认为社会某一方面的发展是由于学界人士的某个或某些观点，那就是太天真了。不仅夸大了学术的力量，而且也太看轻了中国老百姓，甚至会为压制学术自由开道。即使我们的观点是真确的，那么也应当由社会上的其他人自己选择，不要摆出一幅真理在手的架子，强加于人；我们谁也不敢说自己是真理的化身或代言人，谁敢保证自己就没有错；就算你全对，你是否敢保证自己的发现在社会中不会被误读？

强调对自己有点怀疑主义甚至是虚无主义还因为，个人对于这个学术事业，对于这个民族，对于这个宇宙实在是渺小。人生如白驹过隙，生有涯知无涯，个体的努力，我们的发见，即使正确，在人类社会中，其实都不那么重要，尽管对于我们自身极为重要，是我们的存在方式。我还不是非常洒脱，不时也会为某些赞扬而沾沾自喜，为自己的某些研究洋洋自得，有时也会为他人的误解而懊恼；但过后，我常常想，其实真没有什么了不起的，一切都会过去。我并不是主张人人修身养性。为基因决定的大活人，我们做不到无知无欲；我只是认为我们应当有点这种沧海感。有这么一点，我们可能就不那么容易对于学术分歧那么义愤填膺，并在这种义愤填膺中不断强化和升华自己是真理化身或社会良知之代表的错觉或幻觉。

最后我想谈一谈程序。学术研究是高度个人性的,但学术事业是社会的;因此除了每个人的努力之外,重要的是要有一个制度。制度的一个成分就是程序。围绕着长江读书奖争论的一个重要问题是程序。程序确实很重要,在现代社会有可能日益重要。只是,我觉得长江读书奖评奖以来有关程序的争论或多或少是一种事后诸葛亮的讨论,是评奖结果出来后再反过头来指责程序,其实还是因为结果。表面上,争论的是程序正义,实际争论的还是实质正义(结果是否合我的意)。程序的精髓在于罗尔斯说的"无知帷幕"(即不知道结果)下的讨论以及由此达成的一致,刻意排除对某个具体结果的考虑。如果仅仅因为结果不令人(其实是自己)满意就指责自己参与制定和执行的程序,或是指责参与制定和执行的其他人,那么这种程序争论实际又沦为对结果的争论。一般说来,商家不能因为现在有了更多买家,卖价更高,就毁约;尽管有契约自由的原则,也不允许这种自由。一言既出,驷马难追的先期承诺是任何公共生活所必须的,否则会制造更多的机会主义。

程序从来不是完美的,不可能运送令每个人都满意的结果;但如果因为这一点,就拒绝已经协商确定的程序,那么永远不可能有程序,没有制度的累积和完善;程序可以修改,而且应当修改;但一般说来,如果没有重大的必须即刻修改的错误,我们就必须勇于承担起经由自己曾经认同的程序获得的自己不喜欢的后果,不仅因为程序是重要的,更因为制度是积累的。

谢谢大家。

既然当了和尚

首届钱端升学术研究成果颁奖会发言
2007/1/19

作为首届“钱端升法学研究成果奖”的获奖者之一，我感谢各位评委；感谢多年来一直以各种方式，包括批评，支持我的学界朋友和同志，首先但不仅仅是法学界的；还要感谢广大的读者。我会继续努力，坚持对中国社会和法学的忠诚、自信、好奇和敏感，深入研究中国问题，总结中国经验，追求理论的一般化，拿出更多像样的学术产品。

说到像样，是因为，尽管敝帚自珍，我却对自己包括《法治及其本土资源》在内的诸多著作，并不那么满意。这不是谦虚，也不是矫情——修订版的《序》中，我就曾概要指出了该书的错失甚或避开的一系列学理问题；而是有个问题始终纠缠我，即11年前我在《自序》中提出的那个问题：什么是你的贡献？如果说11年前这个问题还不那么明朗，今天这个问题已经摆在我们面前。前天晚上，我看到最新一期美国《时代》周刊（2007/1/13），封面故事是“中国：一个新王朝的黎明”，作者没有虚张声势，也没有讨论“中国威胁”，而是通过一系列细节展览和宏观分析，讨论“中国世纪”的到来。我并不把这些分析和断言都当真，只是再次感到，必须清醒意识到迫在眉睫的我们的历史责任。

责任是双重的:首先并且最重要的是中国法治;然后,并且在这一基础上,还有中国法学。

中国的法治任务艰巨,首先因为我们正经历着中国和人类历史上的空前变革。空前在此并非一个空泛的形容词,而是各种制约条件决定的,有着实实在在的内容:960 万平方公里,13 亿人口,56 个民族,50% 以上的农村人口,同时伴随着现代民族国家的建立和完善、现代化、快速的社会变迁和高速的经济发展,然而,自然资源有限,只能和平崛起——这意味着只能主要依靠国内资源以及互惠的国际贸易来发展,外部还有诸多大国的担心、猜忌和牵制。所有这些与其他发达国家当年转型时的制约明显不同,这就决定了中国社会发展的特点,也会规定中国法治的一些特点。

上述变量中,有些可能成为中国法治发展的有利条件,有的则是不利条件,有的则同时有利也不利。例如,中国的地广人众民族多、各地发展不平衡,就决定了法治很难统一,地方保护难免,需要应对更多的特殊性,必须平衡各种群体的和地域的利益,要花费更长的时间,要有更多的投入;但这也创造了各地社会、经济和法治实验以及制度竞争的可能性,而这在小国就不可能。又比如,全球化使我们可以直接并全面借鉴国外的法治经验教训,但也完全可能使我们忘记细致考察中国法治发生和运转的语境,低估了制度的路径依赖,容易发生 20 世纪以来一直困扰中国的教条主义,对自身的制度创造力和学术创造力、对中国经验缺乏足够的自信。

中国法治另一个艰巨任务在于防止各种类型的腐败。法治的基石是人们相信政府和法律是公正的,规则是普遍的,并且合情合理,因此愿意借助法律解决各种纠纷。腐败摧毁的恰恰是这种信任；而如果缺少了这种信任，我们所做的一切法治努力都毫无意义。《论语》中，子贡问如何治理社会时，孔子回答的三项要务是足食、足兵和取信于民，而其中最重要的是民众的信任，因为“民无信不立”。但近年来，在法治进程中有诸多争论，无论围绕立法还是针对个案，除了法学理论或民粹主义因素外，在一定程度上都表明，社会中的腐败已经严重损害了民众对法治的信任。腐败已经成为法治建设的最大威胁。

鉴于这两点，我们必须身体力行，持久努力，追求中国的法治。但我们还必须牢记，什么是法治，什么是中国的法治，这一点不全由法学家说了算，最终得由包括我们在内的全体中国公民的社会实践说了算。中国的法治一定要能够有效回应中国公民日常生活中的重大常规问题，尽管不可能是所有问题；必须与中国普通公民内心关于何为社会正义和良好秩序的感受基本一致，尽管未必能完全或总是一致；它还必须在中国社会现有的资源和财政条件下能够长期实践，而不是一时的光鲜。因此，重复我过去的话，法治是一个民族的事业，是一个实践的事业，是一个世俗但不卑俗的事业。我们当然有，也必须有理想、勇气和决心，以自己的法律实践和知识来影响整个社会，推动法治发展，但没有理由认为法学教科书已终结真理。我们必须在，也只能在，中国的法治实践中不断学习和完善；在中国，为了这块广袤土地上的广大人民，创造一种凝聚了并基于现代中国社会、政治、伦理共识的法治，而不是符合某个先验理念的法治——那样的法治没有社会根基，会很危险。这就是为什么我一直强调法治本土资源的真正意义。

有些法律人会怀疑这表明了中国法治的不完善；不是“原装”，那就是赝品，或是“山寨”。这种观点站不住脚。就法治发展路径和法治的稳定形态来看,没有哪一个发达国家是相同的,最多只有一种由法学家构建起来的“家族相似”。即使同为普通法国家,例如,英国是君主立宪、议会至上加内阁制,美国则有联邦主义、三权分立和司法审查。差别可以归结为传统。但什么是传统呢?传统不就是各国针对本国具体问题的制度和经验累积吗?英国当年就必须回应皇室问题,贵族和平民问题;而美国从一开始就不存在这个问题,而美国最重要的是纵向分权问题,因此才有了联邦主义,并成为美国宪政的核心制度。[1] 只要看到了这一点,那么,第二,中国的法治,是的,不是原装;但从另一个角度看来,却表明它不是盗版,即使“山寨”也有原创性,有中国人的智慧,中国人的知识产权,体现了中华民族对于人类的制度贡献,表现了人类自由和创造性的必须。

在法治问题上,我从来不在乎原装还是原创。真正让我在乎的一直是,这个法治是否有利于和促进了整个中国社会的全面、协调发展,有利于整个社会的繁荣、和谐和福利。这是衡量中国法治成功与否的标准。至于她是否原汁原味拷贝了某个外国法治实践和制度,是否精确体现了某个学者甚或某个学派的理论和概念,则不重要。既然我们面临的是中国和人类历史上空前的一场社会变革,一场注定伟大的制度建设,那么不管

---

〔1〕 太多的中国法学人看到美国的“三权分立”;其实这不是美国宪政法治中最重要的制度,最重要的其实是纵向分权问题,即联邦主义;因此才有了《联邦党人文集》(程逢如/等[译],商务印书馆,1980年)和《反联邦党人文集》(*The Anti-Federalist*, ed. by Herbert Storing, University of Chicago Press, 1985)。三权分立仅仅关系到联邦政府权力,而且是为确保联邦主义。许多学者常常引用麦迪逊关于司法权和司法审查的文字,却忘了这段文字来自《联邦党人文集》第78篇,这是该书中与司法最直接相关的文字,却并非该书最重要的文字。

我们想或不想,都一定要有所创新,换一种说法就是,“走样”。我们必须有开阔的宏观视野,必须适度地——至少在某些时候——跳出法律的和法学的领域,在中国社会和法治实践中,依据中国民众以各种方式表达的法治偏好,不断校正我们的法治建设和法律理论构建的基准线。仅仅是本本主义、法条主义、法律职业主义不但远远不够,甚至会很糟糕。法治,是个由一系列具体微观制度构成的系统,它必须通过社会实践和社会接受来证明它的生命力,证明它的正当性和合法性。

我强调了法治实践的重要;但对于中国的长远发展,法学的发展也具有深远意义。法学和法学研究本身就是中国法治实践的重要组成部分,尽管不应将之等同于中国法治,甚至未必应当期望它总能强有力地影响中国法治实践。理论的猫头鹰总是在黄昏起飞的。从长远来看,中国的法学必定附着于中国的法治实践,成为中国现代文化和政法意识形态的一部分,一定要与中国社会、经济、政治和法律实践契合。并且,随着中国的崛起,它最终还将构成中国的软实力。

这一点对于大国非常重要。在国际法上,大小国家一律平等;但在文化和学术上,尤其是在法学上,可能并非如此。小国的法治基本上只有法律实践问题,它们的法学基本附属于某个文明大国或文明中心,很难产生什么有影响的系统的法学理论,除非它进入并借助了其附属的文明。这不是说小国不会产生天才学者;会,但天才也需要重要的社会和制度问题作为其思考对象,需要个大舞台,需要国力作为其学术和文化背景。中国不同。中国自古以来是一个影响广泛的文明或文明大国,随着当代中国的社会经济发展,影响力正日益增加。很有可能,随着时间的推移,我们今天视为不规范的某些法律实践会获得正当性,消解基于目前的法学理论而发生的各种怀疑和自我怀疑。英美近代以来的社会发展就最终消解了边沁对普通法的批判[2],也消解了韦伯的“英国法”问题[3];当代中国的成功经济改革也消解了一度被人迷信的经济改革“大爆炸”理论。[4] 但是,一国社会发展和法治实践的成功还不能替代法学理论的贡献。如何在当代中国的崛起中系统总结和有效解说中国经验,凝聚这个民族的共识,做出法学理论的回应和贡献,这是中国法学人必须面对和承担的历史责任。

我个人大胆预测,在未来的二十年间,法学世界很可能逐步形成欧陆、英美和东亚三个相互联系、相互影响但又相对分立的主要市场,可能以德法、美国和中国分别为各个市场的中心。尽管中国目前法学的平均水平或总体水平还偏低,更多是学术引进和移植,最多也只是一些常规性研究,但中国法学发展也有一系列得天独厚的资源和条件:中国发展的具体时空会提出或更容易凸显一些在其他国家难以彰显的问题,问题更多,更复杂,更多纠缠,需要更精细的分析、剥离和协同努力;中国法学研究市场巨大,研究人员众多,容易形成规模效益,等等。在日益增加的国际学术交流背景下,这些以及其他因素都会促使中国法学市场竞争更激烈、学术产业规模更大、专业分工更细,因此学术创新和贡献的可能性也更大。

---

〔2〕 有关边沁对英国法的批判,可参看,边沁:《政府片论》,沈叔平/等[译],商务印书馆,1995 年。

〔3〕 Max Weber, *Economy and Society: An Outline of Interpretive Sociology*, vol. 2, eds. by Guenther Roth and ClausWittich, trans. by Ephraim Fischoff et al., University of California Press, 1978, pp. 761ff.

〔4〕 这是美国经济学家杰里夫·萨克斯(Jeffrey Sacks)对计划经济国家的经济体制改革的建议。

当然,这只是可能性;其实现则需要中国法律学人的长期努力和不断提升。但无论如何,我们必须看到,在今天,能够拥有这些资源和条件,就已经有了潜在的学术优势。可以设想吗?在今天的学界,研究瑙鲁或汤加或斐济,甚或研究卢森堡、瑞士和丹麦的法治,可能出现一个有世界影响的法学家或法学流派吗——即使研究者能力非凡,学术规范完全同西方接轨?学术世界其实是文明大国主导的,这不是因为大国的学者更聪明,而是因为大国的问题影响范围更广,更有世界意义,会吸引更多的研究者,包括本土的和外来的。

只要我们略微留心一点,就可以看到,在过去十多年来,已经有越来越多的香港、台湾学者加入了中国大陆的学术研究,在不同程度上已经成为中文法学共同体的一个组成部分;来华访问研究的国外或境外学者的数量、国外法学院的中国法学者数量以及开设中国法的数量,都在急剧增加。更重要的是,尽管仍然存在许多问题,当代中国的法学研究也有了某些明显的积极变化:学术专著的产出增加了,针对问题而不是针对领域或教义的研究增加了,更关注研究方法了,实证研究、经验研究和多学科研究的成果增加了,专著和论文而不是教科书的引证增加了,基于学术的批评而不是基于政治观点的争论也在逐步增加。我们可以说,经过了 20 多年的努力,中国法学就总体而言已经走出恢复性发展,有了比较扎实的学术根基,有了更多学术创新的可能。

我们赶上了这个时代,我们也选择了这个职业。"不在其位,不谋其政",应当成为我们的座右铭。既然当了和尚,那就撞好自己的钟,而且只要做一天和尚就要撞好一天钟。这其实是幸运的。想想钱端升先生以及中国近代以来几代法学学者,他们曾何等才华,何等真诚,何等自信,又何等勇敢?他们期盼过,奋斗过,甚至挣扎过,但何曾有过今天中国这样的历史时刻和社会条件?

这是近200年来中国最充满希望的一个时刻。我们应当忠诚、努力、清醒和自信,对于中国的未来,对于我们的事业!

谢谢。

废弃的石头

第五届“全国法学理论博士生论坛”致辞
厦门,2009/4/18

很高兴应邀参加第五届法理学博士论坛。宋方青老师要我致个辞,不知道说些什么好。在学术上,我比较小农意识,只关心自己的那一亩三分地:北大法学院,学院的和自己的学生,以及个人科研。我不大知道各校博士生都关心什么问题,因为时间有限,我甚至不大关心现在中国法理学都讨论什么,怎么讨论。我没参加过法理学年会或诸如此类的法理学术讨论会,自我逃避,因此也就自我放逐或自我边缘化了。

这些话并非离题万里。因为我认为,学术研究基本上是个人的事,是个人的智力活动。扎堆干活,干农活还行,有人气,情绪高,但也会有搭便车的可能。而一到工厂流水线上就要有分工了;分工,说白了,就是每个人首先把自己的那块事情干好。在学术上,除了工科的大规模项目和社会科学的对策性研究或社会调查,必须集体协调行动外,我认为,基础理论研究,无论是自然科学,社会科学还是人文学科,大多是个人性的,冷暖自知。安于自己的本分,恪守自己的追求,我认为是理论法学研究的根本特点之一。甚至,外人的批评和赞扬都是无关的。

安分守己并非两耳不闻窗外事,一心只读圣贤书。人都有关切,也必须有关切。我也有。但目光不应盯着法律理论界,盯着法学人,盯着学术的主流或支流,中心或边缘;目光应盯着社会,盯着人。也不是抽象的社会和人,我主要关切的是今天的中国社会和普通中国人,以及与此有关的某些历史(时间)和外国(空间)。集中——不是仅仅——关注和研究中国的问题,中国人的问题。这不是眼光狭隘,而是我们只能如此。无论我们如何关心国际,关心全人类,都注定只能从我们周围的社会,周围的人开始。哪怕是想着讨论一般的法律,普世的法律,也只能从本地的当代的法律问题开始。"老吾老以及人之老",是我历来主张的研究进路。"法律思考不很容易跨出国界"[1],即使你追求或自以为是在"为天地立心,为生民立命"。想想说这句话的张载;或是想想那些追求永恒不变普遍适用的自然法学者们,例如西塞罗,就可以了。他们都只属于历史,从未进入永恒。永恒概念不过是脆弱的人类个体试图从朱砂中提炼的长生不老仙丹。

如果法理学不能回答具体问题,或者说,中国的法理学甚至连中国的问题都回答不了,解决不了,你怎么可能回答普遍的问题,全人类的问题。因此,我个人认为,中国的法理学必须也只能扎根于当代中国,必须首先努力回答当代中国的问题。

这种回答,不能只是在一般层面,或在形而上层面,在我看来,它必须汲取各个部门法的知识,汲取其他学科的知识;只要可能,还要努力对各个部门法能有些许用处。这不是说要建立

---

〔1〕 波斯纳:《法官如何思考》,苏力[译],北京大学出版社,2009年,第12章,页336;又请看,波斯纳:《道德与法律理论的疑问》,苏力[译],中国政法大学出版社,2002年,第2章。

某种高于部门法学或实践的法学理论，而是说，基础理论的研究必须能解说部门法的某些问题，促使部门法的理论整合，形成融贯的理论话语。如果法学理论做不到这一点，就不会有人关心所谓的法学理论，所谓的理论研究成果就可能成了小圈子的自娱自乐。

我也不是说不能做某些自娱自乐的研究。个人完全可以，甚至应当。但作为整体的一个民族的法律理论，它必须与部门法和部门法的社会实践有关。

而且，当代中国的法学理论还承担了重要的历史使命。随着中国的迅速和平崛起，随着金融危机，中国正走向世界舞台中央，甚至是在被拽进舞台中央，在中国还没有做好足够的准备，没有完备的规划，各方面实力还不够的条件下。而法学和法律理论是中国国力的一个重大薄弱点。如果走上世界舞台，中国没有或没有形成自己的政治观、法律观，没有自己的国际政治法律观，没有相应的理论，没有相应的建立在对人性、经济、社会和国际政治深刻理解基础上的系统的经验的和实证的并可操作的理论，显然不行。就缺乏软实力。

我把政治观放在法律观之前，不是笔误。因为在国际之间，或对普通人来说，不可能理解和把握细致的法律理论，他们能理解和把握的往往只是复杂系统理论中衍生或抽象出来的几个命题，甚至就几个概念。在这个意义上，我大胆地，冒失地或者说政治不正确地说一句，所谓法律理论，在社会功能上，就是一种政治意识形态。这就像今天西方主张的人权、民主、自由一样。中国的法理学当然要吸纳这些命题和概念，但还需要我们的贡献，需要中国人的贡献，包括中国的政治意识形态。毕竟，中国不是一般的大国，而是一个文明大国。

要实现这种法理学追求，不可能仅仅靠读书，不能仅仅靠读古书或外国人的书。实现这个追求的最坚实基础就是当代中国社会的实践，中国的经验和教训，注意，还不只是法治实践和经验教训，后者很可能只是前者中很小的一部分。这也就是说，我们的法律理论必定是要基于研究中国，包括对中国的政治经济社会历史文化的全面把握和理解，才有可能。这是一个伟大的工作，一个并非每个时代或每个国家的学人都能遇到的伟大工作。而我们这个时代，我们的国家，为中国法理学提供了这种可能。

这是一个艰巨的工作，一个需要想象力和创造力的工作；换言之，这是任何前人包括外国前人的经验都不足以应对的工作。但我们必须做，我们必须有这个雄心大志，在理解我们的时代和社会的背景下努力。即使作为个人我们的努力最后失败了，这个民族却必须成功。《圣经》诗篇说："瓦匠废弃的石头，反成了基石"[2]；我情愿做一块被废弃的石头，以个人的失败为这个民族的成功奠基。

年轻的博士生同学，我们共同努力。

---

〔2〕 *Psalm* 118:22。

欢迎经济学帝国主义

北大法律经济学研究中心成立致辞

2001/12/25

法律经济学研究中心成立，我不想说太多喜庆的话。我只想说一说，为什么我认为这是中国法学界的一件大事。如今的一个流行说法是，"经济学帝国主义"，许多社会科学和人文学科都大力抵抗帝国主义，为什么作为一位法律人，我大力欢迎经济学家的"入侵"，为什么欢迎经济学的帝国主义，难道我是法学界的"汉奸"吗？

我想就一点与法律经济学看似无关的历史现象说一点感想。许多人都知道，在中国科学技术发展史上有一个说法，即中国古代社会的科学技术高度发达，但是近代以来，突然衰落了。为什么？许多人提出了自己的解说。其中一个解说，比较令我信服。这种解释认为，中国古代相当发达的是技术，而不是科学；技术是人们在社会生活中直接面对生活、生产问题通过试错累积下来的一些诀窍，它们有用，也有效，但是往往零碎；各项技术之间究竟有什么内在的理论统一，不清楚。这样的技术性知识发展只能是个人累积的产物，与知识生产者本人紧密相关，只能言传身教，很难以文字交流交换；一旦只附着于人，在古代社会人员流动很少的情况下，就很难形成一个知识的市场，无法通过竞争形成一个可以不断完善发展的知识体系。科学则不同,尽管许多科学理论后来看来可能是“错误的”,但是科学总是力求寻求系统的解释,追求思维的简省,试图用一个或一些原则将一系列看起来零零碎碎的知识贯穿整合起来。科学往往具有更大的整合力和创造力;当然一旦人陷在体系中,而这个体系有错,要挣脱也很难。体系更容易信条化。

可以说,直到20世纪60年代以前,尽管法学在解决社会问题上提供了许多非常有用的知识和解决问题的程式,但法学一直具有很强的技术特征,法学教育是职业化的教育,法学没有一个简洁融贯的理论,各部门法自行其是,法律往往是规定性的,法学只是解释这些规定,只在一些法律命题内讲道理,讲不通时就加一个或一些例外。许多人,包括法学家本身,也包括那些将法学科学化的努力本身,都认为法学不是科学,而是类似人文学科,或是介乎人文和社会科学的学科。法律人必须牢记许多零零碎碎的规则,注意事项,强调雄辩与修辞,都表现了这一特点。尽管19世纪后期以来,由于实证科学的发展,也有许多法学家试图把法学科学化,并且也确实推动了法学的某些进步。但由于种种原因,这些努力从总体上看都不成功,因此总是“始作俑,其无后”,最重要的是基本与法律实践无关。

只有到了1960年代首先由于科斯、贝克尔等经济学家的理论努力,以及此后博弈论的发展,给法学带来了一场真正的革命。这场革命,在我看来,几乎类似于近代以来科学理论对技术的整合。在波斯纳等法律家的大力推动下,这场革命在各个法律领域全面延伸,法律经济学实际上成了法律学的基础,在法律经济学的步步进逼之下,传统的法理学、政治哲学、法律哲学甚至许多部门法理论都发生了一些根本性的转变。正如斯坦福法学院教授莱希格所言："我们全都是法律经济学家了！今天的公司法和反托拉斯法已经令在它降临前的法学院毕业生'不认识'了；……法律经济学见解如今已是常规科学"[1]；也正如耶鲁大学法学院院长克隆曼批判但又无法不承认的，法律经济学是如今美国唯一真正有影响的法学流派了[2]；也正如在解释2001年新版的《反托拉斯法》为何删去了当年的副标题——一种经济学视角——时，波斯纳法官的修辞性提问一样：今天的反托拉斯法难道还有其他视角吗？[3]

这只是美国的法学情况。在中国，由于法学研究和教育发展的基础和传统比较弱，也由于中国的制定法传统，法学一直为教义法学（doctrinal analysis）支配。基于中国法学本科教育的基本目标，绝大多数法律人一般确实也只关心如何，很少关心为何，我个人也认为，中国法学教育应当以教义法学为主。但我也认为，不能停留、满足于此。从长远来看，中国法学面临着一个重大的任务是，社会科学化，必须重视方法论，重视系统的理论，重视实证研究。在我看来，必须借助于经济学对法学进行全面系统的分析。事实上，这一努力已经开始了。我预计，20~30年内，中国的理论性法学研究，包括对部门法的研究，也会有一个根本性变革。我们也会遇到一个儿童相见不相识的时期。

---

〔1〕 Lawrence Lessig, "The Prolific Iconoclast: Richard Posner," *The American Lawyer*, Dec. 1999, p. 105；又请看，本书附录："多产的偶像破坏者"。

〔2〕 Antony Kromman, *The Lost Lawyer, Failing Ideals of the Legal Profession*, Harvard University Press, 1993, pp. 166-168.

〔3〕 Richard A. Posner, *Antitrust Law*, 2nd ed., University of Chicago Press, 2000, preface, p. vii.

在我看来,经济学对法学的主要贡献有两个方面。一是它可能为法学提供一个比较统一融贯的理论,另一点就是它的实证、经验的研究传统。事实上,如今的经济学理论已经渗透到许许多多的学科中了,已经在政治学、社会学、人类学、心理学等众多社会科学以及相关的应用学科中展示了它强大的解说力;如果不是由于研究领域差别,它同社会生物学进化论在模型上已经很难区分了。它对政治哲学的贡献也是众所周知的。例如罗尔斯自己在《正义论》的脚注中就承认其核心原则来自约翰·哈桑尼1953年的一篇重要论文[4];也有经济学家指出罗尔斯的无知帷幕来自经济学家阿巴·勒内1944年的一部著作中的分析[5];其"初始位置"的研究进路首先由经济学家开拓,由肯尼斯·阿罗作出了比较系统的阐述,目的是以某种方式建立效用最大化共识基础。[6] 而布坎南的公共选择理论则是宪法理论的重要贡献。[7] 在这个意义上,我个人认为,经济学的基本逻辑也许不是经济学的,而只是我们习惯称之为经济学最早予以系统阐述的。经济学的基本原理在我看来是或可能是有关一切人类行为的逻辑。

---

〔4〕 John Rawls, *A Theory of Justice*, Harvard University Press, 1971, p. 137 n. 11, 162 n. 21.

〔5〕 Abba P. Lerner, *The Economics of Control: Principles of Welfare Economics*, The Macmillan Company, 1944, pp. 35-36. 阿巴·勒内运用最大幸福原则演绎出了收入平等的规范,他认为,由于我们不了解人们边际效用函数的高度,因此,最好假定边际效用函数之高低与收入无关联。

〔6〕 请看, Kenneth J. Arrow, "Some Ordinalist-Utilitarian Notes on Rawls's Theory of Justice," 70 *Journal of Philosophy* 245, (1973), p. 250。

〔7〕 James M. Buchanan and Gordon Tullock, *The Calculus of Consent: Logical Foundations of Constitutional Democracy*, University of Michigan Press, 1962.

理论无疑重要,但是经济学发展并不仅仅由于其理论,更由于它对真实世界的关注,它的经验、实证的传统,不尚空谈,强调对事实的发现和辨析,在弄清事实的基础上对理论的追求。我们必须记住科斯,研究真实世界的经济学;对于法学来说,就是要研究真实世界中的法律。我们需要理论,但理论只能从对真实世界的了解和研究中来,理论只有能解说事实,有助于我们预测事件,并有助于我们把握和改造世界,才有意义。在了解和重视经验事实的问题上,目前中国法学同样非常缺乏。事实上,我们常常会依据"正确的"理论把一些现象构建为"错误的"事实。因此,理论并不是包治百病的灵丹妙药,我们需要经验的研究,需要对事实的了解。而在这一方面,众多的学科都可能而且必然会做出各自的贡献。

欢迎经济学帝国主义,因为我欢迎知识,欢迎对生活世界的了解。我并不是主张用法律经济学替代法学,这同样因为我欢迎知识和欢迎对生活世界的了解。事实上,我认为除了少数法律部门外,法律经济学无法替代法学,无法替代法学累积的大量的具体技术,无法替代法律家对一个个具体问题的了解和辨析,以及在此基础上形成的判断。在这个意义上,我也许是一个"两面派"。因为我在法学中有既得利益吗?不是,这是因为法学更侧重解决一个个具体的问题。它的重点也许不在于发展理论,而在于解决常规问题;这还因为法学的许多原则、概念和方法就相当于自然科学中的技术,这些技术是非常宝贵的,是长期实践经验的累积,是科学理论不可能替代的。尽管科学可以,也应当整合技术,但并不是设计每个发动机都从牛顿的力学原理起步,不是每颗星辰的测定都从爱因斯坦的相对论开始推导;大学的工科不是理科可以替代的。法学在社会科学中的地位,就大致相当于工科在自然科学技术体系中的地位。基础理论不可能取代工程技术,而法学与工程技术很是相似。

正因为此,我才认为法律经济学中心的建立具有重大学术意义。它意味着法学与统一的人类行为理论的关联,同时也意味着理论向技术的转化,以及技术对理论的倚重,意味着理论的操作化,意味着我们对经验现象的理论把握。这无疑将对中国社会的发展、经济的发展、法治的发展乃至理论的发展具有极为深远的意义。任务是为这一中国社会科学的发展创造新的可能,而我们今天正做着这项工作。谢谢大家。

走过法律援助

北大法律援助协会10周年庆祝会致辞

2004/11/20

十年前,中国刚刚兴起法治建设以及法治意识形态的浪潮,一批同学汇集起来,成立了一个新的学生社团——法律援助协会。十年了,北大法律援助协会已经有了一个很大的学生群体,服务于教育,也服务于社会,影响已经超出了法学院其他学生社团。我代表北大法学院向法律援助协会表示祝贺,向满怀热情参与法律援助的所有同学表示敬意和感谢。你们不仅为社会一部分人提供了法律服务,而且也锻炼、丰富了自己,开拓了视野,与其他学生社团一起丰富了校园生活。在一定程度上,你们也给北大法学院带来了光荣,促进了中国法学教育同转型的中国社会更紧密的结合。

十年来,见证中国现代化带来的深刻社会变革,经历了中国法治的风风雨雨。我们的理想没有变,追求没有变,但我们对法治,包括对法律援助的认识已经深化;在某种程度上,甚至有所修正和改变。在庆祝这个协会十周年之际,我们可以,而且也应当总结和反思我们的事业。

事实上,当年建立这个协会,就已经意味着,现代法治存在一些难以解决的问题:并非所有人因法治同等受益,因此有些人需要法律的特别援助;也意味着,法律或正义要支付成本,没钱打不了官司;还意味着,社会中有许多合理、合情却不合法或者是合法、合情却不合理的现象。这些问题似乎还没有因为法治的快速发展,法官和律师数量的激增而减少,相反,在某些方面,当年的理想和今天的现实之间的差距似乎更大了,城里的法律人急剧增加了,而农村还是看不到多少法律人。

放开一点看,我们还发现其他问题。我们强调现代法治需要职业化法律服务,但法律援助恰恰是以非职业化的方式;说的是法律援助,但法律援助本身至少部分得依赖国家和社会各方面的资金援助。而我们满怀热诚提供的,一些得到援助的,却未必是这个社会中最需要援助的人。我看了两个典型案例。获得援助的之一是,一对青年夫妇滑雪受伤;之二是,受援者购买了126平米住宅但实际面积不足。他们应当获得法律的公正,但是否需要援助,我很怀疑。告诉你们,我们院似乎还没有哪位老师滑过雪,也很少有谁购买了或有能力购买这么大的住宅。

在我看来,今天,最需要法律援助的是那些离法律更远的地方和那里的人,但这些人往往还得不到法律援助;能够得到法律援助的,起码是那些靠近城市,因此也靠近法律的人。你们许多人满怀维护社会公平、正义的热情走进这个队伍,而今天,你也许还会发现至少有些社会纠纷并没有那么清白的善恶,那么方正的对错。确实,有时,纠纷仅仅是——纠纷。

有人会说,这都是法治的侧面。我不这样认为。生活没有侧面,我们每个人面对的都是现代法治的正面,这就是法治的现实。

我当然不是说,我们的追求和理想错了,要予以方向性的调整。完全不是这个意思。我只是说,通过法律援助,我们开始理解了真实的生活世界,理解了真实世界的法治,在理解社会的同时,也理解了我们自己,理解了法治的理想与现实,理解了法治的艰难甚至一些两难。从中,我们也许更能理解现代化和市场经济对于改造中国、建立现代法治国家的根本性;理解了我们的追求是一个没有终点的跋涉;理解了法治是一个民族的事业,而不只是法律人或法学人的事业。

我们依旧会努力,我们追求结果。但你们今天的努力,在我看来,意义也许不在结果,不在于援助了多少人,援助了哪些人,不在于通过法律援助我们学会了某些从业技能和技巧。努力的意义也许就在于这个过程。走过这个过程,法治对于你我,就不再是雾里看花,水中望月,就不再仅仅是一个神圣的政治/法治意识形态了,而是一个世俗的、平凡的却仍然值得你我努力的职业。当一个人变得更务实却仍然努力之际,也就是一个人具备更切实、更犀利的反思和批判能力的时候,也就是开始超越自己和超越法律的时候。这是法律人必备的、最基本的技能!走过法律援助,意味着你们的成长,也意味着中国法治的成长。

再次祝贺法律援助协会成立十周年。

凝聚法治共识

《法治与公共政策每周评论》开幕致辞

2007/4/29

首先祝贺《法治与公共政策每周评论》开幕。

我理解,这个评论旨在借助讨论一个个具体法律公共事件,逐步凝聚社会的法律共识。对于转型中国的法治实践,法律共识非常重要。没有这个共识,在许多问题上,社会就容易出现分裂,至少不和谐,法治实践就会拖延,或者不效率。而且法治还不应仅仅是法律精英的话语。法律职业人当然很重要,但职业生活也许会令他们在某些时候听不到或听不进民间的声音,因此造成精英话语与大众话语的分裂。

我们需要形成一种法治的共识,一种重叠共识,是基本的;而且应当是这个社会的各种资源足以支撑的,而且要考虑各种资源使用是效率的。这不仅有公平问题,也有效率问题。

共识的形成,法律精英要有所担当;这是一种社会的责任,也是一种客观要求,必须真诚,并且要坚定,要有虽九死而不悔的精神。但是也要注意倾听,从纷乱中寻求重叠共识,从嘈杂中辨析基调。保持开放,我们必须反对过分的精英主义,但也必须注意防止民粹主义,反对法治乌托邦,反对媚俗,反对毕其役于一功,提倡理解和宽容。

这还是一个公共论坛,因此要注意公共媒体和公共话语的特点。公共媒体因为是公共的,看起来很自由,但往往并不自由。第一是容易说套话,甚至必须说一些;不容易深入下去,具体分析问题;也不想冒犯王朔说的"二老"。[1] 这还算好的了。进一步,第二,这种论坛很容易走向媚俗,为了获得听众,取悦听众,因此会搞点民粹主义。再进一步,第三,还容易偏激,往往是下意识追求的,因为媒体有时间限制,想快速吸引受众,这就会迫使评论者尽可能用鲜明但简单表态的语言来表达,甚至想标新立异,攻占并固守道德制高点。用王朔的话来说,因为激进的道德话语往往更容易占优势。[2] 这些因素都容易迫使学者走极端,放弃自己的责任。理解了这些特点,就要求我们讨论法律公共事件时,一定要审慎,负责;简而言之,就是做人要恪守平日的基本德性。

如果把握了这几点,把这个评论作为一项事业来做,我相信,会对中国法治的法律和道德共识之形成有所贡献。

此外,这一评论的出现还表明,在今天,只要是公共关心的,很少只涉及纯粹的法律问题。法治与公共政策其实是分析理解和讨论这类问题的一个视角,一种方法,而不是某个事件自身天然具有这种性质。拆迁问题、教育问题、医疗问题,甚至我今天看到关于亲子鉴定的一个报道,都可以从法治和公共政策的视角来讨论。

这就意味着,我们不能自我限制,视某个或某些问题是,某些问题不是,法律公共事件。重要的是眼光,要看到并认真深

---

〔1〕 王朔:"我看大众文化港台文化及其他",《无知者无畏》,春风文艺出版社,2000年,页21。

〔2〕 原话是,"激进的总是比务实的在话语上更具道义优势"。王朔:同上注,页22。

入事件的制度意义,法律意义,公共政策意义;即使是一件奇闻轶事,如果有意义,都可以并且应当从这一视角展开分析。相反,有些看起来挺轰动的事件,则未必需要评论。

因此,选择是必要的,有所为,有所不为。要选择真正有意义的,涉及凝聚整个社会的基本共识,国家与社会的大事。北大法学院有这个责任,引领风气,形成自己的风格,努力创建成一个品牌。

这还需要眼光,要"众里寻他千百度,蓦然回首"。

渴望多汁的人生

2007年北大法学院法律文化节致辞
2007/4/27

在香港仇浩然律师的支持下,今年北大法学院的法律文化节与四川美院合作举办,冠名“法律、艺术与人文关怀”。诸多著名艺术人和法学人会聚一堂,就法律和艺术,特别是相关的人文问题,展开初步交流。我代表北大法学院向四川美院罗中立院长,刘世杰书记以及其他各位学者,向仇浩然律师,向参加文化节其他各位专家、学者,向媒体的各位记者,表示热烈欢迎;向精心安排组织使文化节得以成功举办的老师和同学表示敬意。

尽管法律与艺术都历史久远,几乎与人类社会相伴,也不时以对方为自己的从业对象,例如艺术中的雅典娜雕像或绘画,又如经常闹上法庭的情色艺术以及受法律制裁的淫秽作品及其作者。但两者的关注非常不同;至于在知识类型上或技能方法上,更可谓“鸡犬之声相闻,老死不相往来”。最重要的是,既然历史久远,这还不大可能是前人的忽略和失误。

法律人和艺术人都有广义的人文关怀,关心周围的人和我们的生活世界。一些法律人会欣赏或聊聊艺术,甚至有不错的艺术鉴赏力;艺术人也难免法律纠纷。但这就足以构成我们学术或知识交流的平台吗？法律当然会规制或保护艺术品和艺术家，这个时代一定会有各种，很可能日益增多的有关艺术品的知识产权法律问题，艺术因此为法律人提供了更多的利益争夺对象，更大的职业生涯的领地，但这就是法律与艺术的关系吗？这个法律文化节会不会成为这个日益商业时代的又一个合谋？

完全可能。但我们不甘心。

不甘心就需要我们想象和创造，从不可能中争取可能。即使失败了，那也是一种意义；至少表达了一种人文关怀：作为社会的人，无论是法律人还是艺术人，我们选择，并欣然自己的选择，但我们渴望超越，渴望多汁的人生。我们不甘心现代学科体制的挤压和职业化的枯涩。

最不济，我们，至少其中的一些人，可能因此机缘相互理解，甚至成为朋友；而友谊更贴近人心，无论你认为是在学科之下还是之上，它都既超越了法律，也超越了艺术。

祝贺文化节成功。

艺术家与知识产权

"法律、艺术与人文关怀"论坛发言
2007/4/27

艺术作品的知识产权问题争论很多,也很久了,我不打算就一些技术问题展开讨论,而是就法律与艺术的差别展开一些初步分析,由此也许可以看出,在处理艺术问题上,法律制度有哪些先天不足,以及为什么。

首先是法律对艺术家的保护。如果要鼓励艺术的知识产权创造,首先要保护真正的艺术家。但如何保护?

都说艺术来自生活,但我看的更真切的是,杰出、伟大的艺术家更需要天分。但天才的艺术家,与文学、思想、文化领域的许多天才一致,都有些奇怪,众人很难理解。各类艺术家中都常常有一些"精神病人",例如高更、梵高;似乎同性恋的比例也比常人高;酗酒、吸毒的也多于普通人,生活上也往往狂放不羁。什么原因说不清楚,或不好说。

而法律一般是为普通人的,其实更多是为中产阶级的(不带政治性含义)生活服务的——因为他们是社会的绝大多数,因此基本也就是以普通人为标准的。这样一来,生活在这个为绝大多数普通人规定的法律世界中,真正的天才艺术家常常不很舒服,有时甚至很不舒服。"高处不胜寒",可能是许多艺术家的感觉。在此,我很想"代表"法律对这些艺术家说一声,对不起。

也有一些伟大的艺术家会通过自己的艺术行动改变法律,事实上是改变整个社会的艺术边界和界定。在这个意义上,并在一定程度上,艺术家同诗人一样,往往是或有时是"未被世界承认的立法者"[1];他们创造了新的标准,开辟了新的自由领域。

即使如此,我还想为法律说几句话。由于艺术强调创造和独特,而法律强调守成和普遍,遵循先例的法律很难甚至根本不打算预知未来的艺术。还有个问题是,由于前面提到的艺术家的某些行为特点,因此难免有人模仿天才艺术家的行为方式,混入艺术家群体,假冒艺术家。我们都知道,这也是有历史的;当年齐宣王座下吹竽的南郭先生就是一个典范。但法律也不能仅仅凭着一个人的外观,或他的行为和生活方式,来辨认艺术家,特别是天才艺术家;这会鼓励假冒的。且强调人人平等的法律,至少在某些方面,也没法对一些过于特立独行的艺术家网开一面。法律因此只能坚持一个最低原则,不妨害他人,就予以保护。但什么叫作不妨害他人呢?30 年前,画一幅裸体画,也许就会被认为是腐蚀青少年;而且什么是艺术和非艺术的裸体画呢?什么是色情呢?至今说不清楚,法律只能说,"我看了,就知道"。[2]

---

〔1〕 雪莱:《诗之辩护》,《缪灵珠美学译文集》卷 3,章安祺[编订],中国人民大学出版社,1998 年,页 138。

〔2〕 这句话出自美国联邦最高法院大法官斯图加特(Potter. Stewart)1964 年的 Jacobellis v. Ohio (378 U. S. 184 [1964])的并发意见中,并获得了法学界和社会的广泛认同。又请看,Paul D. Gewirtz. "On 'I Know It When I See It'", *Yale Law Journal* vol. 105, pp. 1023-1047 (1996).

还有一个法律无能为力的问题也经常发生。常常有一些艺术家生前很不幸,他们的作品没有得到足够的社会承认和商业承认,一生穷困潦倒;但死后,其作品的市场价格往往成倍、十倍甚至百倍增长。还有一些稍微幸运些的艺术家,为了谋生,起初往往低价出售作品,之后却被他人在市场高价转手。商人发了大财,而艺术创作者所得无几。在一定程度上,也可以说,这不公平,不利于艺术家,不利于艺术的发展。

法律对此能有什么好办法吗?我觉得也很难。法律无法自己先验地确定什么是艺术,什么是好的、伟大的艺术。说实话,真正伟大的艺术永远会突破任何在先的界定。因此,法律只好退而求其次,用产权和市场竞争来保证和鼓励艺术。它鼓励一些有艺术眼光的鉴赏家发现并购买艺术品,借此来界定并向社会推荐那些尚未得到承认的艺术家;作为鼓励措施,法律也就把一部分甚至很大部分的经济收益给予这些风险投资者,而不是给了艺术家和创作者。

法律也考虑了其他办法。例如有些国家的法律允许艺术创作者从艺术品每次转手的收益中获得一定比例的收益,分享风险投资者的收益;即所谓的“精神权利”(moral rights)。

这种办法看起来不错,却也有其他问题。第一,这压制了风险投资的收益,收益低了,风险投资者的投资意愿就降低了,一些艺术品就可能因此无法进入市场,有可能使一些伟大或不太伟大的艺术家生活更困难。第二,法律也很难监督。什么是艺术品转手?什么是市场?因此可能出现艺术品投资者实物交换,私下交易,还可能以“赠送”的名义获利。而在地域更辽阔,市场更大,监管无法有力的当代中国,这个监管的麻烦会更大。

因此,虽然没有获得授权,我还是想代表法律,对艺术家再次说一声,对不起:你们太有才了,很想给你们更多的保护,让我们的社会多一点艺术气,少一点铜臭味,但我们的能力实在有限。

知识的互惠与征服

中欧“知识交流与知识互惠研讨会”发言
2001/2/17

今天，生活在地球村的人们日益感到跨文化交流的重要性；也许知识分子对这一点感受尤深。在这个意义上，知识的交流就是一种知识的互惠、互补。对于发展中国家来说，这种对于外国知识的汲取无疑是重要的，是现代化的必须。发达国家，在这种知识的交流中，也能获取新的意义，扩大自己的视野，可以看到一种在自己现有知识的框架中难以想象的生活和知识，理解一种不可能的可能，或多或少改变老子天下第一的观点。

但在有些方面，我在法律社会学调查中发现，这种知识的交流对于有些群体来说只是一种不得已，一种被迫。就其现有的生活而言，他们本来未必需要这种知识；他们需要这种知识仅仅因为他们需要同一些陌生人打交道，他们需要了解对方，以便利用这种对对方之了解来保护自己，或获取某种利益（包括对方的认同）。这种情况比比皆是。但为了避免过分专业化，我仅仅从日常生活切入这个问题，其中的意味则不应限于日常生活。

每年，北大校园里都有这样一些孩子，他们一身乡土气走进校园，但是他/她们或多或少地会受到某种歧视。他/她们不懂莫扎特、贝多芬，不懂梵高、莫奈，不懂卡夫卡、博尔赫斯，不懂福柯、德里达；因此，尽管他/她们可能学业不错，但是在大学校园的“精英”文化环境中，这些人感觉自己总是缺少某些东西，缺少某些“知识”，显得土老帽。为了让自己适应环境，抛弃这些土气，她或他努力了解城市人的习惯，按照城市知识人的方式行为。总有不少学子会花费相当的时间、精力来学习这类“知识”，装点自己。他们会把一些自己其实并不真正喜欢，也不真正需要，甚至未必是知识的东西当成一种获得这个大学社区承认的执照。他们会学着喝咖啡，学着跳舞，学着吼摇滚，学着(如果还有一点零钱的话)在情人节买一枝红玫瑰而不是其他什么花送给自己喜爱的姑娘。学习这些“知识”时，他们会很认真、很执著，甚至比对学业更为执著。作为生活的一个部分，就这样，他们度过了校园的4年或7年或10年的生活，他们当中确有一些人变了，变得温文尔雅、绅士风度，变得妩媚靓丽、风姿绰约。他们也能同其他人一块谈论先前他们不熟悉的人和事了。他们成了白领。他们不说“给我一张纸”，而说“请给我一张paper”。

有些人也许就这样永远变了。但也有不少人，其实骨子里没有变多少。在他们的内心深处也许仍然喜爱故乡的秦腔、花鼓戏或者是那种有头有尾的、讲故事的电影，而不是《费加罗的婚礼》或《胡桃夹子》；也许喜爱的是陕北的“酸曲”，而不是迈克尔·杰克逊或麦当娜；也许是民间的剪纸甚或是近代从西方引进但已经构成当代中国现实一部分的写实主义油画，而不是莫奈或毕加索；喜欢金庸的小说，而不是《第二十二条军规》，不是《审判》，不是《卡拉马佐夫兄弟》。而且，说不定哪一天，他被压抑的偏好都会重新显现出来，如果环境允许的话。

当他因无法获得认同而心灰意懒因此不再追逐周围的承认时，或者相反，当他已功成名就而人们追求他的认同接受时，他就不再谈论这些了。如果他追求的女孩子已经成为他的妻子，他就不会再买一束玫瑰花，也忘记了情人节。他的“劣根性”暴露无遗了。注意这里的引号。

这种现象在近代以及当代中国不少见，可能在许多发展中国家也不少见。我也不想简单地对此说好说坏。也许中国在过去的一个世纪中，就是在这种“假白领”的摇摆中发展起来，变得日益现代化或“西化”了；也许今天许多外资企业、许多国家机关和单位也都需要这样的人。但是，对于一个人来说，对于一个民族来说，真的有这种必要吗？这种模仿和学习，注意，仅仅是这种生活方式的模仿和学习，这种谈资或话题上的模仿和学习，这种举止做派上的模仿和学习，到底有什么效用？对人类社会有什么福利的增进？以及，如果确实有，又是对谁的效用？

我并不反对西方的文明，我也不反对一个人更文明起来，谦和礼貌，博闻强记；特别是如果这一切都是他自己的选择。但如果这一切不是为了自己的需求，不是为了自己的福利，同时也没有或未必增进社会的福利，相反仅仅是为了遗忘现在的自己，为了疏远社会，为了脱离日常生活，仅仅是为了一种风尚，那么我觉得这种表面看来很个人性的、实际加总起来是很社会化的大规模投资，从长远看来，没有多少效用，没有多少福利改善。它甚至是压迫性的。它不仅压迫自己，甚至也压迫他人。我曾经见到自己的一些同代人，为了圆自己的梦，逼着孩子学习钢琴、小提琴；仅仅是为了圆自己年轻时代的梦。孩子成了父母自我心理补偿的工具。

这是一种弱势文化的畸变。一种对自己的不自信。这种表面的知识的交流和互惠中实际隐含了一种文化的自我殖民，自我压迫和消灭。我不想过多地讨论这个问题。这样的事情在一定程度上与个人选择有关，我不想干预这种个人的选择；如果硬要说这是悲剧，那么到处都有这种悲剧，因此，没有必要太多的大惊小怪。

我关心的是这种也算是知识交流之现象的背后，关心的是——在我看来——理想的知识交流和互惠必须具备的前提条件，而不是一般地、非语境化地谈论知识的互惠。这个条件就是知识生产和输出的更大的权力关系。这种权力关系还不是个人之间的，而是国家之间的，文明之间的，这种权力关系并不真正基于知识的“真”和社会效用。没有经济实力的大致平等，哪怕同属于生活习惯和便利的知识，也还会是某些人的这类“知识”更有市场价值，而另一些人的没有很多市场价值；由此而来，也就没有对自己的自信以及对他人和自己的适度尊重，也就不可能有真正的知识互惠，有的只是看似互惠背后的单向度强加和自我强加，有的只是认同的自我改变，有的只是文化的自我消灭。40 年前，在日本和亚洲四小龙崛起之前，韦伯的学说几乎是亚洲学者头上抹不去的一份阴影；而 1970 年代以后，韦伯关于儒家学说的观点至少受到了某种挑战或调整。人们至少不再一般化地认为儒家学说与市场经济不兼容了。

也许还是邓小平说得对，“发展才是硬道理”——知识的真正平等交流和互惠只有在人们富裕起来，有了自信心，有了自主性之后，才有可能进行。中国人的习惯说法叫做“财大气粗”。尽管这种说法有贬义，应当予以警惕；但它在抽象层面还是提示了:知识的流动和流向是随着财富权力关系变化的。这也就是说,仅仅从理想层面上构建一个知识互惠的理想模式不可能解决现实生活中知识交流和互惠的问题。说不定知识互惠的话题本身就是一个知识强加的新战略,就如同关于人权的对话很少是为了对话,而仅仅是为了征服一样。

我的这番话很容易被理解为是一种抵抗,或是要做出一种抵抗的姿态,有什么民族主义情绪之类的东西;人们会很容易这样理解。我其实并不在抵抗,也不想发出什么抵抗的宣言。不仅是到了这个年龄,拿了洋博士回来之后,再搞那一套,且不追究你是否沽名钓誉、故作姿态,也不会有多少人信的。更重要的是,如同我在一开始就说的,我还是相信有些知识确实是互惠的、互补的,甚至是目前中国必须努力学习的,而且——如果提醒能起作用——即使有一天中国发展起来了,也还是应当不断努力学习其他人的(一切人的)对于人类生存有利的知识。因此,我上面说的仅仅是指出在知识交流中还有另一方面的现实,无法用知识话语本身改变的现实,我和你都处在这种宿命之中的现实。在这个意义上,我们都是尼采意义上的人,一种不断斗争着的人,是"超善恶"的;或者用老子的话来说"天地不仁,视万物为刍狗"。因此,我的这些言说不是一种道德话语(尽管可能被理解为道德话语),不隐含什么规范的追求;我只是看穿而已。我是绝望者,绝望者无所谓抵抗。

更重要的是,我的例子也表明,这种知识强加现象不仅在跨文化交流中存在,而且就存在于我们的身边,存在于我们同他人(包括同学生)的交流中,这个强加者和被强加者同时就是你、是我。而且仅仅你我"自觉"也无法改变。

如果理解了这一点,我们就会发现,所谓重构知识互惠的理想模式也许从一开始就是一种没有意义的努力——你如何要求人们在行动上而不是在言辞上采纳这种模式?! 也许只是学者有了一套政治正确,隐含其后的则是一个社会利益分配格局? 有意义的也许只是生存的斗争,只是实力?!

热点？如何关注热点

2002/5/23

随着中国加入了 WTO,法律全球化问题也逐渐升温,成为法学界一个新热点。由于国外有人反对全球化,因此国内法学界也有人跟上了。不久前,参加政法大学比较法研究所为其校庆 50 周年举办的研讨会,不少发言者的主题都是法律全球化,好处和弊端,其中隐含的似乎是,我们可以通过这种分析来决定要或不要全球化。

这个问题在我看来其实不重要。法律是规制人们交往的规则,那么,在今日中国这样一个对外开放的社会,各国各地区的法律规则相互影响、竞争乃至最后在一些大的方面趋同几乎不可避免。如果以语言作比,那就是方言不同的人,交往后总会相互影响。这不是人的主观意愿可以决定的,也很难加快或阻碍。

只是由于中国在经济、文化上还不够强大,坦白地说,许多中国人,特别是知识分子和学生,不但缺少自信,有时还往往有某种盲目的自卑感。一位参与相关行政立法的学者告诉我,如今立法者采取任何措施,哪怕理论上实践上都表明或证明非常必要和显然有效,也还是首先从某个发达国家的规定中找到相应的支持,才敢放心。在法学界,许多所谓的"名著",如果不是作者是外国人或外国名人，我很怀疑，会有谁去碰它；丹宁勋爵那套书中的《家庭故事》[1]，如果不是同丹宁的名字相联系，出版社会出版吗？这类著作有那么多读者吗？

其实，法学人也首先是人，不会因为说正义多就更正义了，他们同样势利，同样跟风，同样有人的一切毛病，同样会把知识同权势联系起来的。学法律是学手艺，未必能学到大见识和骨气。这一点我们要自我警惕和反省。总体说来，人向高处走，水往低处流，这是不变的。因此，在目前国际间的知识权力构架中，在这种社会心态中，中国法学人、法律人肯定更多是学习他国，其实主要是一些经济大国的法律。就此而言，至少某些方面的法律全球化不可避免。而在当代中国，这个全球化还可能主要表现为被全球化，或者更准确的说，被美国化或欧洲化。情况也大致如此，想想美国司法制度，想想德国民法典，在中国当今法学界的流行，就可以了。

对这种状况不能过分意识形态化，无论是庆幸或是悲叹，认为这涉及什么终极目标的选择与确定；或是将之道德化，认为这里有什么知识分子人格问题。至少我就不清楚人类的终极目标是什么（鲁迅先生说过，人的终极目的地都是坟）；而且，就算我选定了某个目标，也很难让，而且为什么要让，其他人或后代接受并坚持我的选择。我不相信有谁能“为天地立心”，那不过是知识分子说大话，还很容易让我们这些后代传人上瘾。历史上，偷梁换柱很多，旧瓶装新酒也是可以的。

就法律的功用而言，我倾向认为，这种全球化有好处，它减少了交易费用，便于在世界性交往中建立相对稳定的预期；从

---

〔1〕 丹宁勋爵：《家庭故事》，刘庸安[译]，法律出版社，2000年。

长远来看,可能有利于中国的经济社会发展。而如果有益于中国,有益于世界,我也不觉得放弃自己的某个所谓终极目标就有损自己的人格。

但,不过分意识形态化,并不意味着不考虑法律全球化中的利益分配;恰恰相反,不意识形态化就是为了更清醒并具体地考察其中的利益分配问题。因为法律全球化涉及的,对于普通人最重要的问题,就是利益分配。在这个过程中,有些人或民族或国家会得利更多,有的会少,甚至根本不得利。细致的利益分析和考察是必要的,是不可避免的。我的底线是中国不能在这个过程中变糟,利益受损,一定要争取有所改善。

因此,在法律全球化问题上,要反对把这个问题意识形态化或浪漫化。

首先不能把法律全球化看成是法律美国化、欧洲化,将之视为历史的必然和人类的上升,进而把这个过程中的某些人或民族或国家受损视为为达到"人类更高阶段"的"必要代价",并用这样的话语自我安慰和安慰他人。这既是一种自我欺骗,也是欺骗他人,是一种宗教鸦片,说不定还是为虎作伥。说轻一点,这也是一种政治赌博,把宝押在全球化身上。

第二是不能笼统地反法律全球化,把反全球化作为一种政治姿态。如果如上所说,法律是随着人们的交往而变化的,笼统反对法律全球化就是一种鸵鸟战术,以姿态代替生活。在骨子里与前一种观点一样,都是以愿望代替社会发展本身的趋势。

第三种意识形态化与前两者有关,却是一种更中性的。虽然没有明确支持或反对,却把法律全球化或反法律全球化当成一个可以通过辩论、讨论或论证而予以解决的问题,当作一个可以由学术上的人多势众来决定的问题,因此把话语看成问题本身。这是一种更原始意义上的意识形态化。

在法学界,这三种意识形态化都有可能。因此,我认为,全球化有可能成为法学界的一个热点,但这不意味它会成为一个好的学术热点。弄不好,它完全可能成为一个替代当年法律阶级性和社会性,后来的"刀治"和"水治"之争的政治性而非学术性的话题。用作聊天或炒作,可以,甚至还可能比较热烈;如果只限于话语就太大而化之了,无法深入。

在我看来,更重要的是要具体研究一些问题,要从生活和社会实践中提出问题并加以研究,考察:在什么意义上,在哪些具体领域,以及是如何法律全球化的或没有全球化?在某个领域中,法律全球化和没有全球化的原因是什么?给哪些人带来了好处,给哪些人带来了不利或不便?可能的矫治手段是什么?下一步有什么可能的发展?这些问题本身有什么学术的意义,对于法律的理论和实践有什么值得关注的新的寓意?等等。

如果落实到这一层面,这些问题其实就不是什么新问题了;都只是在新的时代背景——全球交往加快——下的老问题。因此,我们的研究并不需要太多调整,只需要把这个因素带进我们现有的研究就可以了。我认为这可能是一种更务实的研究法律全球化的进路。

法学发展创造的唯一源泉

法律出版社“法学界新春晚宴”致辞
2004/1/16

法律出版社让我说几句。我首先谢谢法律出版社和贾京平社长为我们提供了这么个机会,春节前,让法学界、法律界和司法界的这些大忙人都聚一聚。我也在此向各位前辈、同辈朋友们问好,给大家拜个早年,祝大家新年愉快,事业有成。

我还想多讲几句话。要关注学术创造和创新。也许大家都注意到了,今年夏天,中共中央请了两位历史学家讲课,题目是近代以来的大国兴衰。之后,在政治学界和国际政治学界出现了关于中国的“和平崛起”的讨论,成为一个重要研究课题。题目显然是中共中央出的。我不是说法学界就要搞什么法治与和平崛起的研究。跟风,不是学术;就算是学术,也要防止“投机”。但我们还是必须注意到这几年来中国在世界上的地位变化。中国的经济总量,无论以什么为标准,都是世界前几位了;中国的进出口总额今年一下子跨了两个千亿美元;中国为解决中东问题派出了特使;朝鲜问题的六方会谈,中国也起了重大作用;昨天,“上海合作组织秘书处”也挂牌了。所有这一切都在表明,中国正在崛起。

中国法学因此面临了一个问题,能不能随着中国的崛起为人类做出相应的贡献？我们的现代法学传统不足，现代法学是从西方移植过来的，20 世纪的动荡也使法学很长时间发展不好。即使改革开放 25 年以来，法学基本上也是对外学习，学习，再学习。在国际上，中国法学的学术自信心不足。但我们不能也不应当总是在法学上“抄人家的”。都 25 年了，孩子都长成男子汉、大姑娘了；法学人应当想一想创造了。不然再过几十年，后辈会笑话我们的。

创造是一个艰难的事业，但我们现在至少要有这样的意识了。尽管我们的法治还有种种问题，我们确实还是有不少经验可以总结、概括和提高。作为学人，我们有历史责任。

学术创造，要面对中国。过去一年里，中国有许多重大法律事件，我想多少年过去后，也许会有人指出，2003 年是中国法治建设的一个特殊年份。这一年，对不同的学者有不同的意味。但是对我来说，最重要的意味，就是我们法学界、法律界和司法界必须面对中国社会，面对中国人民。否则，我们的一切一切都可能丧失正当性。孙志刚事件、最高法院有关奸淫幼女的司法解释、“非典”、刘涌案件以及涉及的正当程序、证据排除和专家意见。法律人在这些问题上有些尴尬，有些两难，有的受到了伤害，有的只能沉默。我在这里说这些，也许都会令一些朋友心痛。

我们必须面对这一切，因为这就是中国。我们就生活在这里，法学界当然需要引导中国人的情感、理智和判断，但我们更必须感受、尊重和理解中国人的情感、理智和判断；因为我们的学术生活、职业生活，以及相对说来更多与校园或学术机构相关的社会生活，都可能令我们在某些方面有点脱离中国民众了。不是说民众就是对的，或总是对的；但我们必须知道，法律如果要让人们接受,获得深厚的正当性,那就不能简单地批评民众愚昧,即使真的愚昧,这也是中国法治必须应对的一个根本变量。我们必须有所反思,调整我们的观念。面对中国现实,这是中国法学发展和创造的唯一源泉。

谢谢。

法学院与律所

2001年北大法学院年末酒会致辞

2001/12/26

2001年就要过去了。一年来,应当说是多年来,在座的许多朋友都以各种形式对北大法学院给予了帮助,做出了贡献。我代表北京大学法学院对各位朋友和来宾表示感谢;今天这个简单的酒会也就是为了表达这种心意。

虽然只是一个简单的酒会,是一次朋友的简单聚会;但我们还是希望各位朋友,包括今后,给我们的法学院、法学院的发展、法学院的教育多提一些建议和意见。来宾中绝大多数都是律师,并且是中国最优秀的律师。这样说,并不只是给你们戴高帽、奉承,而是我有一个判断:想在北京这块竞争最激烈的市场上站住脚,在这块最"居不易"的地方活下来,你们手中必定是有些"金刚钻"的。你们实际上是中国法律职业的开拓者;也许你们不认为自己的经验是多大的学问,但在我看来,你们对中国法律职业和法学教育都有着自己的洞察。而这些经验和洞察都是我们这些待在学院里的,更多在法条和理念中飞翔、在天真学生中展示潇洒的法学教授缺乏的。

我们希望听取你们对法学院的希望和建议,不仅因为你们有我们没有的知识;更重要的是中国的法学教育已经面临一次重大的改革,并且必须改革,中国法学院的发展已经必须更多的同法律职业的发展相联系,面向法律职业市场。中国加入了WTO,中国的改革开放将继续深入,社会和市场经济都在迅速发展,在这样一种形势下,中国的法学院必须重新定向。中国的法学教育本来就传统不够,也不是始于法律职业,这种教育因此一直太"学术"("空洞"一种好听的说法)。今天到场的有许多与我同一代的法律人,我们知道,我们曾如何努力钻研法律的本质、法律的研究对象、调整对象之类今天看来与法律实务实在相距太远的问题。那种教育总是会告诉我们什么是正确的;因此,我们也许会讲检察官的话,但不会讲辩护律师的话——或者相反;我们也许知道该如何为消费者辩论,却不大会为厂家辩论——或者相反。这种教育模式,显然,不是法律职业的需要。

20世纪80年代的经济改革,特别是90年代初小平同志的南巡讲话,全面推动了市场经济,也带来了法律职业的发展。由于你们勇敢地走向市场,中国真正出现了一个法律职业,一个以市场为导向,而不是以符合某些理论命题为导向的法律职业、法律和法学研究。我们由此开始看到了更多真实的法律,法学发展也有了真正的社会和职业基础。今天,中国又面临一个新的挑战,进一步的挑战;中国的法学要进一步贴近市场、贴近社会、贴近法律职业。这不是说要放弃学术,而是说,我们需要能回答中国问题、以解决中国问题为导向的学术。

为什么相比起来,美国的法律学术更为活跃,更有活力,最主要原因之一就是美国有一个真正高智慧、高水平的律师队伍,有一个繁荣的法律职业的市场。因此,我们需要你们的支持,法学教育和学术走向市场,就要了解客户的需求,要根据客户的需求来生产。

这与北大法学院争取创建世界一流法学院的目标是一致的。在对外开放、学术自由的前提下,最重要的一条路就是要强化同法律实务界的联系。如果说我们的毕业生和学术研究是产品的话,那么法学院最终必须接受的是这个法律市场的检验。这是中国法学教育得以提升的必由之路,是创建世界一流法学院的必由之路。

我们希望你们根据自己从业的经验和教训,你们对法学教育的反思,及时向我们反馈各种信息;我们也希望你们今后更经常到法学院给我们的学生讲课和做讲座,在法学教育中更多纳入从业律师的视角和经验,让我们的学生了解一个真实的法律世界,便于新一代法律人的成长。我们希望你们今后给予我们的学生,在各方面,更多的指导和关照;也更多同我们的教员在法律教育和法学研究上进行合作。我们还希望你们能更多参加我们的学术讨论会;把你们真正疑难的问题带到法学院来,给法学研究注入更多活力。我们当然也需要你们的财政上的支持,也感谢多年来你们给予的许多支持。

我相信,法学院与律所未来在各方面的合作都大有前途。

法律人自身的问题

“第四届中国青年律师论坛”致辞

2008/12/5

很高兴，也很荣幸，来珠海参加“第四届中国青年律师论坛”，并发表讲演。

我想谈谈目前中国法律人的问题，包括但不限于律师。有些话必须说开，否则一些政治迷思或职业迷思有可能遮蔽中国法律人的目光，掩盖中国法律职业界的问题，最重要是，弄不好会错过时代和世界给中国和中国法治进一步发展和创造的重大机遇。但光是说真话还不够，真话仍然可能是谬误——想想那些虔诚的法轮功信徒。因此，我只是借此机会同大家交流自己的看法。

最近有不少事情值得我们深刻反思，关于法律人、法学教育、法律职业等。我国台湾有陈水扁，大陆有黄松有，近年来还有许多议论纷纷的事件和案件。我不想介绍背景了，而是直接切入，夹带着会说说这些案件和事件。

一段时间来，中国法学/法律界有一种说法，一种政治神话，似乎法律人特别正义。根据则各种各样，什么法学是正义之学，法学关注公正而经济学只关心效率，等等；言外之意是接受了法学教育或掌握了法律技能，法律人说话办事就更公道或更公正。这个逻辑过去多年来一直影响了中国法治建设和司法改革，中国法治中存在的问题也往往被归结为法学教育或法学研究不足,法律人才不足。

这个说法有积极的社会功能。它推动了社会对法学的关注,要求国家和全社会加大对法学教育的投资,鼓励司法人员在职学习和培训,受过系统法学教育的中青年人在司法体制中获得了相对于其他人而言更快的晋升,推动了法律职业化的发展,包括法官、检察官和律师等。

但这个命题不成立。从经验上看,近代以前一直没有什么现代意义的"法学教育"。中国法学人津津乐道的所谓世界上最早的波洛尼亚大学法学教育,与今天法学教育其实没多少相似之处,至少没产生过什么著名的法律家或法学家,今天也不算一流法律名校。而人类历史上那些公认的伟大裁判者/法官都没有接受过正规系统的法学教育,无论包公、海瑞,还是一不小心创造了司法审查的伟大的马歇尔;即使卡多佐,也和比尔·盖茨有一拼,是法学院的辍学生。尽管总体说来,美国联邦法官可能是人类有史以来最清廉、最专业,也最明智的一批法律人,但出任美国联邦法院法官,包括最高法院大法官,也不要求候选人学过法律(但近数十年来这已经成为惯例),自然也不要求法官通过什么统一律师或司法资格考试。事实上,美国从来就没有什么统一的律师资格考试。大家可以去看看美国《宪法》第3条,不要以讹传讹,想当然,搞另一种"莫须有";或以为所谓西方国家都一样。事实上直到半个世纪前,美国律师中还有50%不曾大学本科毕业。[1] 尽管有极少数杰出的美

[1] Dietrich Rueschemeyer, *Lawyer and Their Society: A Comparative Study of the Legal Profession in Germany and in the United States*, Harvard University Press, 1973, p. 105.

国法官曾是法学院优秀毕业生,但波斯纳指出,有更多的明星学生当了法官后暗淡无光。[2]

在华人世界,情况也是如此。今天中国律师界最出色的律师或优秀法官,甚至一些法学家,不少都不是法律科班出身。至少,2005 年评选的“中国法官十杰”中,绝大部分不是科班出身。[3] 科班出身的,也有做人出问题的。陈水扁当年是台大法学院那届学生中学习成绩最好的,司法考试成绩也最佳,并且是大学在读期间就通过司法考试的极少数学生之一。黄松有则是号称“黄埔一期”的西政 78 级学生,法学博士,“学者型法官”,还是不少著名法学院校的博士生导师,不久前他的论文还获得了第二届“钱端升法学研究成果奖”的三等奖。

说这些,不是说他们个人的违法犯罪行为与法律科班有什么关系;其实没关系。不错,近年来法律科班出身的法官或其他官员出问题的多了;其实,这只因为 30 年来,法官和官员中法律科班出身的总数和比例都多了。说句不好听的话,再过 20 年,可能所有出事的法官都是科班出身,因为那时很可能所有法官都科班出身了。尽管如此,这还是表明,法学教育或法律知识多少与法官清廉和智慧与否没什么内在的因果联系。一个持续了十多年的法律神话该结束了。

良好的司法或法律从业当然需要法学知识和技能;在这个意义上,可以说没有良好的法学教育很难保证良好的司法能力,也很难保证实体或程序法律上的司法公正。但并不是只有

---

〔2〕 波斯纳:《法理学问题》,苏力[译],中国政法大学出版社,2001 年,页 111。

〔3〕 参看:“2005‘中国法官十杰’先进事迹”,《法制日报》,2006 年 2 月 27 日。

在法学院才能学习法律，而且，法律知识和司法能力也并不与司法公正等同。知识和技能也许是司法公正的必要条件，但不是充分条件。知识本身不能保证知识的正当使用。高明的化学家可以用他的知识和技能来制造毒品，制造大规模杀伤性武器并针对无辜者；同样，法学知识和技能完全可能用来谋求个人或群体的不正当利益，侵害、损害甚至侵吞他人的甚至整个社会的正当利益。娴熟的法律知识、技巧和语言更可能有效欺骗民众——想想在查出有大量海外人头账户和钱款后，陈水扁在电视上的信誓旦旦："本人在国外没有一分钱。"他说的很可能是真话，法律人的真话——因为都在他家人的名下。

因此，尽管当代中国法律界总体，在知识和技能上，还远不能满足中国的社会需求，需要大大发展（想想如今中国到海外投资或并购外国企业的案子，有几家中国企业是找中国律所做的？如果不是服务贸易上的保护政策，目前中国法律界最挣钱的那些活我相信基本上都会让外国律所拿走。中国律师业还需要坚实的大发展）。但至少目前，我感到，中国法律界，包括司法界、律师界和法学界，最大问题其实是良知和社会责任感。

目前中国社会对法律人、特别是对出庭律师的总体印象，用宋丹丹女士的表述方式，"怎么能说不好呢？那是相当不好"。我听到一些显然夸张或调侃的话来说，那就是[出庭]"律师的主要作用就是确保司法腐败"或"保证有效行贿"。这话打击面太大了，一竿子撂倒了一船人。中国律师对中国的政治经济社会发展的贡献不容抹杀，特别是在经济社会发展上；但这个贡献往往不容易看见，众人有目也难共睹，因为普通人常常不大关注那些日常经济交往的法律文件，也无法有效关心立法或法规清理甚或法律解释带来的社会和制度变化。普通人看到的往往就是出庭的民商事或刑事律师,而且都是便于媒体渲染炒作的案件或事件;社会心理又总是“好事不出门,坏事传千里”。但问题是,如果公众对律师有这样的错误印象,律师界就必须认真对待,而且是一个真问题,一个大问题。

我知道,的确有些刑辩律师的主要攻防策略就是先串供,后翻供;许多民商事出庭律师的专长就是拉关系,搞点“三陪”之类的,甚至更下作的事。乃至于,都知道,如今有越来越多洁身自好的律师只要可能,就不出庭,专注于非诉业务。也有不少法学院毕业生进入法律界感到很失望,觉得法学院骗了自己。你可以说问题出在法官身上,但至少有些律师脱不了干系;别总是弄的很纯很无辜的样子。

律师业对此必须高度警惕,认真对待。少数律师的不法甚至犯罪行为不仅是他个人的问题;这也是在砸大家的饭碗,毁整个法律界好不容易积累起来的无形资产,糟蹋中国法治的前程。不能看轻哪怕是少数人的这类问题。一个“三鹿奶粉”就把整个中国的乳产品业打趴下了。这类事情也有可能发生在法律界。

别以为我会说加强律师的职业道德教育。那没用。搞,也基本是无的放矢。因为这里涉及的不是知识问题,而是践行问题。[4] 关键在于个人的伦理选择,你我是否愿意按照自己的良知行动,放弃某些可能就在眼前的巨大不法或非法收益。我知道出庭律师的苦衷,没几个人愿意那么下作,都是职业竞争所迫,包括不正当竞争,还有些贪婪的法官或行政官员会以各

---

〔4〕 可参看,波斯纳:《道德与法律理论的疑问》,苏力[译],中国政法大学出版社,2001年,页72及其引证的实证研究成果。

种方式索贿,吃完饭打电话叫律师来买单,买个手机拿着发票给律师,等等。许多律师是被迫的。

但另一方面看,这些辩解不足以令人信服,宽容。法学院教师出版、发表和晋升也竞争激烈,但因此就能默许抄袭了吗?法学院学生学习就业也竞争激烈,但因此就应宽容考试作弊吗?中国要搞好法治,事实上就是要从目前这个不太好的从业环境中杀开一条血路。不要总是指望前人或别人建起一种大致公正的秩序,让你来从容、顺当地从业。这个创建责任就在这一代或两代法律人身上,是逃不掉的。政府要为此做事,但每个法律人,甚至每个普通人也要为此做些事。

要真正强化执业法律人的职业道德,一定要靠职业制裁,让那些行为不守规矩的法律人的成本上升,从停业数年到吊销执照。就得砸他的饭碗,才可能迫使他们遵守职业道德。苦口婆心,效果从来都有限;而且那也算不上制度。这方面,各地律协做了不少工作。但远远不够。我就听到,也看到,一看到有同行因不轨行为受惩戒,甚或因违法被抓,不少律师和法学人先不关心事实如何,也不关心是非,首先就是“捞人”,声援,不时还会往政治上靠。是有可能,在某些问题上,政府和司法机关违反程序了,但这并不使违法律师的行为自身就正当了。这种对同行显然的姑息迁就,后果会非常糟糕。

比方说黄松有的事,我就看到有法学院学生的帖子,觉得这不利于法律职业或法治了;有人甚至说,有这种事,别声张,悄悄处理了就行了,理由是会损害了中国司法和法治,怕法律人今后抬不起头来。我不知道这些人怎么想的,为什么其他政府官员腐败,他们觉得不公开就有损法治;但高级别法律人出了问题,公开了就有损法治吗?这两种观点不可能都对。其实,真正损害了中国司法和法治权威的一定是腐败,而不是揭露腐败。法律人会因此抬不起头吗?我就没觉得。如果谁有这种感觉,我只能说,那是因为他的认同,硬要把自己同另一个犯了罪的法律人拴在一起。这不是现代社会的思维,与法律职业的个人主义伦理更是南辕北辙。他人的任何光荣或耻辱都不自动构成你的光荣或耻辱,除非你把他想象为自己的一部分。没有这种坚定的个体主义伦理,就只会是“同而不和”,而不是“和而不同”。

这种狭隘的职业共同体感非常有害。这其实是农业社会的村庄或家族意识的另一种表现。不要以为换了个牌子,如今这里叫“职业共同体”了,不叫村子、家族或圈子了,这种感觉的性质就变了。

在这种或这类情感中,我还看到某些法律人,不知不觉地,在一定程度上,把法学院毕业、有时甚至是某法学院毕业,或从事法律职业的人,当成了一个利益集团,因此才觉得“一损俱损,一荣俱荣”。这种反向的“连坐制”,放弃了法律人对这个国家、这个民族、这个社会、这个职业的忠诚,即所谓对“天职”的忠诚,只剩下对同行或有业务交往的人的忠诚。这是一种兔死狐悲、物伤其类的感情。如果中国的法律人群体不注意在中国的现代化进程中扩展自己的政治、社会和国家(共同体)的认同,只是沿着农民的乡土意识认同法律职业人士,就一定会变成一个狭隘的职业利益集团,中国的法治就没有指望。法律人首先要有的是社会责任感,而不是所谓的职业共同体感。

与这种社会责任感相联系的是,不能仅仅强调和关注所谓的法律知识和技能,而不关心其他知识甚至常识。只看法条、法律语词、法律教义,一定会导致视野的狭窄。近年来在一些案件中，我感到有些律师有这种倾向。他们过于强调所谓的法律或法学知识，完全不注意，有时甚至刻意违背一些基本常识；大义凛然说出的话，私下里恐怕他自己也不信。人不是天使，不时会说些过头话，难免；有时为了职业，说话过了点，也能理解。但问题是，如果法律人作为整体只是想用法律语词含义或逻辑来抗拒其他必要的学科知识或生活常识，完全不管作为我们生活背景的无言知识，我觉得会非常危险。最终结果会是违背“天理”或“自然法”，法律实践的结果会与普通中国人的生活经验、道德共识、主流价值完全脱节。即使一时在司法上获胜了，看似强化了法律人的话语力量，但久而久之，会失去民心。

我说些小事。有位律师打官司，要求放映电影《色·戒》的完整版，说是中国的剪辑版《色·戒》侵害了电影消费者的公平交易权和知情权。[5] 这个诉求背后有政治考量，反对电影审查制度，想推动电影的分级制度。我认为有道理，也很有追求。但道理不只是单方面的。什么是“完整版”？谁能定义清楚？[6] 难道李安在各个国家放映的电影都不做剪辑？不加剪辑的，那还能叫电影？所有的电影艺术家，在电影放映问题上，都必定要同放映该电影的具体社会做出某种妥协。因为艺术家的标准与社会的标准永远不同，否则他就不是艺术家。但社会并不因此就应当采取艺术家的标准，或全球统一的标准。都说怀素的字好，我也认同，但普遍采取怀素的字作为标准，又

〔5〕“对话法律博士董彦斌：我为什么要打《色·戒》官司？”《羊城晚报》，2007年11月16日。

〔6〕关于作品“全集”的细致分析讨论，Michel Foucault, “What is An Author?” *The Foucault Reader*, ed. by Paul Rabinow, Pantheon Books, 1984.

有几个人看得懂？如果说李安同意中国公映的电影不完整？这岂不是说李安没有立场，没有艺术独立性，甚至没有艺术的整体感？最后还有，电影《集结号》同样有剪辑，怎么这位律师就没感到不完整？没感到公平交易权和知情权受到了侵害？不起诉？这种诉求，说穿了，就是自己想或是想让更多的人看到更多的性爱或裸体场面；当然，在一个层面上，也可以说为了促进中国更为开放。

其实，我也不是说这种追求错了；我不装圣人，笼统地反对这一诉求。问题是，鉴于中国公映的电影并不仅仅在影院放，还会在农村、城郊和其他类型的社区放，有时还可能露天放映；有单位集体购票观看，一家人周末也常常一起去观看；这是中国目前电影消费的基本方式。在目前的条件下，如果放映那种的完整版在中国会有什么后果？当然可以采取分级制度，院线放映。但中国这么大，分级的结果就一定只能仅限于大中城市影院放映。这第一会弱化中国现有的家庭联系——父亲怎么带着女儿或母亲带着儿子一起观看这类电影？第二，这会不会强化我们一直试图弱化乃至消除的城乡差别，特别是文化差别？这种文化差别拉大了会不会导致社会矛盾和文化冲突的加大？文化冲突加大引发社会动荡，甚至极端保守力量复辟，这种教训在世界上并不遥远。这些问题当然不是法律人唯一的甚或首要的考量，但严肃、负责任的法律人必须有所考虑。

《色·戒》是艺术片。但艺术片仍可能有色情的，或者单独看，可能属于淫秽的镜头。事实上，淫秽作品也不是全没有艺术性；若淫秽作品也有高下之分，那就意味着其中有些一定有艺术成分；甚至不无可能，随着时光流逝，有的最终会被承认是重要的艺术品。[7] 那么如何判断？判断标准是地方的，取决于场合、时间和观众；而不可能是普世的。如果我此刻穿着游泳裤衩站在这里讲话，或是哪位女士穿着比基尼，每个人都会觉得不合适，非常尴尬；但如果在游泳馆或海滩，在中国当代，就没什么；尽管在某些国家还是不行。但裸泳，尽管在一些西方国家可以，在当代中国，对于绝大多数人都还不能认可。

这其实是我们个人的经验常识，也是美国司法实践采用的判断标准。[8] 记得美国大法官说的"什么是淫秽，我看了就知道"[9]这句话吗？不要笑话这种说法，其中隐含的关于色情、淫秽无法标准化、普世化的道理。[10] 当然，我借这个例子想说的不是《色·戒》；而是想说，中国是一个大国，各地政治经济文化发展不平衡，处理法律问题必须要在这个背景下来考虑；需要有关中国的常识。不要看轻常识，它构成了中国法律人实践的一些实在的制约。

在这些问题上，年轻的中国法律人当然有责任推进中国的变革，但切莫因此与中国社会以及普通民众太脱节了，或想方设法把我们自认为的所谓先进观念、价值强加于他们。许多悲剧都是因自认为的真理而发生的。对相关的法律和法学问题要想得深些，不要以为只要诉诸了一些抽象的、没有血肉、缺乏

---

〔7〕 可参看，波斯纳：《性与理性》，苏力［译］，中国政法大学出版社，2002年，第13章。

〔8〕 Miller v. California 413 U. S. 15 (1973). 该判决确立淫秽色情事实认定的基本指南；首先是"一般人，依据当代社区标准是否认为这一作品，总体上看，诉诸了性的兴趣"（着重号为引者添加）。

〔9〕 Jacobellis v. Ohio 378 U. S. 184 (1964), Stewart, J. concurring opinion.

〔10〕 Paul D. Gewirtz. "On 'I Know It When I See It'", *Yale Law Journal* vol. 105, pp. 1023-1047 (1996).

常识的概念和原则,一些看起来普遍适用的普遍原则,再加上一些自以为得计的所谓律师技巧(其实是小聪明),就可以改造社会了。这是一种教条主义的思路,而近代以来中国人吃教条主义的苦太多了。解放思想,改革开放,要破的首先就是教条主义。

还有一点,就《色·戒》而不是就《集结号》诉讼,要这种律师的技巧,这种小聪明,看似很得意,但说实话,其效果很糟。因为更多的普通人从中看到的不是律师的智慧,而是律师的不诚实,今后就更难或更不信任律师了。因此,就算战术上成功了,战略上也是失策——法律人的社会地位和声誉会因此更低。

这种不考虑社会后果,不考虑职业后果的教条主义在法律人特别是法律学子中似乎还不少。例如关于春节期间火车票浮动定价问题的几次诉讼。〔11〕若是按照市场经济的供求关系规律,价格浮动是正确的改革方向。有了自主的浮动定价,才能有效传递市场的或消费者的信息,缓解供求关系,还会激励各种投资,不仅有利于市场经济发展,同时也会进一步减少政府干预,逐步培养起行业和企业自治。固定价格,特别是由政府统一定价,最终结果一定导致市场信息扭曲错乱,长期来看,一定不利于消费者;它固定了,也加大了政府定价的权力,不利于铁路行业的自主经营。更重要的是,由于供求关系紧张,因此一定会出现大量的“黄牛”倒票,甚至出现腐败。许多消费者实际购买的票,因此还是高价的,并且大大高于浮动价格。而许多消费者,特别是转车者(农民工),为买到 张票在寒风

〔11〕 请看,“高院裁定春运涨价案立案”,《京华时报》,2006年8月30日。

中排长队，甚至滞留数日，才能买到一张所谓的“低价票”；为什么不想一想，在今天的市场条件下，时间也是金钱。这种看似有利于消费者的追求，其实不利于消费者，不利于中国的改革，不利于打破行业垄断，不利于竞争，相反在巩固和强化垄断。如果我们看不到这种后果，不理解社会因果关系的复杂性，不理解市场经济，不懂得法学以外但仍然与法律有关的知识，主观上的公益诉讼完全可能变成客观上的公害诉讼。

我不认为我的观点都对。许多问题都可以讨论。我想指出的只是，中国律师业、法律人的一个普遍的弱点是对法条和某些“好词”太专注，太迷信，缺乏经济学、社会学、政治学知识，缺乏常识，因此没法关心后果，也没法超越个人偏好关心整体中国的问题。这个欠缺主要源自中国的法学教育。有许多法律人进入实务后，特别是进入一些较大律所后，法律的职业文化开始弥补这一缺陷，但在当今中国法律界，占主导地位的法律意识形态仍然排斥其他知识，仍然是强调自给自足的法条主义。但这样怎么可能依法治国，怎么可能依法办事呢？注意，我的重音落在“治国”和“办事”上。

有些法律人还老爱拿外国政治家说事，外国元首、总理、国会议员中有多少多少学法律的，言外之意是，他学了法律，就应当如此。有政治追求是好事。但并不是上了法学院，学了法律，有从政的愿望，就以为自己应当或可能成为政治家了。不要以为都是法学院，学的都名为法学，学到的知识就一样了，获得的能力就一样了。说实话，差得太远了。霍姆斯是大法官，黄松有也是；但差距还是有的，而且不是一星半点。坦白地说，至少20年里，我还看不出中国有可能出现像波斯纳这样的法律人。这不是自卑，是人得面对事实。

这怎么是事实？你说的不是未来20年吗？有人会质疑。那就让我把这个“事实”说给你听。老波转年就70周岁了，已经撰写了50多本著作。只算数量，这也不算多，中国学者中可能有人也过了或接近这个数了。但关键有两点，第一，每本书都是他自己写的，只有几本是同其他单个学者合作的；第二，这些著作中，除了修订版外，所有主题都不完全相同：跨越了古今“美”外，从初民社会到同性恋，从文学到经济学，从老龄化到艾滋病，从原子能加速器到反恐，从反垄断到美国情报系统改革，每本书都是该学科最前沿的研究之一。这还不说老波全职当法官以及其他公务。中国现在50岁左右的法学家中有谁敢说自己未来20年间可以做到这一点？没有。甚至在现年40岁的中国法律人中，我也还没发现。

看到了这些差距，我们必须努力，也就必须现实地反思目前中国法律人是否有足够的能力治国，能把中国的事情办成并办好。法律学历，甚至高学历，也不能令一个人获得治国的合格证。里根是社区学院的专科生，戈尔巴乔夫则是名校法律系毕业；两人对于各自国家的贡献之高下是不容分说的。陈水扁是法律人，吕秀莲、谢长廷也是，马英九也是，但我在其他地方说过，他们对于台湾地区乃至整个中国的社会经济包括政治的贡献并未超过了或能超过两蒋。[12]

是的，目前中国法律挺热；但这未必反映中国的法学水平高了，其实反映的只是社会对法律需求大了。而我们知道，无论什么东西，市场需求一大，供不应求，假冒伪劣产品就会出

---

[12] “当下中国法学教育的两项根本任务”，《中国大学教育》，2008年2期，页24。

来。这些基本的道理,都应当明白的。千万不能因为学了法律,市场还挺热,法律人就轻狂起来了,误以为 4 年、7 年甚或 10 年的法学教育真得能让自己有什么高于其他专业的人的能力。办案子,同人打交道,我就一定远远不如在座的各位。学了法律,一般说来适合从事法律,无论司法和立法还是法学研究。但这个关系不是必然的。我就不相信一个没有法科学历、没能通过司法考试、但在基层司法一线工作了 20 年的法官在法律知识和能力就一定弱于一位读了 20 年法律教科书的学者。除非我们认为真知不来自实践,除非我们认为检验真理的标准不是实践。

不是说不重视学历,不重视专业化和职业化。我读过亚当·斯密,也读过韦伯,我知道专业化、职业化的好处。但我也还知道韦伯屡屡展示的,许多法学人明明知道就是不说的,专业化和职业化隐含的弊端。[13] 只要深入一个行当,并有反思能力,你就会知道专业化和职业化的潜在弊端。真正强有力的思考者一定要反思自身所在的位置,包括阶级、职业,而不仅仅是外部或表层。马克思、恩格斯都不出身无产阶级,恩格斯甚至就是工厂主;毛泽东、周恩来、邓小平家庭出身也不是贫农;成功反抗天主教会创造新教的恰恰是原天主教教士路德;哲学家帕斯卡尔则认为"敢嘲笑哲学者,方为真哲学家"[14];改革开放总设计师邓小平当年也曾全力参与设计、建立和贯彻计划经济。尽管进入法律界快 50 年了,波斯纳发现自己"还是没

---

〔13〕 可参看,韦伯《新教伦理与资本主义精神》,于晓、陈维纲/等[译],三联书店,1987 年,页 142。

〔14〕 Blaise Pascal, *Pensees*, trans. by W. F. Trotter, E. P. Dutton & Co., 1931, sec. 1, §4.

有完全被法律职业同化……大多数人进了法学院两周后就适应了的,而[他]就是不能理解:律师怎么会滔滔不绝一些他们并不相信的东西。”[15]我们法律人必须反思,乃至必要时要挑战我们的职业现状,对我们的知识、职业以及作为利益集团保持足够的警醒。这不是自我贬损,只因为我们面对的是正在崛起的整个中国;我们忠诚的,必须首先是13亿中国人。

我的话也许过了点,没有全面分析法律人面临的其他社会条件的制约;但论坛给我的时间只能让我稍稍深入一两个问题,尽管不一定是最重要的。我始终认为“内因是变化的根据,外因是变化的条件”,“求人不如求己”,因此只谈了法律人自身的问题。如果大家觉得还有点道理,我们就共同努力;如果错了,那就欢迎各位狠狠“拍砖”。

---

〔15〕 Larissa MacFarquhar, “The Bench Burner, An Interview with Richard Posner,” *The New Yorker*, Dec. 10, 2001, at 78.

法学教育的两个根本任务

“中国法学教育论坛”主旨发言
南京,2007/11/30

感谢主持人的邀请,来做一个很难的大会发言。难是因为,一方面,题目必须足够大(宽泛),才会与较多听众有关,并因此感兴趣;但另一方面,问题又必须足够小(具体),才可能言之有物。

我选择了一个比较大的话题,从宏观层面说说自己的看法,有关当下中国法学教育的两项重要任务。完成任务必须通过个体的努力,但又不是哪个人,哪个学校可以独自完成的,必须靠各个法学院的共同努力。在座的都是法学院老师,大多是校长,院长,事情很多,除了自己的科研教学之外,还有许多杂事;找钱、“挖人”,或者“反挖人”,要争取项目,要争取硕士点和博士点、重点学科,到处求人,等等。所有这些具体工作都非常重要,但身处中国当代,法学教育者还要有一种更开阔的眼光,要大气,把法学教育同当代中国,同中华民族的伟大复兴和和平崛起联系在一起。这是使命感,也是忧患意识。

第一,是要针对中国的社会发展需求,培养更多的合格的法律人。

这首先有个合格的标准问题。中国现当代法学,总体看来,是近代从西方引入的,相关的各种标准也基本是西方的;但经过100年特别是近30年的正反两方面的经验,我们应当逐步形成一些中国标准。

由于中国的国情,社会发展对法律人的需求是多样的。从功能主义而不是本质主义的视角来看,至少在今天以及未来很长一段时间内,中国法律人不可能统一规格。这少说也应包括两大块,一是中国市场经济和发达地区日益全球化的法律实务需求,即所谓的高水平复合型国际化的人才。但另一方面,还有中国基层社会、农村社区的纠纷解决需求,包括那些在雪域高原和崇山峻岭中跋涉的马背上的法官。在那里,不仅需要更多的献身精神,也还需要前一类法律人无法拥有的特殊的专业知识和技能。而目前中国的法学教育,一方面造成了法律毕业生在东部地区相对过剩,而另一方面,许多西部地区都出现了法律人才的严重短缺,甚至法官出现了断层。如果中国,而不是北京、上海甚或中国东部,要建成法治,我们就必须根据中国社会的需要,培养包括中国社会基层需要并能消费得起的法律人。这个任务不是哪一个法学院能够完成的,需要所有的法学院的共同努力,分工配合。

合格法律人还有另外一个问题,是不是仅仅法律?近些年来,鉴于国外发达国家的经验,特别是美国法律人的经验,法律人治国的说法颇为流行,我们的许多学生也都比较简单地接受这个假定。但我们的法学院教育真的能承担这一历史使命吗?真的像现在这样学了法律,或者学了这样的法律,就特别能从政了?难道我们的课本中,我们的法学教育和训练中真有什么治国的仙方秘诀吗?我们知道,戈尔巴乔夫就是法律系毕业的,而里根则连正规大学都没上过;但仅就从政治国而言,戈氏是失败的,而里根成功了。我不是从意识形态层面,而是仅就他们的从政结果，从他们的政治实践带给本国人民的福利，以及对世界的影响来评价的。如果有人一定要跟我抬杠，说能把苏联搞垮，这就是戈尔巴乔夫的成功，那我也只能闭嘴。只是这种“成功”，恐怕还是与法学院教育无关，我相信莫斯科大学法学院不会以此作为其最大的光荣。我们也还应当看看中国台湾。陈水扁、吕秀莲、谢长廷，甚至马英九也都是学法律的，但他们对台湾经济社会政治文化的贡献，对台湾人民的福祉，包括到对台湾社会的政治转型的贡献，真的要比蒋经国先生那一代人更大、更重要吗？更不说他们个人的人格和道德品质，更不说他们对中华民族的忠诚了。同样，我的这些评价也不只是基于政治意识形态。

说这些例子并不是要否定法律人治国。我个人也真切希望并且相信中国的法学教育能培养出真正能使国家富强和人民福利改善的伟大政治家/法律人。但希望归希望，我更得面对现实，从经验上验证和反思一些流行并看似正确的说法，为的是发现法学教育的问题，重新界定法学教育的追求。太多的例证表明，中国近现代以来，甚至直到今天，最重要、最核心的社会法律问题从来不是纯法条、法律、法理甚或法治的问题；真正对社会有重大贡献的法律人固然必须坚持法律，同时也要超越法律。中国法学院要培养合格和优秀的法律人，那么在侧重法律和职业技能训练的同时，必须把法律教育同中国社会发展的需要结合起来，应当引导学生更多了解和真切感受我们面对的这个具体社会，更多了解中国和世界，更多了解经济、政治和社会，不仅要在法律层面，技能层面，微观层面和知识层面，而且要在中国和世界层面，经济政治层面，宏观层面和判断层面；不仅要理解，能说，而且要能做事，会做事，做成事，无论是大事还是小事。法学教育还一定要注重学生的人格培养,包括对于中国社会、中华民族的责任感和使命感。即使在今天,仍然需要对事业和民族的忠诚,需要献身精神,而不仅仅是知识和技能——想想那些在青藏高原跋涉的法官,想想在人民法庭为民众排忧解难的法官!

另一项重要任务,同样需要所有法学院共同努力才能完成,就是必须在学术智识上建立中国法治实践的正当性:即基于中国法治实践的经验,面对中国问题,对中国的法律制度、法治经验和做法予以具有一般性和普遍性的系统阐述,使得其成为中国当代文化、中国软实力的一个重要组成部分。这既是法学的地方性知识特点决定的,同时也应当成为中国法学的智识追求。这完全不是想排斥外来经验,问题是总不能再过几十年我们说起什么来,还只是"马伯利诉麦迪逊",还只是《德国民法典》,还只是霍姆斯、波斯纳、丹宁勋爵。这些外国的制度、法典或法律人是伟大,为当代中国的法治实践、法学研究和教育提供了某种参照,某种经验,甚至分析理解的基本素材,具有重大意义和影响。但中国法治的历史已经表明其自身既不是,也不应当只是这些制度、法典的重复或拷贝,不是这些伟大的法律人可能规定的。不管你个人喜欢不喜欢"中国特色"这个定语,中国过去100年来事实上一直走的就是这样一条路;即使还有再多的问题,其成就也令世人惊叹。

今天中国法学教育中面临的一个重要问题就是法学教育者如何看和处理这些"中国特色",能否以及如何通过我们的努力将之转化为学术。说实话,我们许多老师对此有一种心理上的障碍,对中国经验是否学术,是否具有足够的普遍理论意义,或缺少自信,或无力表达,只能以各种方式回避中国经验。

这种状况可以理解,也确实有个两难。我们既不能仅仅因为中国经验独特就简单接受,为之辩解,那不会是学术,相反有投机的嫌疑;但另一方面,同样,甚至更需要警惕的是,不能因为中国某些实践经验独特就一定不伦不类,就一定可疑,就应当批评指责。我们不能再重复“山沟里出不了马列主义”那类荒唐了,永远只是用美国、德国、法国或日本法学教科书的尺子来衡量、批评和指责中国法治的现实。那既不利于解放思想,也不利于活跃学术。一个只相信外来书本概念,不相信自己生活经验的人很难说真有思想。

但这种情况在当下中国还有点普遍,不仅在法学研究中,而且在法学教育中。这种教育的结果很可能导致我们的毕业生只会比较异同、挑刺和批判,不会做事,不想做事,做不成事。若长此以往,不仅我们自己,而且学生都可能变成某种文化或意识形态的奴隶。这会非常危险,不仅对法学教育和研究,更可能对中国的法治、政治、社会和国际政治,不利于中国的稳定发展,不利于中国作为大国的崛起,不利于中国的软实力的增长。

还是举几个例子,免得空对空。法学和法学教育界从1980年代中后期几乎是一边倒地批评调解,这也影响了后来法院的改革。结果,看起来好像是司法专业化了,职业化了,但近年法院系统才发现,在中国目前社会经济条件下,根本无法离开调解,才重新确立了“能调则调、当判则判”的原则,调解重新受到了一定的重视。但即使如此,对调解的重视往往要借助或更多借助某些虚构或真实的外国评价,什么“东方一枝花”之类的;对调解的理论分析也往往借助了ADR的分析框架。还有,近年来提出了“反性骚扰法”,好像很有新意,但不要忘了“三大纪律八项注意”第7条就是“不调戏妇女”。还有,近年来有人开始论证辩诉交易的正当,但多年来不少人一直批评“坦白从宽,抗拒从严”的刑事政策,很少去清理其中的些许道理。也因此,在中国学界,可以名正言顺地赞美英国的“治安法官”,却拒绝理解为什么中国会有“转业军人进法院”。

我并不是说上述或其他中国的经验做法都对了,其中是有问题,需要改进,也能够改进;有的即使原则上对,也还缺乏学术的分析论证,或论证得很意识形态化。但即使有所有这些问题,我们还是要注意,第一,制度发展不能总是“而今迈步从头越”,都必须在前人的基础上逐步完善;第二,我们更应当反思,为什么我们如此容易妄自菲薄?为什么什么东西都只有等到某个或某些外国人说了,我们才敢想,才敢说?为什么什么东西加上个洋文包装,就可以当成创新,有销路?仅仅借用或基于外来概念来讨论问题不仅是缺乏学术诚实和学术能力,最重要的是,这对中国社会,中国经验,中国人的智慧不公平。你变个说法不仅抹去了中国的长期社会实践,使之成为需要填补的法治空白,它还完全抹去了在这类本土说法下中国社会实践的正当性和理论意义。似乎中国的前人都白活了,法治和正义都是从我开始,是从现在开始。可这还是法治吗?这是在摧毁法治。

中国法学教育界有责任认真总结中国,特别是当代中国的法律实践,提炼出其中隐含的制度性智慧和经验;不为标榜中国特色,只为了让这块土地上的人们的经验和教训,经由我们的思考,最终成为可供人类分享参考的知识。由于历史条件的限制,我们的前辈没有机会、条件和能力做这类工作,但我们不做,现在不启动,就说不过去了。即使我们做得不太好,也要开这个头。目的只是让自己,也让学生,看到我们的生活中有思想理论的资源,由此获得一种基于中国的立场,一种直面中国的视角和态度,看到在学术理论层面理解和发现中国的可能,对中国和中国经验有自信,对在中国学术有自信。如果没有对中国经验的自信和认真总结,只是以外国人的观点作为判断标准,把中国的成功经验也当成不规范、不合格的产品,那说不定什么时候,就会出大问题。

这一点还有更大的意义。最近一期的英国《经济学家》杂志推出了《2008 世界展望》,报告认为,2008 年可能是全球政治、经济"脱美入中"的第一年。它的根据是,2008 年,中国将第一次超越美国,成为对世界经济发展贡献最大的国家;中国还将超过德国成为世界最大出口国;中国的进口规模会上升到世界第二位,仅次于美国;中国的宽带网用户也将超过美国,成为主导全球电子商务的国家;此外,还有北京奥运会。媒体说事当然会夸张,也必须夸张;无论说好还是说坏。中国还是一个发展中国家,我们还面临无数问题,甚至有一些潜在危机。但另一方面,中国确实已是大国,国际影响日益增强。然而,中国要成为有广泛影响的文明大国,其影响力不可能仅仅靠经济,也不能仅仅吃祖宗饭,天天讲一些孔孟老庄,或是加上李安、张艺谋或章子怡。看看当代世界,最有影响力的大国,不都是甚至都不是文明古国,其影响力主要也不来自它的传统文化或娱乐文化。如果这一点还有什么启示的话,那就是说,除了其他,文明大国必须对当代政治、法律和国际政治有其影响力,要有制度的影响力,要有学术思想文化的影响力。如果中国法学界法学教育界看不到这一点,我们就很难肩负这一已经开始的历史使命。

上面的话可能会强化苏力"很保守"这样的印象。说实话,我不在乎。这不仅因为从总体上看保守是法律制度形成和完善的必要条件——想想遵循先例;最重要的是,我只想说和做我认为应当做的事,开放或保守不应当是法律人思考和表达其思考时的考量,除非他想迎合什么;而无论想迎合什么,包括迎合民众,迎合时代潮流,隐含的都是一种学术不诚实,甚至某种狡诈。如果一个人刻意追求开放,开放也成了一种必须刻意维系的姿态时,这不就是一种保守?不也就失去了心灵的真正开放和自由?

我在此同法学教育的各位同仁分享自己对当代中国法学教育的一些思考;无论是错了,还是大而无当,我都把它投入到这个思想市场中,不害怕淘汰,甚至希望它尽早被淘汰,只要能推动中国的法学教育和研究。

谢谢。

法学院的产品(节选)

北大法学院广东校友会致辞
2006 年 10 月

北大法学院已经 102 年历史了。这是一份重要的无形资产,并将为北大法学院的未来发展带来许多加分。但面对 21 世纪,面对正在发生剧烈变化的中国,我们必须看到并坦然的承认,北大法学院肩负着重大的历史使命;必须做出更多的努力,才能完成这一历史使命;否则,这笔重要资产也可能成为沉重包袱。

一个大国的最好的法学院应当为国家提供至少三种最优秀的产品。一是治国者;二是在各行各业中完成职业工作的优秀律师;以及三,最重要的是为国家提供法律制度和思想,对国家和民族的未来发展起长久作用,并成为这个民族的文化财富的一部分。

中国是大国,是世界上少数可以称之为文明大国的国家。所谓文明大国,我指的是其制度文化对周边国家和地区具有持续扩散性影响的国家,例如古希腊、罗马,古代中国、印度,近代的英国,以及今天的美国等。这些文明大国的影响远远超出其国土疆界,并成为人类文化的代表性组成部分。

随着当代中国经济的发展,我认为,在不远的未来,至少在东亚、东南亚,中国的经济文化会占据主导地位。事实上,我们已经能够看到这个端倪了。尽管人民币还不能直接兑换,在周边许多国家和地区却已广泛流通,是事实上的硬通货。中国的顶尖法学院因此必须理解自己可能承担的历史使命。这主要是因为中国的国力,北大等顶尖法学院才获得的机会。而小国的法学院,即使再好,也不大可能有这样的历史机遇。

北大法学院因此面临着艰巨任务。因为在上述三方面,我们的差距都颇大。北大法学院还没走出过中国最优秀的政治家。这不全是教育的失败。在过去一个世纪中,中国最杰出的政治家基本不是大学培养的。由于战争、革命和社会转型,这种状况可以理解。但进入和平建设时期,诸如北大这样中国的顶尖法学院如果不能产生杰出甚至伟大的政治家,那就与北大法学院不般配。

我不是说,北大毕业生一定要当“大官”。“大官”有可能是政治家,却不必定;但政治家必定是对本国社会发展有重要积极影响、获得民众广泛支持并在国际社会有相当影响的政府高层领导,这一点恐怕难以否认。哈佛、耶鲁、牛津、剑桥之所以成为世界名校,不仅因为他们的科学家、学者,一个重要因素就是,它们为本国甚至其他国家和地区培养了重要的政治领袖。法学院又往往是这些名校培养政治精英的最重要基地之一。这一点,北大法学院一定要追求,否则,不可能成为真正的世界一流名校。

但任何法学院都不可能仅仅以培养政治领袖为主要使命。有多方原因。领袖人物离不开教育,但往往还有许多非教育的个人因素,这就同天才科学家一样,不可能只是教育和学习的结果。伟大这个词的含义,在一定程度上,就是超出常规,而学院教育传授的通常只是,也只能是常规。从法学院中可以走出伟大,法学院却不可能创造伟大。其次,伟大人物,无论是政治家还是思想家,都只是、也只能是少数;如果每个人都是爱因斯坦,爱因斯坦就不再伟大了。伟大其实是一个关系概念。

因此,即使最有追求的法学院,其培养的绝大多数也只能是大批相比起来更为精良和高超一些的法律人,包括职业法律人和学术法律人。这些人,如果真正精良,一流,也要有社会的标识,而不能只是自我感觉或自夸。一种相对客观、可见的社会标识就是他们在各行各业的影响力;数量同样可能不太多,但必须有一定影响。北大法学院的这类影响力与社会期待也还有差距,有发展空间。社会以及其他学校对北大法学院的关注至少一部分是因为其“店大”,至少不全因为其“客大”。西政人经常夸耀自己的 78 级;你可以质疑,但它毕竟有那么些人在那里。人大也常常自称是中国最好的法学院。而另一个值得夸耀的学校是中南政法,他们的 77 级出了吴汉东、黄进、张明楷、王利明一批领军法学学者,与“西政 78”相比,毫不逊色;若考虑到当年两校的招生人数,甚至可以说有过之无不及。这种分析不是长他人威风,灭自己志气,而是我们一定要看到别人的长处。北大也出了很多出色法律人和法学人,但北大出人再多,都理所当然,甚至责无旁贷。社会对北大的要求标准更高,我们的责任也更重。

长远来看,北大法学院还必须产生重要的思想,形成有世界影响的学术流派,必须能产生国际的影响。这也许是目前中国法学最缺乏的。在同世界接轨的思潮中,有些中国法学人甚至不愿或懒得思考这个问题;似乎只要翻译翻译,抄抄外国人的甚至台湾学者的书,把一堆制度从书本上“移植”过来了,就很不错了。这也是重要的工作。但中国法律人还要能回答中国的问题，不仅是在实践层面，（这在目前最为重要），而且在学术表达的层面（这会变得日益重要），必须能在制度层面解说现当代中国的政治、经济、社会和法律的历史。没有这样一批学者，中国可以成为一个现代发达国家，却很难成为一个真正有长远历史影响和广泛影响的文明大国。

让我们为此共同努力。

法学院的管理(节选)

"现代法学教育论坛"发言
烟台,2001/8/13

经过20多年的恢复和发展,今天思考法学教育应当有更开阔的视野。

关于法学教育的讨论,以往常常限制在教学内容、教学方法上;法学教育涉及的许多其他问题都被排除了。这在我看来主要是一种教授的眼光,学院的管理、科研、公关和经营等问题则不在其视野之内。但这不是法学教育家的眼光。

现代的法学院,即使中国的法学院,尽管首先是,但已不仅仅是一个纯粹的研究教学机构了。现在的法学院有许多非学术的工作。事实上,现代的法学院大都是从法律系来的;这其实不是一个简单的更名,而是在许多方面,法学院在大学中的定位,都有所改变了。必须把法学院作为一个事业来做,不仅仅是一个教学机构,尽管主要还得以教学科研为中心。

法学院教学的一个重要支撑就是法学院管理。目前,全国各法学院的管理水平都不算高。法学院院长,大多是半路出家,搞教学科研出来的;但似乎当了院长,他自然就会管理了。不错,管理是干中学的,是一种实践理性,但如果把握不住管理的特点,法学院管理水平就上不去,就很可能是一事一办,特事特办,很难形成制度性知识。许多行政人员也缺少这方面的训练。此外,也有些教员过于自我中心,或是还停留在法律系养成的习惯,不能或不愿配合行政管理。因此法学院管理不仅涉及院长,行政管理人员,也涉及教员。

我觉得,我们国家已经到了,或即将到这个时候了:强调法学院长相对专业化,并要与法学学术分工了。要把法学院管理当作一种专门的知识来总结提高,注意培养法学院的专门管理甚至是经营的人员了。在我看来,院长未必需要学术能力很强,主要是要看他是否有管理的能力、有学术发展的眼光,有没有这种爱好,有没有公心,即乐于做一位教育家而未必要做一位优秀的学者。

因此,逐渐地,管理者与学者应当分离开来。这样的好处不仅在于院长有更多的管理经验,任职可以相对长些,有比较长远的学院整体发展规划和安排,不必去追求学术地位,而是注意累积管理的经验。更长远的,还要推进管理人员的全国流动;希望有一天,北大法学院聘了烟台大学或其他大学的法学院长当院长。这样的细致分工对法学院管理会有好处。同时也不至于把一些不擅长当院长或未必喜欢当院长的学者放到院长的位置上。

但要这样做,需要一些制度配合。首先必须逐步形成严格的学术纪律和规范,不能一当了院长,自然而然就成了著名法学家,就可以名正言顺的进入各种专业学会当会长、副会长等;或是准备晋升或从政,院长只是个过渡。如果这类情况发生,一些学者就不会安心当教授,就可能觊觎院长背后的学术地位和利益;而一旦关心从政,关心"过渡",法学院院长也就不可能专业化。这个制度是前提性制度。

法学院的行政管理人员也必须逐步专业化。管理人员一般应尽可能从市场聘用;聘用毕业留校的学生,则要考察其是否真的喜欢行政管理。不能像先前那样,教员的教学效果不好,就转行干行政。最不能做的,就是用管理岗位来安排就业,特别是安置引进教员的家属,这种做法目前在不少学校中都存在。

管理人员的职业化,不是降低他们的地位,相反,他们也要有足够的尊严。他们的劳动价格,即工资,应当在市场竞争中形成,必要的完全可以比较高,要以不错的工资收入鼓励他们专门从事管理。也不应排除适度的社会流动。

还有一点,在法学院内,应当逐渐形成教员与行政管理人员的分工合作。法学院中心工作是教育,在这个意义上应当以教员为中心,包括院长在内也应如此。但为教员服务并不是唯教员马首是瞻。例如,学院排课就应以学生为中心,而不是围绕教员,特别是"大牌"教员的个人计划来安排。课程规划是学术的事情,但排课工作是严格的行政事务。教员必须遵守纪律,尊重行政人员。在这一方面,教员也必须懂得自己的位置,尊重行政管理。

大学改革和通识教育

"通识教育研讨会"发言
广州南沙,2004/11/6

我从功能主义的角度切入主题。

在中国传统农业社会中,社会发展非常缓慢,人们需要的知识不但相对单纯,也比较稳定,"天不变,道亦不变",由此产生和积累的知识也大致符合了当时的社会经济文化需要。这些知识一般不以了解自然和社会为目标,不以研究为导向,所谓的文化往往是个人的抒情感慨,或是个体对社会的分析感悟。当时的社会体制和知识类型也不鼓励人们胡思乱想,或者说创新。由于交流不便,由于财政能力,也只需要和只能集中培养少数精英。

中国现代大学制度是社会变迁的产物。首先是在现代化过程中移植过来的,研究生教育移植的更晚;移植以后,也受中国传统教育方式的影响,受计划经济影响,今天又受市场化的影响。

受传统的影响,表现在,比方说,不大会教学生研究,而是更讲求背诵和考试。中国现在从小学教育开始,到大学教育、研究生教育都有很强的应试教育成分。还有就是缺乏科学的传统,没有严格的因果的分析,爱从善良的道德愿望出发分析复杂的社会问题,这在文科尤其突出。

其次是受计划经济体制影响。刚才大家已经讲过，由于计划经济、政府机构分配资源等，大学不独立，缺乏创新动力。还带出一些不好的东西，学者想当官，争夺资源，等等，学术与权力之间的界限模糊，甚至被混同。还有一些所谓的研究其实是意识形态宣传。这些因素也都阻碍了现代大学教育的发展。

近10多年来，还有了市场化或文化下移对大学的影响，迫使大学发生了一些变化。有些是正面的，但也有负面的。由于现代化，社会对大学的需求不只是培养少数传统的精英了，还要培养大量所谓的“白领”专业人士，如公务员、医生、工程师甚至技术工人。从过去10年大学的变化中就可以看得很明显。至少本科生，甚至硕士生，培养都不再是精英导向了。20年前，本科毕业就很了不得，如今就业都有难度了。但更重要的是，社会需要的知识也在改变。这种转变在中国发展得特别快，不像在欧洲或美国还算经历了比较长的时间。

市场化，从另一个角度来看，常常就是一个民主化过程，这对大学教育同样产生了影响。不但学术上强调学以致用——这还是好的，而且学以致用很容易同流行混同起来。在这种潮流下，一些老师很容易媚俗，各种各样的媚俗，追逐流行和反对流行都可能是媚俗；由于缺乏坚实的学术传统，兼容并包就可能变成“怎么都行”。在这个过程中，师道尊严没有了，一些老师主动迎合学生，怕讲难了，讲深了，学生受不了，考试过不了；因为要吸引学生进自己的课堂。你不可能像当年陈寅恪先生那样，只有一个学生，也给他上课。这表明市场对大学体制的另一种侵袭。

今天中国的大学面临的问题因此是多重的；不仅有传统教育向现代教育的转化，计划经济条件下的教育向市场经济条件下的教育转化，还有知识类型的转化，以及如何在市场中维系和建立学术的传统等一系列问题。从深层次看，这是传统教育在现代工业化过程中如何完成知识体制转型和知识类型转型的问题。中国的大学改革与西方的大学改革所面临的问题很不一样。

在这一背景下，传统社会甚至近代社会的通识教育在今天一定很难。我不认为现在有可能建立一种可为各大学普遍采用的通识教育。现在似乎所有的重点大学都在讲，应当设立这个“东西”，都在尝试；但可能要注意，在以往年代，这种教育基本是精英的、是在小环境下推进的。而眼下，我们必须关注什么是中国大学的，甚至不同大学的，通识教育。

还有一点值得注意，通识教育在多大程度上真能增强学生的素质和能力？这里有一个人的智力和偏好问题。文史哲出来的学生，其实很多都不搞文史哲；学社会科学的，有些人后来则变得喜欢人文了。据此，我觉得教育的作用可能有限，许多也还可能与人的“天性”有关。如果这一点成立，就一定要质疑一种无差别的通识教育。

值得质疑的还有通识教育的内容。是不是只有古典的文史哲才是通识教育？科学和现代社会科学是不是或应不应纳入通识教育？是不是柏拉图和亚里士多德思想中就没有现代社会科学的成分，或者说很少？我不那样认为。如果我的这些质疑还有点道理，那么，通识教育就应该是不断演化的。

通识教育也不应当完全由大学来完成。在现代社会，这类教育完全可能通过其他途径实现。像美国的公共电视台，有大众文化节目，会讲基因、天文、地理等科学知识。国内的电视台之前就很少播放这种人文历史、科学研究的节目；尽管近年来大大增加了,但观众好像还不很多。像阳光卫视讲英国历史,讲莎士比亚,这也是一种人文通识教育。

通识教育要强调创造力和想象力。这也许要增强对论证的要求。我觉得中国传统文化的最大弱点是太强调觉悟和感悟。强调"悟",好处是对聪明人的,文字也可以更简洁;但"悟"的最大问题,就是很难同普通大众沟通、交流和分享,因此不适合教育的平民化。

还必须认识到中国通识教育的特殊性问题。我强调中国,是希望在中西文化交往和冲突中加深对中国文化的理解、认同,其中包括批判,从而形成中国的文化和政治共同体,这是一个现代民族国家的必然要求,也是中国作为一个兴起的大国必需的。我们不是一定追求跟别人不一样,而是因为,我觉得,中国传统文化确实有好的和有用的东西。

如果从这个意义上来理解中国的通识教育,就不能将通识教育定义为博雅教育,不能变成了培养小资,多愁善感,会读什么"昨夜西风凋碧树",会夹带几句孔子、老子,作为一种生活的装饰。现在确有学者把人文教育理解为培养这些东西,实际上是想把中国传统文化作为现代社会生活的装饰品。因此,我更愿意称其为"小资教育"。我认为,现在特别要注意的是,观察、分析和理解问题的能力,要培养学生对当代问题的关心和洞察力。哪怕我们学习的是西方的或古典的,首要的关心仍必须是中国的和当下以及未来的。

我因此特别反对"小资教育"。比方说,在人文或通识教育中,就不能仅仅强调仁爱、人道或人生中美好的温情和善良。这些当然很重要,但不能仅仅是这些。西方的 liberal arts 肯定会讲马基雅维里,讲霍布斯。但在当代中国,很可能一讲经典，就只拣那些美好、善良的讲。讲儒家还可以，但也已经要挑挑拣拣了；“民可使由之，不可使知之，”就不大能讲，就不好讲，要讲，也要重新断句，变得更符合现代观念；庄子也还可以，但韩非子就可能要打个问号了，因为后者讲的是性恶之学，怕讲了，学生学坏。其实这些都是社会的知识，人类的经验，你不能把它排除出去。不讲，也不等于学生不看；不看，也不等于他们得不出这类判断。相反，不讲，只讲好的，还可能培养出一些伪君子。

我们的大学要培养未来的思想家、政治家和伟大学者，如果不了解人类各方面的思想和经验，将来面对纷繁复杂的世界，如何现实地应对、处理国际事务？有些人会不会变得太天真，忘记了民族利益和国家利益，忘记了地缘政治等？对中华民族的发展，那会很不利。而且，我不相信，了解这些东西，人就会变坏？我不相信读了马基雅维里就会变成马基雅维里，那么马基雅维里又是怎么冒出来的？我们必须要让人们知道，搞政治、管理国家不可能不知道这些东西。

一定要防止把 liberal arts 理解成或在实践中变成了培养小资。培养了一大堆小资，哪怕会讲几句孔子、孟子，背几句唐诗宋词，即便有宝哥哥、林妹妹的情调，也还是可能解构了中国文化共同体，没有对中国文化的认同。而失去了这个根本，中国未来的发展就会很不利，甚至会有危险。

总之，我觉得，对中国的大学改革和通识教育问题不能仅仅作为一个一般教育或课程或知识问题来关注，一定要从社会的角度，从社会转型、从全球化这个现实的角度来理解，一定要有一定战略的和长远的眼光。做起来，当然要具体，要细致；而且只能是从我做起，每个中国学者都应当如此，也只能如此。

想清楚，来北大干什么

在职攻读专业硕士开学致辞
2008/2/23

早上好！欢迎各位同学，来到北大，进入在职的硕士学习。

今天是周六，大家本来可以睡个懒觉——我也是从那时过来的，知道三十上下时多睡会儿懒觉的舒坦和滋润。但今天不行了，今后两三年也不行了；得起早、赶车、听课；许多家务、休闲或社交都必须压缩。一段辛劳的生活又开始了。

许多同学之前毕业于其他高校，有些就是北大出去的，工作了几年，现在又回到校园学习。为什么？

因为现在是一个学习型社会？但学习并不一定要回学校呀。

因为学校更有氛围，有交流，有竞争，会更有效督促自己？是的。但这说明的是人有弱点，制度有优点。但也不总是如此。由于学生的知识背景不同，而教学必须兼顾，因此不一定能提供你想要的或需要的，有些教学内容还可能与社会需要脱节，特别是在那些急速发展的法律专业行当。从这个角度看，独立自主的学习反倒可能最有效率。

因为现在社会看重学历，尤其是名牌大学、热门专业的学历？但我以前说过，学历只是一个商标，主要对陌生人，不是对自己或熟人。不说学历的社会功能了；就学历对人的影响而言,可能有二。一是在就业起点上,用人单位看学历,以节省筛选人才的成本。但各位都已经有了工作,这一点意义就不大了——除非你打算换工作。二是在工作竞争中,在当下中国,对一个人的职位晋升可能还有点影响。但这种影响一定是边际的,也就是说,只有当竞争者各方面的条件相近,更高的学历才可能有些许影响。上面这两点,都不会影响长期生活在你周边对你知根知底的人对你的看法。妻子、丈夫或朋友不会因为你有了个硕士甚至博士学位就对你另眼相看了,领导也是如此;尽管妻子、父母看到你在努力,会更高兴。但这些都是外界对你的看法,或是他们的快乐。尽管也可能给你带来快乐和满足,可以算是你的一种收益,但在绝对意义上,你自身没有改变。

说这些,不是为了说服你不来北大,不应在职攻读法律硕士。我只想说,你应当想清楚,来北大,辛辛苦苦,花这些时间、学费,劳神费力,究竟为了什么;或是建议,你把标准定得高一些,通过学习,增长自己理解、分析和行动的能力。后者是一种更高的追求:挑战和超越自己现有知识和能力的边界。这本身会有,也就是,一种快乐和幸福,并且与别人无关。

这有点高调。其实这不是要求,也无法强求。

只是如果都想清楚了,你就更可能有目标,有选择,有决心。也仅仅是“更”;因为目标、选择和决心都不是动力本身;动力必须来自对自身利益的追求。所有这些都还要在未来几年里打磨,而时间有可能磨去你此刻的决心和目标。

如果想清楚了,你就可能不那么在乎分数了。对有些课程能对付也就对付一下(不是号召你们马虎,而是“有所为有所不为”);而对另一些课程则应当认真;有些课程甚至还得“自找麻烦”。所有这些都不为别人,只是为了你自己。

不要以为在职学习,一定是不利条件。完全可能是有利的。因为你们的工作经验,工作中曾和正遇到的问题,只要留心和上心,都会有助于你学习,有助于你鉴别、挑战和创造知识。

我们则会全力协助。

再一次欢迎各位同学来到北大,祝福大家都真正有所收获。谢谢。

奥康纳大法官演说引介*

2003/3/25

很荣幸向各位介绍奥康纳大法官;但我不想重复你们从演讲告示中已经了解的,我想说几句告示中没有的。

奥康纳大法官是她毕业的法学院以及她的国家的骄傲。50年前,1952年,她以全班总成绩排名第三毕业于斯坦福大学法学院;第一名则是时下她在联邦最高法院的同事,首席大法官伦奎斯特。然而,尽管她学业优异,当时,没有任何律所愿意给她一个律师职位;只有一个律所愿意给她一个文秘的职位。她谢绝了。

由于持续的努力,更因为美国社会的变化,多年之后,奥康纳当选为亚利桑那州的参议员,后来又被任命为亚利桑那州某县法院的法官,以及该州上诉法院法官;而我曾有幸在该州学习。

1981年,时任美国总统里根任命她任职美国联邦最高法院;她因此成为美国有史以来第一位服务联邦最高法院的女性。她创造了历史,成为她的国家历史的一部分。

有人说,之所以任命她,是因为她的性别;但她拒绝激进女

* 原文是英文。

权主义。也有人又说,之所以任命她,是因为她的保守派意识形态,但许多年来,她的投票记录和司法意见令不少保守派失望。她信守了自己的司法誓言,坚持了司法独立。当然,她令许多人失望了,却因此为她自己特别是她服务的法院赢得了更多人的尊重。

我们,特别是我们院的女同学,应当且能够从她的经历中获益良多,并从今天下午她的演讲中获益良多。我就在此打住,并让我们欢迎奥康纳大法官。

祝福我们的法学院（节选）

卸任讲话
2010/9/11

各位老师，上午好！

很高兴参加新院长就职典礼。学校要卸任院长也说几句。那就说几句。怕说不好，惹麻烦，一大早还到院里划拉了两笔。

首先感谢两届班子的成员。感谢刘守芬老师和守文两任书记的全力支持、配合，特别是刘老师在我出任院长时对我的细心指教；感谢两届班子的成员兴良、李鸣、文东、根林、沈岿、强世功、朴文丹和杨晓雷老师；感谢先后担任院长助理的贺卫方、葛云松、张智勇、王锡锌、刘东进、郭雳、金锦萍、薛军以及如今供职人大的王轶等老师。不仅因为多年来我们真诚、愉快的合作，更因为在工作中，往往因为我的缺点和不足，你们遭遇的麻烦、误解和委屈。

建武[1]，我感谢你，尽管你听不到了，但我会永远记着你对为之献身的这个事业的热忱和忠诚，对同志的坦诚和真诚。这个记忆会与我的生命同在。

我感谢学校的信任和支持。感谢法学院的培养；感谢魏振

〔1〕 北大法学院教师，副院长；2003年6月14日招生时因车祸不幸去世。

瀛老师和张文老师；感谢志攀。

我尤其感谢法学院的，包括退休或调离北大的，所有教职工，9年来，对我以各种方式的支持、信任和帮助，无论是默默做好自己的本职工作，还是对我直言不讳的批评。北大法学院9年来的一切成就都与你们的努力分不开。我向你们鞠躬致谢。

感谢，当然也包括出于各种理由希望我早点“下台”的老师，同样真心。至少部分因为你们的不懈努力，我卸下了这副担子。9年来，我每周至少有两晚必须吃安眠药才能睡稳，过去两个月来，我只吃了一次。谢谢了。

我不大会当面说谢，但不是不知道感恩的人。

回顾9年，我觉得这两届班子都是务实、不尚空谈的，做事，也做成了一些事；对国家、对北大、对法学院、对事业忠诚并热爱；坚守学术标准，以教学科研为重心，不折腾，没搞任何学术泡沫；尊重学术自由和个体的创造性，坚持和而不同；维护团结，不拉帮结派，不注重私人关系；克己奉公，处处以国家、学校和学院利益为重，不为自己谋求什么利益。扪心自问，我没做过一件违背原则、公道和良心的事。

尽管如此，有时甚或恰恰因此，有老师对我有意见，甚至不仅如此。我有很多弱点；大家有理由要求，我其实也希望，自己的能力更强，工作做得更好。如果谁因为我的工作受损受伤甚至不快了，我愿意向你郑重赔礼道歉。但坦白地说，我没有私仇，只是鉴于个人能力有限，或制度规则的限制，或做工作必须有所为有所不为等，我做不到人人满意。

人生来就是一种悲剧的动物，“他可以想象一个更美好的世界,但他知道,有生之年任何努力,都收效甚微”。[2] 有些事情,需要时间,因此只能留给后面的人来做,包括纠正。我是知道人性的,也知道一点历史,因此,从当院长起,我没指望什么公正回报甚或公正的历史评价。看穿了这些,才只求秉公办事,问心无愧,对得起自己,对得起北大和法学院。我做了。什么结果我不后悔。

我今天穿着整齐,特意梳了下很少梳的头,还摘了老挂在脖子上的优盘,来郑重祝贺新院长就职、新班子上任。我在班子里就讲过,下任院长就职,院里一定要有个像样的仪式,不能学校来个人讲几句,墙上贴个告示,就算上任了。院长是为大家服务,但服务者也得有点尊严,这也是培养责任感。其实,这也应当算是制度之一;当然,得一步步来。

我想说的尊严还不限于此。“不当家不知柴米贵”,“当家三年狗都嫌”,这些俗话都表明当领导不是件风光事,会有许多别人无法理解甚至无处诉说的难处和委屈。怕热就别进厨房,我不矫情。我更想说的是,领导也是人,不高兴,批评甚至吵架都可以,还可能结下友谊。但任何动作都别过了头,无论是以学术批评为名,或是其他;过了,就会毁了许多东西,伤害别人,也伤害自己,特别是伤害我们的法学院。

法学院是我们的家,是我们谋生吃饭的地方。不错,但仅仅这么理解又太“小农”了。她并不仅仅属于法学院的教职员工,更属于北大和这个正在崛起的中国。她是要承担这个民族

[2] Richard A. Posner, *Law and Literature*, rev. and enlarged ed., Harvard University Press, 1998, p. 89.

的一些历史使命的,简单说来,就是要有优秀的毕业生和出色的研究成果,甚至要杰出。这是法学院的根本,哪怕是社会捐助,捐助者眼中也少不了这一点。我们每个人能力不同,岗位不同,但都应看到这一点,有共同的历史使命感。体现这种使命感的不可能是语言或表态,而是行动,以及由此获得的真正有创造性的、不可替代的成果。

说实话,我看不上什么评奖,也不讲发表数量;但我也不喜欢手中没剑,却在那里嚷嚷"十年磨一剑"之类的。是的,数量不能保证成果的质量,但时间也不能保证,甚至不能保证成果的出现。你就得每天"磨",就得像兴良老师那样,每天几千字,最终不但要拿出剑来,还得比别人的更锋利,更合手。

我 55 岁了,还愿意同各位同事一同奋斗。奋斗,因为要真干点事,对得起今天的中国,是需要有人献身的。我愿意。我是一个死不悔改的理想主义者和英雄主义者。

我把工作和烦恼都移交给守文和剑锋、建成、沈岿和锡锌你们了,可以安心做自己更喜欢做的事了。我衷心祝福新班子,也会全力支持你们的工作。

祝福我们的法学院,祝福每一位老师。谢谢。

致辞与修辞

大学里的致辞

——修辞学的或反思社会学的视角

它好像只有千条的铁栏杆。

——里尔克[1]

基于前两编的文字,特别是背后的经验,我转向研究致辞中的修辞问题。

本文集中关注当今中国大学里的致辞。下一篇则通过对中西方修辞学传统形成的谱系学考察,试图勾连修辞学在当代中国与政治学和法学的联系。并不是法学殖民主义,而是借此,法学理论研究也可能获得新的刺激和营养。

问题的界定

致辞是典礼仪式的一部分,依附于典礼仪式,服从典礼仪式的功能要求:凝聚人心,创造、重申或增强集体感、归宿感和责任感。用儒家关于祭祀的话来说,大致就是"慎终追远,民

---

〔1〕 里尔克:"豹",冯至[译],《外国现代派作品选》第1册(上卷),袁可嘉、董衡巽、郑克鲁[选编],上海文艺出版社,1980年。

德归厚矣”。[2]

如果典礼仪式特别隆重、庄严，激动人心，致辞对于大多数参与者就不太重要。60 周年国庆庆典，北京奥运开幕式，致辞没几个人记得；激动人心且难以忘怀的是令人肃然的阅兵方队，是万众欢呼中点燃奥运主火炬。事实上，许多，特别是初民社会的，典礼仪式就看不到或很少致辞之类的活动[3]；致辞这种典礼仪式上的现象，不仅与语言文字发达的社会相伴，还令人想到，可能与科层化治理体制的社会有关。

只是，很多时候，在大学校园，在诸如入学或毕业或院校庆典这样的场合，受时间、金钱等资源的制约，致辞可能成了典礼仪式的最核心部分。致辞成了唤起参与者的情感认同、实现仪式社会功能的基本和主要的手段。如何才能令致辞起到其应有的作用？问题绝不仅仅是“讲个话”，也不是致辞者如何清楚准确表达自己的“想法”，而必须根据典礼的性质和要求，致辞的特点，充分考虑可能影响致辞效果的相关因素，找到可行的说服方式，让参与者听进去，获得他们的智识和情感认同。这就涉及古希腊传统的修辞学。[4]

---

〔2〕《论语·学而》。又请看涂尔干的观点：“[仪式的意义]首先是道德的和社会的。……这些仪式在道德上重新塑造了个体和群体……”“唯一目的，就是要唤醒某些观念和情感，把现在归于过去，把个体归于群体。”“只有通过仪式，群体才能得到巩固并维持下去。”涂尔干：《宗教生活的基本形式》，渠东、汲喆[译]，上海人民出版社，1999 年，页 490，498，502。

〔3〕对这些初民社会宗教仪典的分析描述，可参看，涂尔干，同上注，第三卷。

〔4〕柏拉图：《高尔吉亚》，《柏拉图全集》卷 1，王晓朝[译]，人民出版社，2002 年；亚里斯多德：《修辞学》，罗念生[译]，三联书店，1991 年，页 24。中国春秋战国时期强调的——与“修辞学”相近——“辨术”或“文”也分享了这一传统。关于这一点，可参看，苏力：“修辞学的政法家门”，《开放时代》，2011 年 2 期，页 38-39。

着重号暗示了对修辞有不同理解。一种相对狭窄的理解，今天中国人习惯分享的，认为修辞主要有关文字表达，即为达意传情而调整适用语词[5]；因此导致了修辞学研究集中关注修辞的方法和手段。[6]古希腊时期的修辞学集中关注的则是公共场合的演说；关心表达手段，也关心——特别是柏拉图[7]——表达的内容的真假对错问题，更关心表达对听众的实际影响，关心现场演说的整体实在效果。这个传统，注重研究演说者、受众[8]以及两者间的关系，关注其他可能影响交流效果的重要变量。这是一种广义的理解。

本文选择广义的修辞学视角分析当代中国大学里的致辞问题，不是因为迷信西学，主要因为狭义修辞学实在无法涵盖致辞的研究。致辞要演说，面对公众，往往涉及公众关心的问题[9]，因此不仅仅是狭义修辞侧重的情意表达手段，也不仅仅是致辞文本的撰写问题。仅在遣词造句上下工夫，不仅未必改善交流，有时还会令受众疑虑重重。因为自古以来一直都有老子说的“美言不信”的问题。[10]

---

〔5〕 陈望道：《修辞学发凡》，上海教育出版社，1997年，页4。类似的，王希杰认为修辞学最根本的问题就是同义手段的选择。王希杰：《修辞学导论》，浙江教育出版社，2000年，页63。

〔6〕 目前中国“汉语修辞研究似乎存在这样两个问题：第一个问题是，太偏重于积极修辞，也就是修辞格的研究。……第二个问题是，即使对修辞格的研究，也较多的是停留在表面的描写上……”陆俭明：“汉语修辞研究深化的空间”，福建师范大学学报（哲社版），2008年2期，页29；以及，“关于汉语修辞研究的一点想法”，《修辞学习》，2008年2期，页1。

〔7〕 柏拉图：《高尔吉亚》，同前注〔4〕，页333以下。

〔8〕 本文中，“受众”不限于现场听众，它包括致辞的视频和音频的听众，以及致辞文本的纸本和网络读者。

〔9〕 参看，亚里斯多德：《修辞学》，同前注4，页30以下。

〔10〕 《老子》81章。但对修辞的怀疑也还是一种“普世价值”。自柏拉图

不少人寄以厚望的说真话,坦诚交流,也不一定保证交流有效。[11]这只是对表达者提出的个人伦理要求。即使不讨论如何检验并强制言说真诚这样的操作问题,也不讨论真话是否通向或链接真理和善良这类伦理问题[12],真话也无法保证听众接受。孩子就常常感到父母的叮嘱是唠叨;许多真话甚至更令人无法接受;在涉及信念的问题上,人们的经验似乎自古以来就是“不争论”。[13]所有这一切都要求,讨论致辞的修辞,必须走出遣词造句,必须关注文本之外影响或可能影响致辞有效性的其他变量。

不只是开放,本文也有限定。首先是,只研究大学里的致辞。致辞只是公共演说中的一种;不同的公共演说,修辞问题也不同,需要分别研究。集中关注大学致辞,地盘小了,却可能深入;由此获得的经验则可能有助于理解和研究其他公共演说中的修辞。

对研究视角也有限定。不是从置身其外的旁观者、研究者

(同前注〔7〕)开始,“对于我们大多数人来说,‘修辞’这个词有说话蒙人或过分推敲的否定含义,与说话中肯相对立。”波斯纳:“修辞、法律辩护以及法律推理”,《超越法律》,苏力[译],中国政法大学出版社,2002 年,页 570-571。

〔11〕 例如,巴金:《真话集》,人民文学出版社,1983 年。但对这一问题作出了详细理论梳理和论证——尽管相当天真和无力——的是哈贝马斯。请看,哈贝马斯:《交往行动理论》(第一卷:行动的合理性和社会合理化;第二卷:论功能主义理性批判),洪佩郁、蔺青[译],重庆出版社 1994 年。

〔12〕 可参看,尼采:《朝霞》,田立年[译],华东师范大学出版社,2007 年,页 111,段 73。一个非常现实的例子是,希特勒的许多演说其实很真诚,并不是出于虚伪。

〔13〕 例如:“道不同,不相为谋”(《论语·卫灵公》);“不搞争论,是我的一个发明。不争论,是为了争取时间干”(《邓小平文选》卷 3,人民出版社,1993 年,页 374);以及“道德辩论只是加深分歧,而不是沟通分歧”(波斯纳:《道德与法律理论的疑问》,苏力[译],中国政法大学出版社,2002 年,页 8)。类似的论证,还请看,拉莫尔:《现代性的教训》,刘擎、应奇[译],东方出版社,2010 年,第 7 章。

甚或典礼致辞的听众的视角,而主要是从致辞者——更具体地说是从院校长的角度,基于经验和体验,研究致辞中的修辞问题。即使考察受众,也是致辞者眼中的,而不是研究者眼中的,受众。因为,即使面对同一致辞,致辞者,与包括研究者在内的其他受众,遇到的修辞问题也完全不同。致辞者是当下的行动者,他不仅创造致辞的文本(当自己撰稿时),他还要创造致辞的表达。致辞还往往源自致词者对特定群体的职责,是公务。而由于这种职责,在一段时间内,致辞者很可能得在时空不同但性质类似的场合多次致辞,思想或内容可以重复,表达却不能太多重复,尽管这不是一个有实在奖惩支撑的强硬规范。诸如此类的问题,都是典礼仪式的参与者、其他受众甚或通常的修辞学家很难,甚至是无法体会的。

却也因为这些,注定了本文不只是一位修辞学外行对修辞常识的重复。换个角度看,或许可以说,这也是关于大学致辞的一个反思社会学研究,一个参与性观察的经验研究。

受　众

说话看人,这个道理人人都懂。但在今天大学的致辞实践中,这方面还是常常出问题。大学里的致辞通常以师生为受众;但这个受众并不标准化。可能面对的是新生,也可能是毕业生;有时还有本科生、研究生的区分;校友周年聚会或院校庆,则可能面对校友、各类嘉宾和领导;祝贺外院/校庆典,受众则是外院/校的师生;如果是学术会议开幕词,则面对众多学者。如今致辞还可能,并很容易,以各种方式广泛流传,潜在受众就更广了。如果不顾致辞的具体受众,致辞必定缺乏针对性。而一旦“目中无人”,一份抽象看来还不错的致辞,就可能与典礼仪式的要求不符,与现场受众特别是听众的预期不符,因此是糟糕的致辞。许多致辞之所以令人无动于衷,其实都与此有关。

例如,新生入学时,许多院校长都告诫学生刻苦学习;毕业时,法学院长往往告诫毕业生信守法治,追求公平正义,说些法律人的天职之类的话。当然没错。但这些话,在我看来,不是说给学生听的,更多是说给社会公众听的。就拿毕业告诫来说,如果这些话真的重要,院校长一定早就说了,或早该说了;等到毕业之际才说,或重复,貌似语重心长,但如果不证明其昨天的失职,就只证明了其此刻的失语。

这类要求在我看来还更多是伪装的职业要求,因为,难道商人、记者或普通市民就可以不追求公平正义了?每个普通人都向往公平正义,尽管具体界定可能很不同,甚至有冲突。而如果是人人向往,又真的需要叮嘱吗——有几个父母叮嘱孩子“吃饭”的(这还不等于叮嘱“好好吃饭”)?再说了,今天中国法学院大部分毕业生最终并不从事狭义的法律职业,另一方面,所有职业又都会在一定程度上涉及广义的法律。因此,这类告诫有点无的放矢;不管有意无意,实际都更多是公关,其功能就是向社会宣传推销自己(致辞者、法学、法学院或法律职业)多么有职业追求,多么有社会关怀。而一旦致辞着眼点在公关,就一定冲淡了毕业生理应获得的关注。你不关心我,我又为什么要关心你呢?受众自然会如此反应。

还有院庆致辞,我看到不少外来致辞者常常不清楚自己是或应向谁祝贺院庆。致辞不是首先致意该院院长,而常常是依照主席台嘉宾的官职高低,最后才轮到该院院长。这反映的不仅是“官本位”;就话语交流而言,问题是,致辞者不清楚自己该对谁、是对谁说话。这样的致辞自然容易空泛,甚至没有内在的逻辑主线和连贯性。

尽管是公共演说,但细想起来,致辞,甚至所有的公共演说,在不同程度,都针对了特定群体,并在这个意义上属于特定“社区”。[14] 从本文开始分析的典礼仪式功能中也可以得出这一推论。在这种意义上,任何公共演说都有、也都得有某种“私密性”。不仅是内容,还涉及语言、用语和口音。奥巴马用英文,谈美国经济,要求人民币升值;胡锦涛用中文,谈转变经济发展方式,要求美元不要贬值太快。有效的致辞,一定要关注致辞的具体受众,关注他们关心的、或他们还没关心但仍然或可能与之有关的重大问题。从这点来看,普世主义的致辞,由于不附着任何具体社区或群体,很吊诡,恰恰是目中无人的致辞,对任何人都没有实质意义。

考虑受众,有些话必须说,有些则不必说。对北大的新生,例如,我就认为,就没多少必要强调刻苦学习。这种告诫不仅一般不起作用——有几个父母不这样要求孩子,但结果很不同。更重要的是,学习一般不是他们的问题。在某种意义上,由于强调创新,今天社会对学生也不是那么要求刻苦学习了。能考进北大的,也许不是最刻苦的学生——那些最刻苦的甚至可能没考上大学,但都聪明;如果不是界定为死读书、读死书,学习其实已经是他们的生活习惯甚至是内在需求了。如果还

---

〔14〕 在戴维·米勒看来,甚至现代民族国家也不过是更大的社区或社群。请看,David Miller, *Market, State, and Community: Theoretical Foundations of Market Socialism*, Oxford University Press, 1989.

需要叮嘱,对这些学生,更应当提醒他们重视自己可能因应试教育受压抑或被湮灭的潜力和才华。他们当中,至少有些人的专业方向选择是因为家长和老师的威胁利诱,或是社会潮流裹挟,甚或某个电视剧的诱惑。真正理解和关切学生,理解大学的职责和社会功能,院校长因此应当引导和鼓励学生发现自己的热爱,鼓励他们自我创造,而不是重复告诫刻苦学习,“从一而终”。

这也就是说,在诸如入学或毕业这样的场合,院校长应尽量避免重复学生早已熟知的普世(换种说法更能看出问题——漫无边际的)真理。鉴于院校长的责任,也鉴于难得的典礼时刻及其功能,他更应关注,由于种种社会原因,那些当下不为人看重甚至有意遗忘,但听众可能受用的社会常识和人生智慧。这也不要求致辞者有什么特别的洞见。太阳底下无新事,致辞者没有电话专线直通真理或上帝,倒卖些终身受用的金玉良言;但生活毕竟给了他更多、更复杂的阅历,很可能给了他——至少在某些方面——更开阔的视野。他可以,也有必要,务实地讲点人生基本道理,具体形象地限定各种流行思潮的诱惑或膨胀的政治正确。他应当给予的有关道德或理想的告诫,在我看来,只能是这个时代和社会的重叠共识,强调做人的底线;指出其他可能选项之际,也要指出与这些选项相伴随的可能结果。

这个标准太低了!有人会指责。但说到底,致辞面对的是广大普通学生;即使有学生希望并可能成为精英,但那也只是少数。而且,天下的年轻人通常不缺乏理想,相反,至少有些学生是心高气傲,恃才傲物,走上社会,常常难得善始,也常常没有善终。对他们来说,真有针对性的关切或告诫也许就不是火上浇油——鼓励他们为事业献身,而是锦上添花——激励他们为事业而苟活。[15] 而当为了事业而苟活时,其实也就是一种献身。

不是说致辞者完全忽视其他受众或潜在受众。随着交通、通讯的便利和改善,在流传的意义上,致辞已经很难私密了。越来越多的父母参加儿女的入学或毕业典礼;校园典礼上往往有嘉宾,校友;一旦进入网络或报纸,潜在受众还有其他院校的学生以及其他读者。这些受众或潜在受众,在一定程度上,可以进入致辞者的视野,成为准备文稿和致辞表达时的考虑因素。但要知道,众口难调,受众多了,杂了,就会有不同的期待和需求,致词者不可能让人人满意。这种情况下,致辞者应首先并集中关注现场的学生听众,因为他们是学校或学院首要和最主要的“客户”。要防止配角侵占了主角应得的关注。

而且,绝大多数潜在受众与首要受众之间往往关切相近或相连。新生或毕业生满意了,他们的父母亲友就很少会很不满意;致辞若打动了本院校学生,人同此心,一般说来,至少其中某些元素可能打动其他学生,乃至一般读者。

但在今天,集中关注本院校学生,力求致辞的适度“私密性”,有难度。原因并不是或不完全是如今许多人胡乱归咎的:近现代以来,中国社会中,政治话语挤占了太多广义的私人话语空间。这种情况有过,也还有。但历史的看,最主要是现代社会有两个因社会发展引出的、分别看都合理、其内在要求却难以兼容的趋势,为致辞和演说编织了一个“铁笼”,致词者“好像只有十条的铁栏杆”。

---

〔15〕 塞林格:《麦田的守望者》,施咸荣[译],译林出版社,1998年,页175。

现代社会的发展大大增加了人们选择的自由。这意味着要日益尊重并尽可能满足个人和特定群体的需求差异。除了像汶川地震或“奥运”这样特别重大的事件外，如今很少有问题需要并能获得万众瞩目了。几乎所有社会“热点”其实都不是全社会的，而只是社会中特定群体甚或只是媒体的。尤其在大学，个体主义大大发展了；人们希望自己不同，希望自己独特，希望为自己而思考和感动，希望有属于自己的生活，有自己的或由小群体分享的记忆，很自然，更希望大学致辞贴近个体自我或特定群体的日常关注和日常生活[16]；哪怕谈论国家大事，也总希望同个人勾连起来。事实上，任何人的个体性就是这些相对私密的个体经验的集合。在如今这样和平和发展的年代，在入学和毕业典礼上，坦白地说，学生有理由、也有权利不关心一些在院校长看来重要但对学生此刻并不重要的大事。就算你说的都是真理，放之四海而皆准，他们也没时间、最主要是没心情跟随并仔细辨析。世界上的真理真的太多了，并非人人都打算，甚至很多人就没打算，按照“真理”去生活——否则还需要法律吗？否则还可能有创新吗？私密化、特定性已成为今天大学里致辞受众的普遍期待。

但社会发展又带来了更大的言论自由和传播便利，这就使本属于特定群体或社区的致辞日益公众化了。不仅有了额外的、不邀自来的旁听者甚或“偷听者”，他们各自往往还带着自己的情境、需求和真理，即使没到场，也会以某种方式在场。致

---

〔16〕关于个体主义，我看到的最好的经验性表述，来自乔治·凯特伯。请看，George Kateb, “Democratic Individuality and the Meaning of Rights,” in *Liberalism and the Moral Life*, ed. by Nancy L. Rosenblum, Harvard University Press, 1989, p. 191.

辞者不得不关注公关，关注政治正确；不求有功，但求无过，就是不想无意中冒犯了他人。因此有了一个非常吊诡的现代现象：在这个日益强调个性的社会，致辞反而日益标准化、缺少个性了。公共言说者更谨小慎微了。言论自由的扩大导致了由衷、坦诚表达的更少。这成了现代社会的一个宿命。

因此，要有效履行对本院校学生的责任，今天的致辞者实在要有点“倒行逆施”的勇气。如果真的关爱，那致词者眼中就几乎只能有他们。这不是狭隘，不是放弃自身对于社会甚或人类的其他责任；而是因为，只要不是读书多了昏了头，为语词所迷惑，那么任何爱和关切就必须也必定是具体的，必定是至少是在某个方面，对某人（或某些人、某个社区或某个国家）的关切胜过对任何他人。[17] 在这个意义上，区别对待或“歧视”（这两个词在英文中都是 discrimination）不可避免，“爱有差等”才可能有真实的爱。所谓的“泛爱众”，所谓的“博爱”，就和“金山”（黄金山）一样，都是说着好听的，都只是走不下书本的词儿。

致 辞 者

这也就必须把致辞者也纳入修辞考察的视野；从致辞者的视角来看，这就是反思。除了其他因素外，这里最重要的是，致辞者不是抽象的言说者。无论在什么社会，在什么典礼仪式上，致辞者都是以特定身份说话的，这意味着他与受众有特定的权力关系；即使再平易近人，他也没法让自己成为一般的典

---

〔17〕 可参看，奥威尔：“甘地随想录”，《奥威尔文集》，董乐山[编]，中国广播电视出版社，1997 年，页 233。

礼仪式参与者,混同于一般听众。校庆典礼上,各位致辞者都是以各自的身份,以及各自在整个典礼仪式中的恰当角色,致辞,相互间还得契合。一位杰出校友,如果是代表当地政府,或是代表其他院校,或仅仅代表校友,说话就不一样,就不能一样。身份界定了致辞者与听众的相互关系,也大致界定了他/她应当以及可以说些什么话。

那么,对学生致辞时,院校长的身份是什么?在一定意义上,他是"官员"。责无旁贷,他一定要说些官话——总得有人代表院校向新生或毕业生提一些希望或要求,或是对其他来宾表示欢迎吧!院校长也还应该关心国家大事,因为这些事完全可能与同学今后琐碎的日常生活直接相关,哪怕是后者还没有理解或还没有真实感触。但在大学里,院校长往往不只是官员;他还可能是一位学者,或前学者(学问都"废"了),至少很容易"伪装"成一位学者,大学环境和致辞场合为他(包括她;以下不再重复)提供了这种可能。他可能毕业于本校,或外校,因此是,或也算是学长。最不济,在学生看来,他也是一位父辈或兄长。他有多重身份。

他可以,也应当,利用自己的不同身份;在致辞中,甚至可以多次转换身份。为什么?因为,从理论上看,身份规定的是身份者与相对应的人之间的关系距离,规定了一个人说话办事的视角。修辞学告诫,拉近与受众的距离,令他们感到致辞者亲切可信,这是增强致辞者话语感染力的一个重要元素。[18]

---

〔18〕 在亚里士多德那里(《修辞学》,同前注〔4〕,页24-25),在西方修辞学中,这通常称之为伦理感染(ethical appeal);更细致的分析,请看,波斯纳:"修辞、法律辩护以及法律推理",同前注〔10〕,页572-573。

而院校长有不同身份,这意味着他可以选择并转换不同的与受众的关系距离,可以选择与身份相随的不同视角。这是院校长比其他致辞者或比其他场合的致辞者更有利的地方。

在大学致辞,院校长首先要注意降低身段,致辞时千万别"端着",官腔官调。经验研究发现,演说者"屈尊",可能获得一种"差别收益"(a profit of distinction)[19],从而令他的话更有说服力,更有感染力。但除了避免官气外,由于是知识分子,院校长如今还要注意避免另一种"端着",即一些公共知识分子很容易感染的毛病:老想着"为天地立心",一不留神就以为自己是在十字架上说话,或是——像王朔挖苦的——装真理的孙子。[20] "高处不胜寒",这种说话方式无法同听众有效沟通,自然无法实现典礼仪式的社会功能。

降低身段的好处是可以避免自己固定于校院长角色,有可能获得更大的言说和表达空间。[21] 如果只是官员,那么在中国政府为国际公关将"和平崛起"的提法调整为"和平发展"后,院校长也许就得回避"和平崛起"了。但如果是学者,认为这种说法没错,你就可以照说不误。人们常常感叹"人微言轻",那是有关决策;就说话而言,"人微"有好处。"无官一身轻",说话就少了些顾忌,不必每句话都事先比照教科书或《人民日报》校对一下。自我"人微"的措施之一就是主动放低

[19] Pierre Bourdieu, *Language and Symbolic Power*, ed. by John B. Thompson, trans. by Gino Raymond and Matthew Adamson, Harvard University Press, 1991, pp. 68-69.

[20] 王朔:"与孙甘露对话",《我的千岁寒》,作家出版社,2007年,页315。

[21] 参看,Donald Black, *The Behavior of Law*, Academic Press, 1976, ch. 2.

身段。

在入学或毕业致辞时，院校长主动放低身段，还隐含了对学生的重要提醒：你的身份变了。毕业或入学典礼对学生的重要社会功能之一就在于此：提醒他重新确认自己新的社会身份和责任，理解新的生活环境对他的期待。平日里，院校长不可能同很多学生频繁交往，学生心目中的院校长也许一直不苟言笑，道貌岸然，除了学、问和管理，没有或很少其他，容易敬而远之。毕业之际，院校长放低了身段，转换了身份，相应地，学生的身份和地位提高了。在这个意义上，院校长放低身段就是为学生举办了成年仪式。孩子感到自己长大的标志并不是他年满18岁，也未必是父母亲说一句"你大了"，往往是无意中，他发现父母以及其他人对自己说话的方式和口吻变了。

放低身段，转换身份，这听起来好像是伪装，不坦诚；其实不是。放低身段更需要坦诚。一般说来，在亲人和信任的人当中，人们才会有什么说什么，少点顾忌；学术圈内，也只有把对方当成对手，才会认真对话，才会平等对话，才不怕亮出自己不一定正确、不太成熟的观点。这种坦诚，因此，也是让受众分享自己的视角，相互拓展观察问题的视角。这会激励已有一定思想训练的受众以自己的人生经验去验证，去审视，而不只是用一大堆名人名言来维系，所谓的正确观点。这其实是一种更为开放的人文教育、人格培养和品行教育。

但也因此，放低身段一定不是放弃立场和观点，迎合受众；相反要善于表达自己的不同观点。鉴于上一节提到的潜在听众，有时，为防止过于突兀和强硬，尊重价值多元，不冒犯某些人可能的信念，致辞者可以用"也许"之类的词对自己的主张或命题表示迟疑，做出让步。但这种迟疑和让步都是装饰性的,甚或可以说是“虚伪”的,因为“也许”背后可能是甚至往往是一种坚定或强硬。这是另一种修辞。[22]

不幸的是,降低身段只是指出了一个方向,更重要的是如何把握分寸。

但今天特别应当注意的是,无论如何降低身段,转换身份,院校长也不可能完全摆脱自己的身份,也不应放弃与这一身份相关的责任。这倒不全因为自己放不下,而是受众乃至社会有期待,不让你,你也不能,完全放弃。说这一点,是因为这两年来,许多院校的致辞开始有了变化。有些院校长为了摆脱“官气”,开始注重同学生的交流和沟通,在各种,特别是毕业,致辞中开始试图加入、插入之前少见的一些元素。这个努力方向值得称赞,但也可能,事实上已经出现了一些问题。

致辞中插入一些网络流行语,如果活泼且生动,与致辞融为一体,不干扰听众的情绪和理解致辞的核心表达,完全可以。但目前有些网络语言的插入很生硬,很多余。诸如“打酱油”,“贾君鹏,你妈妈喊你回家吃饭”,或“不要迷信哥,哥只是个传说”这样的语言,或凤姐或芙蓉姐或犀利哥这样的意象,在我看来,由于与整个致辞没有什么内在关联,多一句少一句没关系,这就多余了,甚至有点做作。至于“一定记得那初吻时的如醉如痴”[23],这样的话出自60多岁院校长的毕业致辞,则有点肉麻。

许多网络流行语寿命很短;当忙碌的院校长(或捉刀者)

[22] 可参看,波斯纳对霍姆斯“洛克纳诉纽约案”的反对意见中类似表达的分析。Richard A. Posner, *Law and Literature*, 3rd ed., Harvard University Press, 2009, pp. 343-344.

[23] 李培根:“记忆”,《青年博览》,2010年,17期,页16。

发现,感到新鲜时,大多"至今已觉不新鲜"了。[24] 而且,与现代社会其他现象一样,网络流行语大都是在部分网民中流行,属于特定群体;就算在网民中通行,通行程度和方式也不一样。大学生是网民,但由于学业,由于校园,并非网络流行语都为大学生接受。"神马都是浮云"这种语言,大学生熟悉,偶尔也会相互间调侃一下,但仅此而已。网络流行语言,在我看来,除非对新生或毕业生显然有特别重要的意义,有可能成为其青春或校园象征,或因致辞者的改造、转换获得了一般性和超越性外,一般不宜直接纳入致辞。为活跃或调动气氛,少量纳入,可以;前提是,一是要以致辞为先,力求与致辞浑然一体;二不能分散了听众的注意力,冲淡典礼仪式的功能。着重号表明这个追求本身有风险,与"哗众取宠"的区别只在毫厘之间。分寸过了一点,就走向了迎合听众,看似关心受众,实际是更关心自己的受欢迎度;再向前一步,就是"媚俗"、"低俗"和"庸俗"了,尽管还是能获得掌声,甚至很热烈,但不是动情的。

院校长其实要理解大学,理解典礼仪式,理解自己的身份和职责,理解学生对典礼仪式以及对院校长的期待。大学是一个教育机构,不是市井茶馆;开学和毕业是典礼,学生希望得到的更多是幸福和感动,毕业时,还可能期望有些微的伤感,而不是简单的娱乐、嬉戏或嘉年华[25];学生对院校长的基本和核心

---

〔24〕 例如,号称中文网络上最牛、最无厘头的水帖,"贾君鹏,你妈妈喊你回家吃饭",2009 年 7 月 16 日首次出现在百度的"魔兽世界"。2010 年 6 月 23 日李培根校长将之纳入毕业致辞(同上注。)时,已将近 1 年了。

〔25〕 涂尔干指出,宗教仪典中本来就有一些游戏娱乐的因素,有助于释放心灵,但"假如仪式只能起到消遣的作用,它就不再是仪式了……仪式与游戏不同,仪式是严肃生活的一部分。"涂尔干,同前注〔2〕,页 502。

期待是学者(智识上),最起码也得是兄长(情感的),但不是哥们儿。兄长和哥们儿,抽象看,意思差不多,但社会意涵根本不同。这个期待不是院校长可能放弃的。“官身不由己”,主要是因为有社会和受众的期待;别因为习惯以此自嘲,就忘记这其实是一个重要的社会学命题。想想,为什么由院校长致辞?他不一定比其他同龄人或老师更优胜,手中没有什么独家利器,也不一定比别人生活经历更丰富、更神奇;甚至他未必愿意。但怎么样,他还是要致辞;因为他是院校长,因为有与这个职务相伴的责任。

因此,关注受众,追求语言亲切、生动、活泼,能打动和感动受众,完全不等于迎合和讨好受众。院校长必须主要因其智识,因其对社会生活的观察、理解、发现,包括他对学生的体贴,也包括他有针对性的,有时甚至令受众感到有点疼的告诫,来获得学生乃至其他受众对致辞者服务的大学或学院的尊重,更抽象的,是借此为学术和学术传统争取更多的尊严。如果致辞令学生欢笑了,笑完后的感觉只是,“这哥们(或这家伙)还知道这些!”那就是一个根本的失败。

20年前,王朔在小说《我是你爸爸》[26]中就形象地、更是深刻地提出了这个问题。小说中的父亲试图放下架子,与儿子做朋友,有意迎合讨好儿子。但这种“真诚显得荒唐,亲热看似矫情”,结果是事物更本质更可怕的另一面:“一旦在任何人与人关系中失去制约,悲剧的发生便不可避免,哪怕是具有强大亲情力量的父子间也同样如是。而不管悲剧发生在谁身上

---

〔26〕“我是你爸爸”,《收获》,1991年3期。

受损失的一定是双方。"[27] 在当下亲民成为潮流，成为官员姿态的时候，这一点特别值得警醒。院校长得知道，并能守住，自己的本分。本分是社会秩序的要求，是他人的构建，不全是自我选择和创造。

话　题

关注受众，还因为致辞的话题选择。其他类型的公共演说往往首先因为演说者有话要说，例如立法会上支持和反对某项动议，或司法辩论中支持或反对某项指控。这类演说者关注受众主要在于，如何说服和打动受众。典礼仪式上的致辞则未必是致辞者有什么话非说不可，只是典礼仪式要求，参加仪式的人期待，致辞者说些什么。致辞者，因此，在典礼仪式的限定下，常常得从听众的关切和期待中，寻找和发现某些可能分享的话题。

但校园就那么大，就那么些事，能说的话似乎不多。校庆致辞一般就是罗列本校一些目前社会公认的成就，公开地自我表彰；然后表表决心，说点此刻无法验证，以后也没人要求验证，足够大但又不太大的大话。为其他院校庆致辞，则大致是"有义务吹捧，但也不能太过"。[28] 每年的入学和毕业致辞，除了偶尔有些时间上临近、同学们关心的重大社会事件可以谈论外，话题也不多，基调更少差别。坦白地说，如果能确保听众

---

〔27〕 王朔："父亲——有时需要小心躲避的东西，——《我是你爸爸》导演阐述"，《无知者无畏》，春风文艺出版社，2000 年，页 138-139。

〔28〕 "一个才尽的老作家对老腕新秀的殷切期望"，《无知者无畏》，同上注，页 96。

不外传，有份不错的致辞，年年重复，各校通用，也无妨。[29] 说句不好听的，但是真话，对于院校长来说，致辞就是一种公文。

这可是个挑战！有记者说中国大学的院校长“不会说话”。[30] 这是站着说话不腰疼；更令人讨厌的是那媚外的小样：似乎国外校长都如何如何会说话。这如果不是无知，或有意欺世，至少也是取样错误。我还就抬杠，给我找几份像模像样的，德国或马达加斯加或日本或柬埔寨的，大学校长致辞！就算把某一位会说话的美国名校校长每年的致辞都翻出来，同样没法看，同样充满各类“官话”和“套话”——各种各样的政治正确；如果有谁不小心说了一两句“真心话”或“真话”，也会惹出麻烦。[31] 事实上，美国许多高校院校长每年也讲几句，却更会特意邀请一些擅长演说的高官（总统、国务卿或大法官）及名人（包括前高官）致辞；稿子吗，也大都由“秘书”或“秘书

---

〔29〕 但这不可能，也不应当。第一，致辞虽然是针对特定受众（例如本院校的毕业生或新生）的消费品，但有时对非特定的消费者也有消费价值，并且今天的通讯发达也便利了这种消费；一方的消费不影响他人的消费，因此致辞可以说是一种公共善品。第二，即使话题没变，社会也可以通过新的表达（新致辞）来部分评价并进而监督致辞者以及他代表的机构组织的能力和绩效。第三，对于这个机构组织来说，新表达有某种广告或公关的意义。第四，新鲜对于致辞者本人也有意义，一份致辞再好，重复，致辞者的边际收益也会递减，直至为负值。第五，即使没有新的思想，但新表达还是会激励其他新的表达。以及第六，最根本的因素，在今天，基本无法保证那些值得传播的致辞不传播开来；要保密，成本会很高。

〔30〕 “校长的腔调——不会‘说话’的中国大学校长”，《南方周末》，2010年9月30日，版1。

〔31〕 例如，2005年1月14日，以经济学学者，而不是哈佛大学校长的身份，萨默斯出席学术会议，他认为在科学与数学领域中女性比男性少的原因也许与男女的“天性”有关。这一观点其实有一定的生物学证据支持，却立刻被舆论斥为“性别歧视”，引发了要求并最终导致其辞职的“反萨默斯风潮”。"Harvard's President Wonders Aloud About Women in Science and Math," http://chronicle.com/article/Harvard-s-President-Wonders/21108。

班子”捉刀,并且“秘书”也不享有任何知识产权。

但你架不住学生的期待。感觉一生也就这么一次入学或毕业(其实不是),又在青春敏感期,他/她有足够的理由甚至权利如此期待。你能拒绝吗?因此,哪怕就是请假条,你也得写出花样来。裁判不是什么专家学者,就是在场(当文本传播开来时,还包括不在场)的学生以及其他受众。没有预定的评分标准,只看受众的即兴评判;有时还有不邀自来的“旁听生”。从单一中开发出丰富,从无意义中创造意义,从不可能中追求可能。宋丹丹的语式,你怎么能说很难呢?那是相当难!

跳不出如来佛手掌,但就实践层面来看,大学里的致辞还有些回旋余地。毕竟致辞无需像演说、报告或论文那样,一定要主题鲜明、集中,或要有所发现。它肯定会重复,许多也就是重复;但重复的是情绪基调,而不是政策表述,无需一字不差。受众对致辞只有模糊的情感期待,没有确定的内容期待,也不要求全面和“完整”。只要不是与典礼仪式太不着调,与大学、学术甚或青年学生的关切还沾点边,即便是一两点,就话题而言,也就可以了。

校园致辞可以围绕一件事展开,由小见大,娓娓道来。也可以将看似散乱的几件事勾连起来,“东扯西拉”,只是这要求致辞者有能力从中发现或是创造一条思想或情感主线。这是可能的。从理论上看,世界上各个现象之间的联系从来不是天生的或固有的;已有的联系,也不是固定的或不可变的,都是有心人以自己思想的磁流将之聚合、组织、凝聚起来的。只要致辞者找到适当的视角,有强烈和饱满的感情,以及由此产生的思想情感塑造力,即使时空大幅跳跃和事件来回转换,也足以保证致辞“形散神不散”。大学校园的智识环境，入学或毕业或校庆时的氛围，还为这种创造预设了其他场合难得甚至干脆就没有的听众。

致辞者当然得留心日常生活，留心受众（在大学里主要是学生）可能关心的问题和话题，努力理解甚至是细细体会学生日常以各种方式显现的、他们的实在或潜在困惑，特别是要考虑当下学生可能会或应当关心什么问题，尽可能从听众了解的人和事切入，以与听众共同分享的文化、道德、情感和知识为基础，找到或提炼出一个话题。

这不算太难。日常工作中，每位院校长注定会遇到大量与学生有关的问题，会有许多务实思考，至少有些完全可以纳入致辞，甚至就成为致辞的话题，并不需要他额外“寻找”。即使陈旧的话题，也可以从其他可能的视角切入。在今日中国，院校长还可以，也应当引导，学生从其他角度来关注和思考社会、国家和国际的一些重大问题。前提是院校长自己得想过这些问题，在某些方面还要想得多、想得深一点，话也讲得透一点。必要时，他完全可以坦然交流自己不一定正确的思考结论。特别是，要有自己的表达。

即使在看似毫无差别的院校庆祝辞上，致辞者也不是只能率由旧章。要么不接受致辞邀请；接受了，你就要了解一下该院、校的历史，哪怕不是全部历史，哪怕是临时抱佛脚，致辞者也完全可以选择某个或某些细节或特点，适度发挥，努力从中开掘出——其实更多是赋予其——更为普遍的意义。只要听众感到致辞者用心了，说的也还真切，基本就可以了。鉴于没有哪两所学校完全相同，因此，借题发挥的机会永远存在。

即使学术会议上纯仪式性的甚至程式性的致辞也可以有

所作为。这种致辞,至少有些,是院校长被迫承担的;原因也不都因为院校长行政化了,而至少有些是——说句得罪人的话——会议组织者和参与者的非学术化,他们往往希望借院校长到场致辞来标识甚或提升学术会议的级别和“档次”。对这类致辞,听众基本是只有程序期待,没有智识期待。既然如此,致辞者完全可以只说几句欢迎辞。要么,在可能的情况下,他也可以就某个能说上话的问题说几句真切的话,以促使学术会议致辞的改变,增强学术氛围。这种可说的问题在当下中国还不少,院校长日常生活中会遇到,也会想过,问题是,他愿不愿意以及敢不敢在这种场合变动一下,借着院校长的身份,坚持学者的德性?!

同整个社会相比,学校确实狭小,学生确实单纯,学术确实单一,致辞者会认为没有多少不重复、听众感到有点意思、值得且容易展开的话题。这没错;却还是错觉。每个人都容易觉得“外面的世界很精彩”;其实外面的世界同样单调,甚至无奈。就致辞可说的话题和话来说,世界各地,社会上每个机构都差不多,都很有限。学校的不利条件是,年年都有新生入学、老生离校。但学校的有利条件是,大学生不仅有青春、理想、事业、爱情这些不确定因此可以永远絮叨的话题,甚至一些不大容易引发社会上多少人关注的重大甚或不很重大的国内、国际政治经济社会文化事件,在校园都可能引发关注,也因有更多资讯而有能力关注,这都为致辞简单直接切入并展开这类话题作了很好的铺垫。

意义从来是相对于人的,在很大程度上是表达者的视角、观察和思考的创造。即使看似陈旧的主题,致辞者也完全可以以些许新表达给受众带来些许新意。只要不追求面面俱到,句句正确,他完全可能突破某些习惯思维和老套,使一些本来也许不可言说的进入言说,使一些否则不很得体的变得颇为得体,使一些陈旧的思想和情感获得新的表达。

再换个角度,条件苛刻才激发创造,也支持并凸显创造,因为参照系已经有了,就在那里。音乐演奏家从来都是从给定的音乐主题演绎出华彩乐章的。如果没有大学致辞这种仪式化的场合,没有典礼对话题的制度性规定,没有受众的先期期待,致辞者的努力又能从何开始?又如何判断致辞者的努力是否有效甚或“成功”?

具体和超越

说个笑话,有学人下乡,看到牲口吃庄稼,赶不走,随即高喊:“快来人呀,动物吃植物了”。这是对某些知识人的特点的一个凝练嘲讽:缺乏行动力,所以喜爱呼吁;而与本文更相关的一点是,没法清楚表达,所以喜欢往大里说,喜欢用大词。

但每个人都是经验的,经验又总是具体的。因此,任何讲演(甚至日常说话),无论追求理性说服,还是追求情感共鸣,甚或仅仅想找到一个鲜活的话题,唯一的基础都是受众可直接感知的,最好是致辞者和受众可能分享的一些具体生活经验。借此,才可能在致辞者与受众之间创造一个有经验根据的、临时的情感和信息共同体,一个信任平台,进而才能让受众听进去,接受致辞者可能传递的某些信息和说理。

注重经验,注重细节,注重形象,这是有效交流的理性要求;但这背后是,即使在大学校园,在一个理论上高度诉诸理性、抽象概念和命题的环境中,由于人类的天性,支配我们理性和情感的仍然是原始人类的直观感受力,而不是人类在生存竞争中后来逐步获得和培养起来的理性推演和抽象思维能力。在我们的诸多感官中,我们偏重的、感受最强烈的,仍然是视觉能力[32],以及与视觉相关的想象力。人的本质能力不是理性。这是追求有效演说的人必须牢记的。永远要避免从抽象的概念、命题展开致辞,要努力把抽象的概念和命题转化为可感知的形象和色彩,从自己和受众分享的日常具体经验和形象切入和展开。

但分享也未必要求受众真有这样的经验,其实更多是诉诸他们的想象力,调动他们可能感受的或想象的经验。“千里共婵娟”是苏东坡的;你我也能分享,即使今天没几个年轻人真有个弟弟可以思念。有些经验细节甚至不必为真;也许只是某个或某几个听众有过此种经历,但只要其他受众根据自己现有经验或本能可以想象性地体会和感受,即可。院校长致辞时,因此,要切实理解和把握学生现有的基本生活经验,由近及远;但也要防止钻牛角尖,从仅限于个别人的特殊经验展开,哪怕这些经验是真的也是具体的。院校长,出于教育责任,在某些问题上,还应当引导学生触及和理解一些他们目前尚未遭遇的经验,这需要学生更多的移情想象,需要推理和抽象,但还是要以学生可感知或已感知的具体经验为基础。

事实上,过分追求某些经验细节的真实,有时会很糟糕。这个问题,在时下许多院校长的致辞中,常常可见。例如,为充分、翔实地展示本院校的历史发展、成就或特点,许多院校长常

---

〔32〕 亚里士多德:《形而上学》,吴寿彭[译],商务印书馆,1959年,页1。

常会一一列举本院校获得了多少国家、省、部级项目,毕业了多少博士、硕士、本科生,有多少教授、副教授,有多少毕业生当了什么“官”,有多少厅局级、部级或副部级干部,甚至图书馆有多少册图书。这些数字看上去具体、细致,但听起来会令所有人——包括致辞者——沉闷甚至郁闷,没人理会。这些数字本身一定是有定义问题的。什么算是一册“书”?什么算是你“培养的”,甚至“学生”?短期培训、退学的或自考生算不算?还有腐败下台的官员(无论你算,还是不算,对公众还都会有个无法辩白的教育伦理问题)?也一定会有统计误差。就算没有统计误差,这些数字对于致辞者试图支持的结论又有多少分量?以及,最重要的是,有多少听众真正关心这些数字?并由此产生情感上的共鸣?精确常常会钝化我们的直觉、感知力和想象力。西施、貂蝉都不是三围数字的组合。

从社会效果来看,诸如此类的数字还有可能令某些甚至是多数现场听众反感,因为这里头流露了一种不利于创建情感共同体的功利心。所有学生都希望院校有成就;但即使没有成就,没有大成就,那也是母校。我们感恩父母从来不是因为他们事业比别人成功,只因为他们是——父母。

这类精确细节的另一大问题是缺乏超越性。人们是关心细节,但并非一般地关心细节。人们关心的常常是那些属于个体但他人通过想象可能分享的经验细节,借此使局部的具体经验获得一般性或超越性,不仅是当下,而且是长久的。致辞者在选择经验细节表达时,因此,要注意选择那些可寄托普遍情感的、具有一般性的细节。这些具体经验细节完全可以是建构的,即可能发生,却未必真的发生了。想想亚里士多德的论断:

“诗比历史更真实”。[33]

顺带着,这也就部分回答了,本文为什么会从典礼仪式说起。致辞是典礼的需要,并非偶然,也不仅仅因为便利。典礼仪式的固执和持久存在,特别是在如今这个“去魅”的社会还日益盛行,意味着我们的人类天性或本能中有某种固执的超越性情感需求。我们受制于肉身。据此,应当相信,属于特定时空特定群体的某些经验有可能获得某种超越性。“窈窕淑女,君子好逑,求之不得,辗转反侧”,这样的表述仍打动今天的读者,不是因为其表达精确和生动,而主要因为,在特定意义上,我们就是古人;古人的经验就是我们的。能打动特定时空受众的某些细节或意象,借助于人的生物本能和想象力,完全有可能打动另一时空的受众。“粒沙见世界,片花一重天,无限在掌中,永恒于瞬间”。[34] 关键在于致辞者是否敏感,是否准确,能否独具慧眼。

聆听与阅读

今天的致辞很少是即席发言,几乎都是先有文字稿;之后也常有读者。由于信息保存和传播的便利,对致辞的评价事实上基本是读者基于阅读的经验。这暴露了我们今天的有关演说致辞的评价标准有偏见,但一时还改不了。在准备致辞时,许多人还是更看重文稿。这种看重其实不很合适,因为现实中

---

〔33〕 亚里士多德:《论诗》,《亚里士多德全集》(9),苗力田[主编],中国人民大学出版社,1994年,页654。

〔34〕 参看,威廉·布莱克:“天真之预言术”,《布莱克诗集》,张炽恒[译],上海三联书店,1999年,页89。

的致辞总是首先在现场口头表达的。尽管最后都要经听众大脑起作用,但致辞诉诸的第一感官主要是听觉。但听众接受的“声音”也不是单一或“纯粹”的,有音响、音调、音色、节奏、韵律、语气、语调等,还有方言、口音等元素。这之外,还有视觉元素,如演说者的身姿、手势、目光、表情等。因此,在西方的修辞学传统中,研究者和实践者也一直高度重视公共演说中的“表演”元素。[35] 所有这些都可能强化[36],尽管弄不好,如“口音太重”,也会削弱致辞效果。然而,这也已表明,无论如何,致辞者都不能仅仅关注致辞的文本,还必须考虑致辞的行动,不能仅仅关注致辞的阅读效果,同样也必须关注致辞的“聆听”(以及“表演”)效果。

问题在于,阅读和聆听虽基于同一文本,效果却无法统一。换言之,聆听效果好的,阅读效果未必好;反之亦然。甚至,依据我的经验,还很难甚至是无法兼顾或双赢。

现场聆听获得的各类信息都是即时的、一次性的,因此是无法回溯的。由于方言、口音以及其他随机因素,有些信息的传递还是非标准化的,听众不熟悉,甚至没有预期。受限于场合,听众没法要求和掌控致辞者传递信息的速度,即使注意力高度集中,也难免“遗失”一些重要信息。演说传递的多种信

---

〔35〕“有人问,贯穿演说家全部工作的核心是什么,德摩斯忒涅斯(Demosthenes)答道:(1)表演;(2)表演;(3)表演。”尼采:《古修辞学描述》,屠友祥[译],上海人民出版社,2001年,页138。在美国,有律师为强化自己法庭辩论的效果,专门学习表演。请看,波斯纳:“修辞、法律辩护以及法律推理”,同前注10,页591。

〔36〕例如,在一些场合,方言表达会有更好的修辞交流效果。参看,Bourdieu, *Language and Symbolic Power*, 同前注19, pp. 68-69;又请看后注54的例子。

息有可能相互支持,但也可能相互干扰;有些则干脆是"杂音"。这些因素都挑战听众的"聆听",挑战他的记忆以及有效整合、处理相关信息的能力。很容易出现"听不清"、"听不懂"和"跟不上"的现象,致辞效果因此打折甚至受挫。

阅读有自身的优势。虽然失去了众多听觉和视觉元素的辅助和支持,阅读获得的致辞感染力有可能降低,[37]但也因此摆脱了"聆听"的限制。阅读是受众主导。读者可以自由控制阅读速度,可以来回跳跃和反复阅读标准化的文字,可以从容不迫地自主筛选、整合、处理各种信息。严格且标准化的文字规训还会格式化和提高读者的阅读能力,这反过来会为写者提供更多可能,不但表达更为凝练,而且可以创造和运用一些更为精细微妙的文字修辞手段;尽管这会进一步扩大口头交流和文字交流之间的分歧。

自古以来,中国知识人都曾努力在汉语言文字中兼顾、协调这两个维度,并以文字为基础,创造和积累了一系列分别针对阅读或/和聆听,有时还可能互补的修辞手段。例如音韵学;如吟诵;甚至诸如排比、对仗、铺陈这类通常认为针对文字阅读的修辞格,其实也部分针对了听觉。近代以来,也有这类努力。例如,胡适倡导的"话怎么说,就怎么写"。[38]

但聆听和阅读效果一直无法统一。以诗歌为例。古代诗歌的吟诵,放到今天,就很是迂腐和做作。而今天的一些新诗,哪怕朗诵(这也算口语表达,尽管不完全相等)令人热泪盈眶;

---

〔37〕 可参看,尼采:《人性的,太人性的:一本献给自由精神的书》(下卷),李晶浩、高天忻[译],华东师范大学出版社,2008 年,页 662,第 110 段。

〔38〕 转引自,周作人:《中国新文学的源流》,河北教育出版社,2002 年,页 56。

一旦阅读,失去了诸多表演元素的支持,就让人感觉拖沓、散漫、啰嗦,乃至习惯阅读古典诗歌的毛泽东说"给我三百大洋也不看"。[39] 仅从阅读行为上看,分享毛这一观点的人还真不少,且越来越多。[40] 乃至于今天的一些新诗作者,完全放弃了对音韵甚至节奏的关注,只注重阅读效果[41];而追求可诵读的诗歌,如"梨花体",常常淡如白水,广受嘲讽。[42] 表达精细的,思维严密的,演绎复杂的,并因此可读性强的,无论什么类型的文本,都只能止步于私人阅读。

因此,许多传统的文字修辞手段就无法在包括致辞在内的公共性演说中沿用。最主要的原因是,传统修辞手段主要针对读者,针对个体,多用于诗词歌赋文章,还要求交流双方受过严格的标准化训练。吟诵与致辞,尽管都算口头交流,性质却完全不同。任何演说,只要是面对公众,无论听众受教育程度如何,也无论话题是什么,都一定具有更多公共性和平民性。这就决定了公共演说和致辞从一开始就无法接纳某些传统的修辞手段。怎么可能想象摇头晃脑,拖着长腔的吟诵致辞?那还是致辞吗?

当然可以说兼顾。但这个词好说,操作很难。兼顾的结果

---

〔39〕 没有明确的出处,却在学界和民间广为流传。但毛在一封信中确实说过,"用白话写诗,几十年来,迄无成功。"请看,"给陈毅的信",《毛泽东文集》卷8,中央文献出版社,1999年,页422。

〔40〕 关于近30年来《诗刊》发行量的大幅降低,可参看,"文学期刊:改革之时,要冲上去做实事",《中国新闻出版报》,2010年5月18日,版005。

〔41〕 例如,北岛的诗《生活》,只有一个字,"网"(《北岛诗选》,新世纪出版社,1986年,页24)。

〔42〕 例如,曾引发网络争议的赵丽华的诗,《一个人来到田纳西》:"毫无疑问/我做的馅饼/是全天下/最好吃的"。引自,http://baike. baidu. com/view/549209. htm。事实上,所谓"梨花体"就来自作者名字的谐音。

往往是两头不讨好。与首先并集中关注文字表达和阅读效果的其他文字稿不同，我认为致辞文稿从准备之初开始，就应以口语表达为基础，以聆听效果为核心关注。在这个前提下，尽可能考虑阅读效果。据我的经验，致辞者（或捉刀者）从一开始就不应幻想聆听/阅读效果的统一。

这意味着，当这两种理论上同样值得追求的效果冲突时，致辞者应基于致辞的特点和追求，按照效果最大化的原则，做出他认为合理的斟酌取舍。而目前，我认为，应更多关注口头表达和聆听效果。这是因为，前面讨论过的，致辞服务的社会功能，以及致辞的相对私密性——它首先要口头表达，要服务现场的第一受众。“老吾老以及人之老”；如果致辞不能令眼前的听众满意，还说什么满足其他消费者？更开阔一点看，相比之下，中国的文字书写和阅读的传统一直更为强大，公共演说的传统则比较孱弱，一个简单直接的证据是今天的致辞者通常更注意并常常离不开文稿，而当代中国的政治经济社会变革和发展都要求并正促成更多、更有效的公共演说。[43]

这并非要放弃文稿的阅读效果。在不损害聆听效果的前提下，致辞人还是要追求致辞文稿的阅读效果，包括但不限于：文稿篇幅不能长（一般不应超过3000汉字），独立的整体感，文字的洗练、干净、言之有物且有智性愉悦，等等；哪怕是一些看似无关紧要的“闲笔”，在整篇文字中也应起到良好的结构功能和整合功能。

关心文稿不单单是考虑其他潜在的读者；还因为，今天，一些因聆听感动的听众也可能成为后续的读者。如果致辞的文

〔43〕 请看，苏力：“修辞学的政法家门”，前注〔4〕。

字不好，阅读效果很糟，这些曾经的听众就会怀疑或惶惑自己聆听时的感动。

针对聆听，对字、词甚至句子的综合声音效果要足够敏感，要响亮，要上口；不必刻意追求，但有时也可以借鉴一点传统的平仄音韵。句子一定要短，长句要容易断句。这些是常识。但要想让听众容易理解和把握，更重要的是要尽可能用简单的句子，而不是长句或段落，来表达思想。这就要少用形容词和专业词汇。尽管大学的致辞需要智性，甚至要着意避免过于感性，但又一定不能太多说理；说理也要更多诉诸直觉、常识和情感[44]，多用直观且无可置疑的断言——亚里士多德称之为缺省三段论。尤其要减少抽象的论证，把致辞当成了论文或论说文。必须假定，绝大多数听众能跟上的逻辑推理不会超过三句；超过了，就需要听众额外记忆和推论，就增加了听众理解的成本，必然降低聆听的智性和情感效果。

当然要注意受众喜闻乐见的口语。但又不要以为存在一种可直接援用的口语，口语没有固定的产地或库房。有证据表明，沟通有效的口语，一旦转为文字，阅读效果并不好。[45] 口

---

[44] 这看似对修辞的“说服力”是个反讽，但不是。我们无法割舍并赖以生存的往往就是这些看似——实际也确实是——肤浅的道理，霍姆斯称之为我们的“不得不”（“can't help”）。请看，Oliver Wendell Holmes, Jr., “Ideals and Doubts,” in *The Essential Holmes: Selections from the Letters, Speeches, Judicial Opinions, and Other Writings of Oliver Wendell Holmes, Jr.*, ed. by Richard A. Posner, University of Chicago Press, p. 118。此外，致辞的社会功能也主要是创造这种情感认知的共同体。

[45] 可参看王朔根据一个笔会的现场录音整理出来的一篇文字。尽管删去了太多的“他妈的”并对一些半截话做了补充，他还是感叹“日常生活中的口语多么芜杂和泥沙俱下”。王朔：“电影《诗意的年代》中的几本声音”，《无知者无畏》，同前注27，页186-214。

语化,因此,一定不是简单的“话怎么说,就怎么写”。口语其实也是要选择的。通过选择,发掘出简单语词的潜能,就可能创造全新的聆听和阅读效果。例如“这不是一个好判决,这只是过去一百年来最伟大的判决”。[46] 即使基本意思、用词完全一样,仅仅语词换个位置,或重复,也可能赋予其不同的意涵、魅力——想想“屡战屡败”和“屡败屡战”。[47] 今天,尤其不能误以为口语就是时髦或新潮的语词,诸如“给力”、“神马”之类的,往往与社会通行的书面语尚未很好磨合,纳入致辞很容易显得突兀,影响整体效果。与此相关的是,只要得当,善于创造,昔日的文言也完全适合今天的口语,例如“矫枉过正”、“实事求是”等。[48]

说到口语表达,还有一个几乎无人提及,事实上一直存在的问题,风格。我这里不讨论致辞者个人的风格;还不到关注这一点的时候。在此,我只讨论致辞的口语风格与致辞的功能和特点,与致辞者的身份,与涉及的话题或主题以及与受众、场合和气氛,总体上要协调。

由于是在大学,我认为,致辞首先应当整体上足够“大

---

〔46〕 Richard A. Posner, *Law and Literature*, 同前注 22, p. 346.

〔47〕 杨树达[编著]:《汉文文言修辞学》,科学出版社,1954 年,页 38-39。类似的外国的例子,又请看,“不忠实的配偶就是——不忠实的”(波斯纳:《道德与法律理论的疑问》,同前注 13,页 10。这两个“不忠实”,前者是对行为的描述,后者则是对行为的评价);以及“他从没想过要诚实,他只是诚实而已”(Lawrence Lessig, “The Prolific Iconoclast: Richard Posner,” *The American Lawyer*, Dec. 1999, p. 105)。

〔48〕 “矫枉过正”出自南朝范晔《后汉书·仲长统传》:“实事求是”则出现于东汉班固的《汉书·河间献王传》。这两个成语如今都主要因为毛泽东的创造性运用,成为现代汉语口语了;毛泽东甚至在《湖南农民运动考察报告》(《毛泽东选集》卷 1,人民出版社,1991 年,页 17)中赋予了“矫枉过正”今天更为流行的含义。

气”。这可能有个人偏好或偏见,但主要不是。大学里的致辞是公共活动,履行的是凝聚人心和创造共同体感的社会功能,涉及的话题不会太私人,现场听众基本是青年学生。所有这些都要求致辞,除了包容其他元素外,总体上必须透出大气,甚至得有点崇高感。这完全不等于用点大词,唱些高调;相反要尽可能从致辞者与受众可分享的平凡中提炼出厚重感或历史感。院校长当然可以甚至应当以某种方式表达或调动学生的情绪,有情有义,也可以调侃,但总体上必须走出“小资”。这不仅是致辞者的基本身份的要求,更因为,只有大气,致辞才能获得更多受众的情感支援,才可能创造对于典礼仪式最重要的共同体感和精神凝聚力。

另一个可能影响致辞风格的因素是,鉴于现当代中国文化已经且仍在经历巨大变迁,也鉴于高校的智识环境,大学里的致辞可以适度增加现代智识因素,包括融入反智的元素。还可以更多运用那些已经整合进现代汉语的欧化句型和表达方式。当代中国人,特别是青年学生,已经熟悉了很多外来语的句型和修辞技巧,这为开拓现代汉语的弹性创造了新的更多更大的可能。致辞者可以借鉴甚至创造一些新的句型和语式,来强化现代汉语口语的表现力和魅力。如果可能,还应追求表达的凝练,乃至格言化。

知道要什么,致辞者还要知道不要或应避免什么。要少用成语、固定搭配和常规表达;句子不要太整齐,句型不要太单一;举例不要太生僻或俗套,但又要——看似吊诡的——贴近日常生活;要少引名家名言;引,也不要因其著名或“权威”——如今是一个不那么迷信声誉的时代,而是因其犀利和简洁;引,也尽量不要提名字;提名字,也不要加“正如著名的某某家指出的”这类字样；引用古人、前人，尽可能用现代口语意译，并与致辞风格保持一致。

由于说话的修辞与阅读的修辞不同，因此致辞中要避免，避免不了也应淡化，那些更多在文字或文学作品中运用的修辞手段。双关、谐音之类的，一般别用；这些手段除非额外解释，听众很难直接感知。诸如排比和对仗这些修辞手段，理论上能改善阅读效果，也能改善聆听效果；但总体上利大于弊。这类手段常常必须显著，才能为听众感知。而显著了，就会转移听众的注意力；更重要的是，修辞手段显著了，即使打动人了，听众还是容易起疑，动摇听众对致辞者的信任，损害致辞的效果。因为，平常没人这么说话。

我甚至认为致辞的文字应直白一些，甚至可以唐突些[49]，给人急不择言、脱口而出的错觉，给人一种看似直话直说、实话实说、“完全没有修辞”的错觉。其实这就是修辞，并且往往是高手的修辞。[50] 语言直白，便利了听众理解，节省了他的时间和精力，因此会大大增强语言的冲击力（想想“大江东去，浪淘尽……”想想“西北望长安，可怜无数山”，想想“中国人从此站

---

[49] 有时甚至令人感觉不讲理，或是讲歪理；这种感受来自作者指出了一些社会事实，直接违反了我们习惯了的规范命题。出色的，例如，马基雅维利：“一切武装的先知，胜利了；没武装的，则失败了”（Machiavelli, *The Prince*, ed. by Quentin Skinner and Russell Price, Cambridge University Press, 1988, p. 21）；杰克逊大法官：“我们说了算不是因为我们不犯错，我们不犯错是因为我们说了算”（Brown v. Allen, 344 U. S. 443 [1953], at 540）；以及斯蒂芬：“少数人给多数人让道不是因为他们相信自己错了，而是相信自己是少数”（James Fitzjames Stephen, *Liberty, Equality, Fraternity*, University of Chicago Press, 1992, p. 70）。

[50] “这种直白的风格常常是[……]老道的知识人建构的。”Richard A. Posner, *Law and Literature*, 同前注 22, p. 344；又请看，前注〔47〕中的例子 2 和 3。

立起来了”，以及“这样的山才真正叫山”[51]）；而且会解除听众对陌生致辞者天然会有的戒心，增强致辞者人格然后其言辞的可信度。

现场表达

致辞的修辞自然必须包括现场表达。仅仅在文字上注意了口语化还不够，那还只是文稿，而不是话语，只有在现场说出来了，才真正成为话语。致辞因此不仅仅是话语，而且是话语行动[52]，是“以言行事”[53]，因此也才有了前面提到的“表演”成分。注重现场的口语表达，致辞者要有现场感；在各种有利或不利的条件下，致辞者还要努力强化和创造致辞的现场感。

除了咬字清楚、声音洪亮、速度适中等无需告诫的告诫外，我认为，在当下中国，致辞首先要注意的是说话的风格。如今的典型风格是慷慨激昂，往往某句话最后几个字，音调猛然高亢起来；也许是以此来突出重点，或是提醒或邀请人们鼓掌？这个问题在校园学生中，在演讲比赛中，非常显著；模仿电视新闻播音员、主持人或演员，字正腔圆，铿锵有力，音调和节奏充满激情，浓重的理想主义。这很可能导致，即使有了生活化的文稿，现场表达却还是非生活化的，与日常说话差距太大，太表演了。尽管近些年来，首先是崔永元已经给中国人的公共场合说话带来了可谓“范式”的变化，但在校园演说中，基本是涛声依旧。

---

〔51〕 李瑛：“进山第一天”，《红花满山》，人民文学出版社，1973年，页3。

〔52〕 John R. Searle, *Speech Acts: An Essay in the Philosophy of Language*, Cambridge University Press, 1969.

〔53〕 J. L. Austin, *How to Do Things with Words*, 2nd ed., ed. by J. O. Urmson and Marina Sbisa, Oxford University Press, 1975.

有位美国朋友在中国参加某个会议后问我，为什么许多人的致辞或发言声嘶力竭(screaming)。我瞎猜，不敢确定，这可能与现代中国的讲演发端于群众性革命运动有关。从孙中山到毛泽东，甚至江泽民，几代革命者，基本都是从群众运动和学生运动开始的；1949年之后，也有不断的政治动员。而在嘈杂的广场或街头，在空旷的谷场或河畔，即便在礼堂，也没有或没有良好扩音设备，发言者也一定要拔高音，声音才能传开，触到尽可能多的听众。革命不是请客吃饭，更有流血牺牲，演说自然容易激情澎湃、慷慨激昂。这是社会革命和群众运动使然。在这个意义上，中国革命不仅在很大程度上规定了现代中国典型演说和致辞的内容，而且塑造了现代中国演说和致辞的风格。这也许是福柯的知识谱系学一个很好例证。

这个猜想的考察可以留待他人。对于如今的大学致辞来说，一个现实问题是，既然环境、话题、内容、受众和音响设备都有了很大变化，致辞风格也应当与时俱进，至少可以多样化一些。“即使是‘依法治国’，又有什么地方规定了毕业典礼上院长就只能说一番大道理，不能说一些悄悄话？只能豪情满怀，不能温情脉脉？”

并不是刻意多样化，而是因为致辞的现场表达本来就没有一个先验的本质规定或规范要求。致辞者要务实地关注交流效果。不考虑内容和听众，一味高亢激昂，声情并茂，一定会令致辞变味。一份毕业致辞，由濮存昕或罗京(很不幸，他已经去世)来宣读，就一定比许多院校长略带口音的普通话，效果更好？也许，字正腔圆，荡气回肠，听众听得更清楚了，在这个意义上可以说，聆听效果更好了；但这也会使某些听众觉得这不像他(致词者)日常说话，不像是说心里话，是在念稿子或朗诵甚至表演,再一次——对致辞者身份和真诚的疑惑会损害说话的感染力。如果听众自觉不自觉地把注意力转移到了声音上,这更会削减致辞的主要功能。致辞,和做其他事一样,不能只关心想象的收益,更要考虑减去成本后还有无收益;不能只考虑一方面的收益,必须综合平衡成本收益。

出于这一考虑,除了撰写文稿时注重口语外,实际致辞也应坚持口语。这意味着,在目前很多人普通话有口音的前提下,我认为,除口音太重导致听众听不懂外,致辞者无需刻意修补、掩饰自己的口音,更不应换个致辞腔调。这种努力与实际效果往往负相关,尤其当听众已经熟悉致辞者口音时。毛泽东、周恩来等都没有因其方言口音而减少其演说致辞的力量。相反,当年外交部长陈毅的答记者问,有两个版本,最打动人的,恰恰是那个"川话版"。[54]

从听众心理看,一个人说话的口音和风格统一涉及一个隐含的、言说者人格统一的问题。院校长致辞与上课或日常说话腔调不一致了,这实际是在推开听众,有意拉大了双方的距离。如果致辞者说话"跩"起来了,口音、语气、腔调都变了,听众本能地会怀疑致辞者的真诚。尽管这种怀疑,很可能是传统社会塑造出来的,甚至是蛮荒年代的人类生存环境筛选剩下的人类

---

〔54〕 1965 年 9 月 29 日北京中外记者招待会上,在回答香港记者有关美国侵越战争可能扩大到中国的问题时,外交部长陈毅元帅说,中国人不好战,可如果美国真把侵略战争强加给"老子","老子"欢迎他们早点来,明天就来;他双手揪起两鬓白发激情地说,"老子已经等了十六年了! 老子等得头发都白了!"公开发表时,出于"文雅",也为了避免"好战分子"的形象,《人民日报》把口头禅"老子"全都改成修辞效果大为逊色的"我"或"我们"了。请看:"陈毅副总理兼外长举行中外记者招待会发表重要谈话:中国决心为打败美帝作出一切必要的牺牲",《人民日报》,1965 年 10 月 7 日,版 2。

生物本能,没多少道理;但生理反应不听道理。

也因此,在中国目前,在大学致辞中,我反对"声情并茂",俗称"煽情"。院校长致辞的声音和情绪都应适度内敛;尤其在入学和毕业这种现场情绪已经饱满,甚至可能漫溢的情况下,更应如此。内敛的表达也更符合院校长以及相关的教师或学者身份。文稿可以深情些,致辞却一定不能煽情。深情是成年人的优点,煽情则是青年人的擅长。此外,深情往往隐含了一种分寸感,不强加于人,不过度"现场征用"听众的感情。从声音效果看,洗净铅华,返璞归真,情感的朴素力量才会充分凸显出来;尽情宣泄,缺乏余味,未必能真正打动听众。说实话,对那些不时以人类、正义、民主、人权等大词或名义发言的演说或文稿,看似激情满怀,文采飞扬,实在对不起,我的第一感觉(尽管是错觉)总是"李洪志"。

这当然意味着不能念稿子,但我还认为,致辞者也未必要背稿子。即使熟悉稿子,他也完全可以手中拿着稿子。听众期待关切、感动和信服,其中不包括致辞者的记忆力。致词者良好的记忆力本身不会强化听众期待的那些元素,也不是致辞者此刻最想向听众传递的信息。甚至,致辞者要着力避免电视节目主持人的那种流畅,他可以选择略显木讷。因为致辞的表达太流畅了,就容易显得"滑"。若感到了是背诵,听众还很容易不讲道理地认为致辞者说话不用心或没用心;听众在乎现场感和即时感。如果致词者的记忆力本身吸引了听众,就会冲淡聆听致辞。

还有一点,至少到目前为止,大多数中国人说话都还相对木讷,一般说来,即使喜欢却还是不太容易立马信任伶牙俐齿、能说会道的人。因此,洞察民众社会心理的孔子才告诫学生要

“讷于言而敏于行”。[55] 在这样的历史文化语境中，选择木讷是有针对性的修辞策略；也算是另一种贴近民众，“取信于民”吧。

但木讷仅仅是表达的内敛，而不是反应慢。无论如何，都不应导致听众低估致辞者的智力和能力，这会严重损害致辞的效果。在现场，致辞者尤其要注意创造现场感，把握和掌控现场；不仅要准备应对，更要积极地利用，某些事先未预见的现场因素。他必须足够的敏感和灵活，有能力，让可能强化和支持致辞的相关即时元素及时进入自己的视野，简练且巧妙地融入致辞，并与致辞的基调一致。有时只需一两句插话或一段开场白就可以创造出这种现场感。这时，致辞者手中有或没有文稿，听众是无所谓的，他们就在现场。人是很容易“欺骗”的，也需要这种“欺骗”[56]；就像人需要仪式一样。

为创造和强化现场感，只要时机合适，特别是在大学院系这一层级（在这一层级，因师生交往互动更多，会有更强的社区感），特别是在毕业典礼，致辞者完全可以甚至应当提及某些在场听众的名字，无论是老师还是学生，无论是事先准备还是临场发挥。在其他场合，致辞则可以始于或插入现场的一些或大或小的人和事，例如之前某人的致辞，无论是表示赞同或矫情的异议。这不但会拉近致辞者与听众的距离，创造现场感和亲近感，其实也透露了致辞者的机敏和认真（他真的听了他

---

[55] 《论语·里仁》。

[56] “我们清楚看到，人是既爱骗人，又爱被骗，因为修辞学这种错误和欺骗的最大工具，竟有教授专门研究，公然传授，还常常获得很高声誉”。可参看，洛克：《人类理解论》（下），关文运［译］，商务印书馆，1959年，页497（引文根据英文版作了调整）。

人的演说,或看见了什么);此外,致辞者还可能,借着这些现场话语,勾连了不仅是自己同他人的致辞,而且是这个作为整体的典礼。

致辞是致辞者主导的言说,但在适当场合,致辞者完全可以用第二人称来创造与听众的虚拟对话。只要可能,用个体的“你”,而不用群体的“你们”。即使是面对学生,院校长也要少用“你们必须”或“应当”之类的命令语气;一定要用,可以用“我们必须”,“也许我们必须”,甚或反问句。这类表达和句式更容易造就一种对话、商讨、互动的感(错)觉,造就一种社区感或共同体感。

结　　语

大学里的致辞,还有不少与修辞有关的问题应当讨论,包括如何结束。但我打住,不讲道理;并以三个限定结束本文。

本文主要基于个人经验,仅就大学里的致辞,分析讨论一些自认为比较重要的修辞问题。肯定会有错误,更有其他重要的修辞问题未涉及;视角是院校长,而绝大多数演说者或典礼中的致辞者不是院校长;致辞只是公共演说中一个分支,这种经验也就很难为其他公共演说套用;更重要的是社会在变化,修辞问题也会变化,昨天的必须(例如,革命年代的高调演说和致辞)也许今天或明天就不再必要。我的分析更多依据的是昨天的经验,而昨天不可能也不应规定明天。所有这些都意味着也标注了本文的局限。

修辞是一种实践理性,不是纯粹理性,因此分享了其他“无言知识”的“会者不难,难者不会”的特性。这意味着,掌握修辞需要大量实践,理解修辞也需要接触大量具体范例。本文没有提供多少例证。不仅因为大量例证未必能说清修辞的道理，容易令人厌烦；也还因为本文更希望从社会科学的视角，把大学致辞中的修辞作为一种社会现象来研究。即便如此，本文也已表明，修辞或修辞学还没有一套可以系统推演的理论，常常还是一系列告诫和提醒的汇合；甚至大量阅读和背诵好的修辞作品也未必真能提高修辞能力[57]。因此，本文不以提高或改善读者的修辞能力为目标，只是希望提醒有心的读者注意修辞问题，或唤起他们的经验。即使自己做不到，起码能看出来，至少免得被人“忽悠”了。

但在修辞上，尤其是公共演说的修辞，最吊诡的是，真正好的修辞，其实受众是“得意忘言”[58]、浑然不觉的。“真在境中者，从不见此景”。[59] 修辞对他发生效果了，他却没察觉有修辞；让人察觉到了，常常不是好的修辞。只是在这个意义上，我才接受“信言不美，美言不信”。

而最后这两点似乎宣布了修辞或修辞研究的多余和无用。

但眼下还说不清楚的，或一时还无法证明的，并不一定不存在或没有用。因此本文的意味或许是，我们需要更系统，也更具体细致地研究修辞问题，研究不同文体、不同场合甚至是不同人的公共演说中的修辞问题，而不是放弃。

2007 年 7 月 21 日初稿，
2011 年 1 月 30 日定稿于北大法学院科研楼

---

〔57〕 参看，《斐德罗篇》，《柏拉图全集》（卷 2），王晓朝［译］，人民出版社，2003 年，页 197-198。

〔58〕《庄子·外物》。

〔59〕 Geroge Orwell, "Charles Dickens," *A Collection of Essays*, Harcourt, Inc., 1981, p. 83；中译，请参看，“查尔斯·狄更斯”，《奥威尔文集》，董乐山［译］，中央编译出版社，2010 年，页 455。

修辞学的政法家门

言之无文,行之不远。

——孔子[1]

说不清的家门

修辞与法律人有关,这在司法上很显然。不只是法官的判决撰写[2],与本书关注的致辞更相近的,还有律师的法庭辩论[3];

---

〔1〕《春秋左传注》,杨伯峻[编注],中华书局,1981年,页1106。

〔2〕相关的研究,可参看,Richard A. Posner, *Law and Literature*, 3rd ed., Harvard University Press, 2009, ch. 9, "Judicial Opinion as Literature";又请看,Stanley Fish, *Doing What Comes Naturally: Change, Rhetoric, and the Practice of Theory in Legal and Literary Studies*, Duke University Press, 1990.

集中关注"政法传统",因此本文暂不讨论法律家的修辞,尽管法学家的修辞常常不限于学术,而是力求影响政治和司法。这在当代中国相当显著,我曾有所分析;请看,苏力:"法条主义、民意与难办案件——从许霆案切入",《中外法学》,2009年1期。

〔3〕相关的研究,可参看,Anthony G. Amsterdam and Jerome Bruner, *Minding the Law*, Harvard University Press, 2000。该书不仅专章讨论了狭义的修辞,其他各章讨论的概括、叙述和逻辑论证,也都属于广义的修辞学问题。该书封面干脆点明本书的主旨在于了解"法院如何依赖讲故事,以及法院的故事又如何改变了我们理解法律和我们自己的方式"。又请看,Peter Brooks and Paul Gewirtz, eds., *Law's Stories: Narrative and Rhetoric in the Law*, Yale University Press, 1996(讨论了初审中如何叙述,这些叙述在联邦最高法院的司法意见中是如何告知和聆听的,以及这些叙述如何影响了法律思考和判决)。

尽管后面我会对中国司法中修辞的作用予以限定。司法辩论中不但要晓之以理,也需要动之以情;不仅要有务实的修辞策略考量,还一定要有修辞的战略考量,特别要避免辩论或规则上赢了,结果却得不偿失[4],弄不好个人甚或律师行当的形象都输了。[5]

但这都还是比较技术性的法律修辞,重要,也很实用,当代中国法律人需要更多专门研究,特别是训练和实践。但为保持本书的关注集中,这里只是点到为止。我想探讨的却是一个不会有多少实务法律人关心的、有关修辞学的法理问题,我试图勾连修辞学与广义的法学——政治和法律。问题来自上文提及的一个具体的现象:在今天绝大多数普通中国人的印象中,修辞主要有关文学或语言,概括说来,大致有关文章的遣词造句和谋篇布局。乃至我写这篇文章也很可能被法学界视为不务正业。

中国当代修辞学家其实很是抱怨这种社会误解[6],但这个误解还不能算冤案,并没人栽赃。从唐钺、陈望道、杨树达等

---

〔4〕 例如,基于亲身的司法经验,波斯纳法官发现:初审中,证据规则毫无用处(useless),对证据不或很少提出异议的律师,通常会赢,而对大多数证据上的异议,律师只要换种表达就可以让异议失效;在上诉审中,律师着力引证先例也没用,因为到了上诉审,很少有案件与先例的事实完全一致。这就提出了法庭辩论的修辞策略问题。请看,"A Conversation with Judge Richard A. Posner," *Duke Law Journal*, vol. 58, pp. 1814-15(2009).

〔5〕 请看,就电影《色·戒》完整版的争议,我对诉讼律师的诉讼策略的分析。"法律人自身的问题",《北方法学》,2011 年 3 期。

〔6〕 可参看,吴礼权:"中国修辞学:走出历史偏见和现实困惑",《福建师范大学学报》(哲社版),2004 年 6 期,魏友俊:"当代修辞学:困境、机遇和路径",《修辞学习》,2008 年 2 期;钟丰驰、王希杰:"中国当代修辞学的现状和未来",《扬州大学学报》(社科版),2008 年 6 期,页 101-106;金立鑫:"中国修辞学的重新定位和研究方法的更新",《福建师范大学学报》(哲社版),2009 年 2 期,页 51-54。

前辈1920-30年代各自独立的创造性努力开始[7],尽管都不认为修辞学仅仅有关修辞手段和方法[8],但在他们的著作指引下,20世纪汉语修辞学一直基本以文字甚至文学修辞的技巧方法(“辞格”)为中心。[9] 无论在大陆还是香港或台湾,修辞学研究都放在中文系,著作往往以辞格为中心,材料主要是古代诗文。尽管1980年代之后,有学者提出了“反辞格”的修辞学,试图沟通中西方的修辞学研究,有不少努力[10],但不少学者坚持所谓修辞就是选择同义手段,修辞学就研究同义手段之选择,[11]而因此,“修辞格过去是、现在是、将来也一定还是修辞学中最重要的内容”。[12]

与之形成鲜明反差的是,在西方,自古希腊开始,柏拉图和亚里士多德,无论是反对、怀疑还是赞同修辞学,关注的始终是

---

〔7〕 唐钺:《修辞格》,商务印书馆,1923年;陈望道:《修辞学发凡》,上海教育出版社,1997年(1932年初版);以及杨树达[编著]:《汉文文言修辞学》,科学出版社,1954年(原名《中国修辞学》,世界书局,1933年)。

〔8〕 唐钺说了,修辞格“不过是修辞的一小部”;陈望道也不仅仅关注修辞方法,但他们的著作几乎规定了后代的修辞学研究,形成了以辞格为中心中国修辞学传统。陈望道一书的内容提要称该书是系统阐释“存在汉语语文中的种种修辞方法、方式,以及运用这些方法、方式的原理原则”。

〔9〕 周振甫:《中国修辞学史》,商务印书馆,1999年;王希杰:《汉语修辞学》(修订本),商务印书馆,2004年,页12。陆俭明则从反思的视角认为目前中国的修辞研究存在两个问题,一是偏重于修辞格的研究,二是对修辞格的研究较多停留于表面描写。请看,陆俭明:“汉语修辞研究深化的空间”,福建师范大学学报(哲社版),2008年2期,页29;以及“关于汉语修辞研究的一点想法”,《修辞学习》,2008年2期,页1。

〔10〕 例如,谭学纯、朱玲:《广义修辞学》(修订版),安徽教育出版社,2008年。

〔11〕 王希杰:《修辞学导论》,浙江教育出版社,2000年,页63;聂焱:《广义同义修辞学》,中国社会科学出版社,2009年;李军华:《汉语修辞学新著》,中国社会科学出版社,2010年(核心观点之一是:修辞的本质不仅在于同义手段的选择,而且在于同义手段的创造)。

〔12〕 王希杰:《修辞学通论》,南京大学出版社,1996年,页461(着重号为引者所加)。

言说，特别是公共演说，试图在不同的事情上都找到某种说服受众的方式[13]，并因此总把修辞学同法学和政治学拴在一起。[14] 古罗马时期延续了公共演说关注政治和法律问题的修辞传统。[15] 此后很长时间内，政法性公共演说传统在欧洲衰落了，修辞更多寄生于传教和布道，或开始附着于经典文本或书信[16]；但近代以后，随着民主政治的发生，公共演说的传统重新兴起，甚至收容了宗教布道的演说传统。[17] 今天，公共演说几乎是西方政治家之必备，离任后甚至可凭此而收入丰厚[18]。

---

〔13〕 亚里斯多德：《修辞学》，罗念生［译］，三联书店，1991 年，页 24。

〔14〕 柏拉图认为修辞学是冒充的政治学（《高尔吉亚篇》，《柏拉图全集》卷 1，王晓朝［译］，人民出版社，2002 年，页 340-342）；亚里士多德则认为，作为伦理学的分支，修辞学属于政治学（《修辞学》，同上注，页 25）。又请看，George A. Kennedy, *A New History of Classical Rhetoric*, Princeton University Press, 1994, p. 103.

〔15〕 例如，西塞罗：《论演说家》，王焕生［译］，中国政法大学出版社，2003 年。另一位修辞学大家昆体良（Marcus Fabius Quintilianus，又译昆提利安），据说留下了 12 卷本的《演说术原理》（*Institutio Oratoria*，又译为《雄辩术原理》）；中文有节译本，《昆体良教育论著选》，任钟印［选译］，人民教育出版社，1989 年。又请看，John Anthony Crook, *Legal Advocacy in the Roman World*, Duckworth Press, 1995, p. 3（"古代辩护人运用了修辞学并且是修辞高手，就一些外人来看，这是这些人的最重要和最显著的事实。修辞学当时被视为法律实践的理论基础"）。

〔16〕 可参看，杨克勤：《圣经修辞学——希罗文化与新约诠释》，宗教文化出版社，2007 年，第六章以下；刘亚猛：《西方修辞学史》，外语教学与研究出版社，2008 年，第 5-6 章；姚喜明：《西方修辞学简史》，上海大学出版社，2009 年，特别是第 4-5 章。

〔17〕 至少，美国现代一些重要的黑人政治家和演说家，例如马丁·路德·金和杰西·杰克逊（Jesse Jackson，1941-），同时也是牧师。一个有趣的中国例子，请看后注 47。

〔18〕 可参考，Jonathan Charteris-Black, Politicians and Rhetoric: The Persuasive Power of Metaphor, 2nd ed., Palgrave Macmillan, 2011。这部著作研究了 4 位英国（丘吉尔、鲍威尔、撒切尔和布莱尔）和 5 位美国（马丁·路德·金、里根、克林顿、小布什和奥巴马）政治家的政治修辞。

为政治家捉刀代笔也成为西方文秘的一个重要行当。[19]

还没法用中国文化传统来解释。尽管今天汉语修辞学的原材料主要来自中国古代诗文,却不能说延续的是中国早期的传统。从中国早期的记录来看,至少春秋战国时期的修辞实践,与古希腊几乎完全相同,一直更关注口头言说,并且集中关注政治问题。本文题记,“述而不作”[20],君子“敏于事而慎于言”、“讷于言而敏于行”、“耻其言而过其行”和“辞达而已矣”[21],以及强调因“名正言顺”而“事成”,[22]所有这些都表明孔子,为推动社会的政治变革,相对于文字,更重视说话[23];相对于说话,更重视说话的效果。在不同的领域和问题上,孔子很清楚自己想要什么,据此对文字和说话作出战略和策略的调度和安排。这丝毫不意味修辞次要,这其实就是一种修辞,是超越了文字和文学关切的政治性修辞。孔子的修辞观是实用主义的,不是本质主义的。

当然不仅是孔子,这其实也是儒家的传统。孟子历来“好

---

〔19〕 例如,2010 年 10 月 31 日去世的泰德·索伦森(Theodore C. Sorensen)。他捉刀了肯尼迪总统的一系列讲演,包括“不要问这个国家为你做了些什么,问你为这个国家做了什么”的总统就职演说,美国媒体誉其为 20 世纪白宫捉刀第一人。参看,http://www.nytimes.com/2010/11/01/us/01sorensen.html。

〔20〕 “述而”,《论语译注》,第 2 版,杨伯峻[译注],中华书局,1980 年,页 66。

〔21〕 《论语译注》,同上注,页 9,41,155 和 180。

〔22〕 “子路”,《论语译注》,同上注,页 133-134。

〔23〕 即便在其他领域和其他问题上,当只能诉诸文字之际,孔子看似只重视文字修辞,仍然注重交流的社会效果。他在史学中开创的“春秋笔法”——“为《春秋》,笔则笔,削则削,子夏之徒不能赞一词”(“孔子世家”,《史记》,中华书局,1959 年,页 1944);“《春秋》之称,微而显,志而晦,婉而成章,尽而不污,惩恶而劝善”(《春秋左传注》,同前注〔1〕,页 870);但效果却如孟子所言“孔子成《春秋》而乱臣贼子惧”(“滕文公下”《孟子译注》,杨伯峻[译注],中华书局,1960 年,页 155)。

辩”,集中关注王道与霸道,令梁惠王下不了台,只好“顾左右而言他”。[24] 乃至于眼看着儒家一次次晓理动情的雄辩言辞(“文”),韩非痛斥“儒以文乱法”,[25] 认为这是他的法治社会必须清除的蛀虫之一。

但韩非本人也没想到自己居然也没躲过他深恶痛绝的政治修辞的枪!不但如此,恰恰是他,很可能还是中国政治思想史上第一个,还专门撰文系统分析如何与君主讨论政治问题并说服君主的难题和策略,认为关键在于明察对方的心思,然后用自己的说法适应他等。[26] 居然,也还是他的雄文《孤愤》《五蠹》令秦王,即后来的始皇帝,嬴政感叹“如果能见此人,哪怕一面,说说话,聊聊天,我这辈子也就没算白活了!”最令人不可思议地,迫不及待的始皇帝竟然立马派大军压境韩国,要抢韩非![27] 还能有谁比这更悲剧且又喜感的吗?!

事实上,这一时期的其他大量著作,例如《商君书》、《韩非子》和《战国策》,或是记录了,或是充分展示了,重大政治事务和决策中的修辞。商鞅有关变法的论战,[28] 秦王朝初年关于分封制还是郡县制的论争,[29] 都是伟大的、政治社会影响广泛深远的修辞。如果不是“成者王侯败者贼”,只从修辞学上看,

---

〔24〕“滕文公下”、“梁惠王下”,《孟子译注》,同上注,页154-155,29-40。

〔25〕“五蠹”,《韩非子集解》,王先慎[撰],钟哲[点校],中华书局,1998年,页449。

〔26〕“凡说之难,在知所说之心,可以吾说当之……”“说难”,《韩非子集解》,同上注,页85。

〔27〕“秦王见《孤愤》《五蠹》之书,曰:‘嗟呼,寡人得见此人与之游,死不恨矣!’李斯曰:‘此韩非所著书也。’秦因急攻韩。”“老子韩非列传”,《史记》卷7,同前注〔23〕,页2155。

〔28〕“更法”,《商君书注译》,高亨[注译],中华书局,1974年,页13-18。

〔29〕“秦始皇本纪”,《史记》,同前注〔23〕,页238-239。

这个伟大，不仅属于这些辩论甚或历史的胜利者，也同样属于其他参与者，包括那些政治上的或历史的“失败者”。有些重要文本，如李斯的《谏逐客书》、贾谊的《治安策》、曹植的《七步诗》，今天常被视为文学作品，如果还原历史语境，其主要贡献是政治修辞及其效果；可以毫不夸张地说，它们曾改写过个人的、特定群体的甚至中国政治社会的历史。

就此看来，早期中国的修辞实践与古希腊的更为类似；也适用柏拉图、亚里士多德对修辞学的分类，属于或附着于政治学。其中充满了有关国家政治事务的实践理性，对人性的洞察，对权力/知识的调度。即使许多具体的论证修辞为政治实践拒绝了，并在这个意义上也算是“错了”，却无法湮灭其穿越时空的政治智慧光芒。

但在中国早期这个曾强健有力的政治修辞传统，到了汉代之后，就不再那么生动活泼、光彩照人了。政治修辞还在，但基本以文字为主，著名的如曾国藩改“臣屡战屡败”为“臣屡败屡战”的故事。[30] 我们今天看到的汉语修辞基本是文学的或语言学的，集中关注的往往是诗词歌赋的修辞格。自小学开始，老师一再引用的修辞典范往往是“春风又绿江南岸”，“红杏枝头春意闹”，“僧敲月下门”之类。

一些人也许会，并且很容易，认为现代汉语修辞学弄错了，走了岔路，应当重建和恢复汉语修辞学的正统，改变其学科分类。但这个判断不能成立，给的出路其实是条死胡同。我们凭什么说现代汉语修辞学是个错误，而不是真理？并不存在一个本质上必须如此的修辞学定义。柏拉图、亚里士多德以下的西

---

〔30〕 杨树达：《汉文文言修辞学》，同前注7，页38-39。

方修辞学只是一个传统,可作参照,但不是标准;而且如何解说西方中世纪寄生于布道和释(圣)经的修辞呢?中国早期的修辞实践也只表明政治修辞出身古老,却不能证明其出身正宗;某些人可以以此为由奉其为正宗,但这也只是对信徒。历史从未强加后代人“率由旧章,不愆不忘”的法律义务或道德义务。

坚持马克思、尼采和福柯的知识谱系学传统[31],本文试图在中国政治社会历史背景下梳理并审视,中国修辞及其知识形态是在何种权力形式和权力关系中发生和变异的。我试图展示,中西方修辞学曾经的不同关注,及其今天的学科归属,只是各自历史语境的产物,与大写的真理或错误无关。即使曾经错了,用尼采的话来说,它们也都已在各自的历史焙烤中硬化,因无法否证,也无法拒绝,而成为此刻的修辞学真理了。[32] 真理不终结历史;相反,正是从对修辞学“真理”的知识谱系考察中,我看到了修辞实践的生动和强健,看到了修辞畸变、寄生和

---

〔31〕 由于福柯的努力,知识谱系学一般归结为尼采首创(可参看,Michel Foucault, “Nietzsche, Genealogy, History”, *The Foucault Reader*, ed. by Paul Rabinow, Pantheon House, 1984)。其实马克思是这一传统的最早开拓者。他最早从社会生活的实践层面强调了知识的社会构成以及其中的权力要素。他最典型的有关法律的名言,“法也和宗教一样是没有自己的历史的”以及“你们的法不过是被奉为法律的你们这个阶级的意志一样,而这种意志的内容是由你们这个阶级的物质生活条件来决定的”(《德意志意识形态》和《共产党宣言》,《马克思恩格斯选集》卷1,人民出版社,1972年,页70,268)就集中凝练地表达了这一研究思路和结论。霍姆斯关于法律的生命是经历(通常译为经验),而不是逻辑的命题,他的著作《普通法》和《法律的道路》都代表了最早的这种努力。请看,Oliver Wendell Holmes, Jr., *The Common Law*, Little, Brown, and Company, 1948, p.1; and “The Path of the Law”, *Harvard Law Review*, vol. 10 (1897), p. 457.

〔32〕 Friedrich Nietzsche, *Gay Science*, ed. by Bernard Williams, trans. by Josefine Nauckhoff, Cambridge University Press, 2001, pp.110-112, 151, 第110、265段。

衍生的社会机理和可能。我希望展示，在近现代中国社会变迁的背景下，在社会权力和权力形式不断变异重构的重重缝隙间，更关注言说，更关注政治的现代汉语修辞的涓涓水流已经溢出、汇聚，变得日益显著、重要，值得政治学和法学的关注和研究。

修辞学建构的权力关系

尽管同样集中关注言说，关注政治问题，但只要浏览历史材料，比较一下，就会发现，早期中国修辞实践与古希腊修辞实践，在制度环境、言说对象、言者与受众的关系等诸多方面都有重大不同。

亚里士多德分析修辞学运用的原材料基本是古希腊的公共演说。演说有关城邦生活，集中讨论的常常是古希腊雅典城邦的公共事务，常常伴随着民主决策，演说者和受众（说服对象）之间在民主决策层面上是平等的。恰恰是这些非修辞的、非话语的社会因素塑造了古希腊修辞学的传统。

立法演说常常是，在公民大会上，就城邦公共事务，公民发表演说，旨在说服其他公民支持或反对某政治决策。司法演说则是，面对随机抽取的众多公民组成的陪审团，受指控的公民（或通过辩护者）为自己辩护，全力说服陪审团自己无罪。展示性演说则发生在众多公民参与的其他公共活动中，诸如葬礼、祭祀等典礼仪式。古希腊城邦的民主基于奴隶制；但在民主地排斥了非公民（奴隶、女性、儿童和外邦人）之后，在公民大会或是在陪审团的决策中，每个公民的决策权在理论上是平等的。任何公民的动议要成为或被纳入城邦的政治（包括立法和司法的)决策,都必须通过现场演说来说服其他参与决策的公民,获得他们的支持;乃至与亚里士多德同时期的雅典著名演说家德摩斯梯尼夸张地说,一不小心也带来了强烈的反讽,雅典的统治是以演说为基础(government [……] based upon speeches)。[33] 演说当然需要修辞。[34]

公众决策(民主)还从其他方面增加了对煽情、雄辩的修辞的需求。即使理论上都忠于城邦,但在具体的城邦事务上,公民的利益和偏好未必一致,甚至分歧很大,需要整合。也不能假定公民都是聪明的、明智的、冷静思考的、目光长远的,甚至未必总是善良和公道的[35]——只要想想苏格拉底审判就行了。由于集体行动淡化了个体的利害,有搭便车和卸责问题,公民/陪审团成员的投票热情并不高,因此常常是"怎么都行",而为确保某个议案通过或不通过,动议者也必须辅之热情洋溢的修辞来进行政治动员。[36] 不管你认为好坏,这就是

---

[33] Demosthenes, "On the Dishonest Embassy", in *Demosthenes, Speeches 18 and 19*, trans. by Harvey Yunis, 184 University of Texas Press, 2005, p. 170.

[34] 请看,David Cohen, "The Politics of Deliberation: Oratory and Democracy in Classical Athens", *A Companion to Rhetoric and Rhetorical Criticism*, ed. by Walter Jost and Wendy Olmsted, Blackwell Publishing, 2004, pp. 22-37.

[35] 亚里士多德对这一点看得很清楚:公民大会成员和陪审员"常常夹杂了偏爱,敌视和个人私利,导致他们不再能充分理解真相,私人好恶令他们的判断蒙上了阴霾。"不知何故,罗念生译本没有这段文字,我是译自,Aristotle, *On Rhetoric, A Theory of Civic Discourse*, 2nd ed. trans. by George A. Kennedy, Oxford University Press, 2007, p. 32.

[36] 波斯纳:"修辞,法律辩护以及法律推理",《超越法律》,苏力[译],中国政法大学出版社,2001年,页588-589。又请看,奥尔森:《集体行动的逻辑》,陈郁等[译]上海人民出版社,1995年;Richard A. Posner, *Law, Pragmatism, and Democracy*, Harvard University Press, 2003, chs. 4-5.

雅典民主决策的政治环境和权力架构。任何人如果想推动立法和影响决策，公共演说，以及有说服力、感染力的修辞就变得重要起来。演说者必须面对形形色色与他平等的人，不仅要晓之以理，也必须动之以情；不仅要说理，也要“忽悠”；不仅要有总体的，而且要有分别的针对性；不仅要用“真理”，用真实的信息，甚至可能要用“诡计”，用伪装的真诚；不但要用冷静的思考，而且如果可行，一定要用炽热的言辞。

传统中国也有需要以有效修辞推动政治决策的重要时刻和场合，历史也曾一再展现了这样的时刻。但至少到战国时期，“七雄”就都已不是雅典式的城邦，从有效政治整合和控制的层面看，其治理疆域和人口数量，在当时甚至同欧洲中世纪各“国”相比，都足以算是“大国”。〔37〕 大国的政治决策，历史上，在世界各地从来都不是也无法采用直接民主制，最终决策权总是由君主或少数贵族/精英掌控。〔38〕 某些重大决策，为确

---

〔37〕 据范文澜(《中国通史简编》(上)，河北教育出版社，2000 年，页 71-72) 和郭沫若(《中国史稿》第二册(上)，人民出版社，1979 年，页 24)，战国时期，楚国人口约为 500 万，齐魏两国人口相当各有 350-400 万，秦、赵两国人口相当各有约 300 万，韩和燕相当各有 150-200 万，总人口则超过了 2 000 万。

而与战国同期(前 5 世纪)的古希腊最大城邦雅典只有公民约 4 万(贝纳沃罗:《世界城市史》，薛钟灵/等[译]，科学出版社，2000 年，页 93)，估计全部居民包括奴隶稍稍超过 30 万(萨拜因:《政治学说史》上册，盛葵阳、崔妙因[译]，南木[校]，商务印书馆，1990 年，页 23；周启迪:《世界上古史》，北京师范大学出版社，1994，页 224，239)。

〔38〕 卢梭，《社会契约论》，何兆武[译]，商务印书馆，1980 年，页 83(“一般说来，民主政府就适宜于小国，贵族政府就适宜于中等国家，而君主政府则适宜于大国”)。又可参看，孟德斯鸠:《论法的精神》，张雁深[译]，商务印书馆，1959 年，页 157-159。事实上这是学者的共识，因此，只是到了交通通讯日渐发达的近现代，民主制的理念才在欧洲民族国家的政治生活中复活；并且没有采纳直接民主，而是演化出相对适合疆域较大政治体的代议民主、精英民主或慎议民主等制度或制度建议。

保上下同心同德,有时也会有某种形式的“公共”参与,即所谓“议事以制”[39],在某种程度上也需要说服参与者。但总体而言,这种政治体制下的决策,同古希腊城邦的决策相比,参与人数还是比较少的,即使“满朝文武”也不过数十人,而真正需要说服的往往也就是那位(或极少数)最后拍板的人。商鞅变法中,是秦孝公;李斯谏逐客书时,是秦王嬴政;诸葛亮舌战群儒时,是吴王孙权;曹植吟诵《七步诗》时,是魏文帝曹丕。换言之,中国古代政治决策,即使在“公共场合”讨论和辩论,言说者真正要说服的也只是个体或少数政治精英,而在古希腊民主制中,言说者要说服的是与自己地位平等的众多公民。

如果需要说服的只是个别人或少数人,就未必要在公共场合展开,完全可以进入相对私密的空间;当有了文字且便利时,完全可以精确制导,针对特定对象,以文字形式,让对方细致研读、体会和斟酌。当决策权日益集中于君主或重臣手中时,重大政治建议以及相伴的分析论证说服,就可以以奏章、奏折甚至密折方式直接送达最高决策者,完全不必在公共场合展开了。因此,有了贾谊的《治安策》,有了晁错的《削藩策》[40],有了主父偃关于《推恩令》的建言。[41]

一旦交流对象、空间、时间和媒介,特别是交流双方的权力关系,改变了,即使政治说服会遵循修辞的一般原则,也会导致

---

〔39〕“学古入官,议事以制,政乃不迷”(《尚书正义》,北京大学出版社,2000年,页573);“昔先王议事以制,不为刑辟,惧民之有争心也。”(《春秋左传注》,同前注〔1〕,页1274)。

〔40〕“袁盎晁错列传”,“吴王濞列传”,《史记》,同前注〔23〕,页2747,2824-2825。

〔41〕“平津侯主父列传”《史记》,同前注〔23〕,页2961。

修辞手段的调整和变化。某些手段会淡化、隐匿甚或失落,而一些对君主、权臣更有说服力的修辞手段会凸显出来。由于政治责任的集中,能令君主/权臣信服的一定更多是政治的利害,而不是斐然的文采;交流双方的地位权势不同,相伴而来就会有各种操纵和反操纵,君主和建言者会相互猜疑、猜忌;由于决策者(君主)只有一位,而建言者是复数,众多建言者相互间也一定会就政治影响力(决策者的信任甚至宠信)展开竞争;等等。由此才有了韩非分析的"说难"和"难言"问题。[42] 所有这些,但肯定不止这些,都会影响建言者的修辞和修辞手段。尽管政治关切完全相同,利弊分析和建议也很相似,位于权力边缘的贾谊留下的是情理交融、文采飞扬的《治安策》(公元前172年),而作为君主心腹的晁错和主父偃有关削藩(前155年)和推恩(前127年)的建言,就史书中保留的些许文字来看,都是简单、直白、犀利的政治利害权衡。诸如此类的政策建言中也有令人动情的文字,属于广义的修辞[43],但往往与建言内容不直接相关,只是,为获得决策者信任,个人对国家和君主之忠诚的表白;典型如韩非的《初见秦》、贾谊的《治安策》、诸

〔42〕 请看,"难言"和"说难",均见于《韩非子集解》,同前注〔25〕,页20-23,85-95。

〔43〕 参看,亚里斯多德,《修辞学》,同前注〔13〕,页25("当演说者的话令人相信的时候,他是凭他的性格来说服人,因为我们在任何事情上一般都更相信好人……")。

葛亮的《前后出师表》以及李密的《陈情表》等。[44] 至于后代传为佳话的《七步诗》的故事则显然夸大了修辞的力量[45]；就故事本身而言，其凸显的更多是曹丕不容置疑的生死予夺之大权，并以此为基础又塑造了他的仁义——统治的另一种政治和道德合法性，而这在很大程度上取决于曹植和曹丕两人知心会意、配合默契。

政治决策权高度集中了，而政治治理的疆域扩大了，兼并或统一还导致政治实体的数量大为减少，这都绝对减少了可能参与或影响政治决策的人数，自然也减少了政治决策对政治说服和修辞的社会需求。以公共或准公共演说为母体（matrix）的政治修辞无从大量发生，无法成为一个"产业"——一个独立的"人文"学科。

尽管以修辞参与和影响政治决策的渠道受到了限制，人口总量却逐步增加了，这意味着有修辞天赋的人数量增加了；而且人的修辞本能和冲动无法消灭，也很难减弱，一定要在社会生活的其他方面寻求通道，追求表达，建立新的领地。人类学研究发现，在没有或不使用文字的社会和群体中，人们同样很重视修辞，善于修辞，同样追求以话语的感染力说服受众接受

---

[44] "臣闻不知而言，不智；知而不言，不忠。为人臣不忠，当死；言而不当，亦当死。虽然，臣愿悉言所闻，唯大王裁其罪。"（韩非："初见秦"，《韩非子集解》，同前注〔25〕，页1-2）；"臣窃惟事势，可为痛哭者一，可为流涕者二，可为长太息者六……"（贾谊：《治安策》，转引自，"贾谊传"，《汉书》，中华书局，1962年，页2230）；"臣鞠躬尽瘁，死而后已；至于成败利钝，非臣之明所能逆睹也"（诸葛亮："后出师表"，《古文观止》（上），中华书局，1959年，页282）；"愿陛下矜悯愚诚，听臣微志，庶刘侥幸，保卒余年。臣生当陨首，死当结草。臣不胜犬马怖惧之情，谨拜表以闻。"（李密："陈情表"，《古文观止》（下），中华书局，1959年，页285）。

[45] 徐震堮：《世说新语校笺》，中华书局，1984年，页134。

某个观点或采取某种行动。[46] 中国民间的口头传统，如山歌、民谣、故事和讽喻，同样富于修辞，同样是受众推动，源远流长。

知书识字的士大夫还想从文字中寻求修辞的表达；只要有可能，也总想影响政治。也许因此，不少官员和士人，在历史上留下了各种类型的“策论”，同样注重并强调文字修辞。[47] 这也许是在无望直接参与和影响政治决策的社会条件下，修辞与政治决策走得最近的领域之一。而策论中的修辞与西方古典修辞的根本区别，除了媒介（文字或口语）不同外，也许是交流双方之间的权力关系和交流方式的不同。或许还可以理解，为什么自唐宋之后，有些——在今人看来——穷极无聊的官员会自己虚构案件，创作“拟判”和“花判”？[48] 部分传统士大夫是否可以借此以一种安全的方式过把修辞的瘾？

但士大夫更多的无处发泄的修辞冲动和才能，细水长流，似乎，逐渐汇集到诗文歌赋文章中来了，这是个可以公平竞争、交流双方相互刺激生产和消费，因此市场逐渐扩大的领域。“文学的”修辞日积月累，方法日益增加且日臻完备，也日益凸

---

〔46〕 可参看，波斯纳：《正义/司法的经济学》，苏力[译]，中国政法大学出版社，2002年，页177。

〔47〕 例如，《文心雕龙》中对“策论”提出的修辞要求是：“理不谬摇其枝，字不妄舒其藻：……文以辨洁为能，不以繁缛为巧；事以明核为美，不以深隐为奇……若不达政体，而舞笔弄文，支离构辞，穿凿会巧，空骋其华，固为事实所摈，设得其理，亦为游辞所埋矣”；“使事深于政术，理密于时务；……风恢恢而能远，流洋洋而不溢。”周振甫：《文心雕龙注释》，人民文学出版社，1981年，页266，267。

〔48〕 “唐人判语必骈俪，今所传《龙筋凤髓判》及《白乐天集·甲乙判》是也……世俗喜道琐屑遗事，参以滑稽，目为花判”（[宋]洪迈：《容斋随笔》，孔凡礼[点校]，中华书局，2006年，页129）。又可参看，《白居易集》，顾颉刚[点校]，中华书局，1979年，页1378-1423；杨奉琨：《〈疑狱集〉〈折狱龟鉴〉校释》，复旦大学出版社，1988年。

显。在这一领域展现出来的修辞主要是文字的，但也包括口语的维度——音韵学。

与政治修辞场的权力架构非常不同，诗词歌赋文章主要在传统士大夫之间交流，对象至少一开始是由作者选择的，往往是与作者没有直接或重大利益冲突的好友和同僚（包括一些上下级官员）。这类交流有口语的考量甚至实践（吟诵），但更多通过文字，基本是个体受众在相对私密的空间独自阅读，可以反复研读。这些要素都决定了作者不必想象和预期受众了，作者可以直接以自己为范本设定受众：受过足够的文化教育，受过相关的文化规训，对作者谈论、表达的事务或情怀有足够的关切和分享（否则就是明珠暗投、对牛弹琴），对涉及或借助的文献、史料、掌故也有足够的把握和理解。受众，无论是作为个体还是作为群体，因此无需作者太多关注，无需关心他们的诸多具体差别。交流对象还在，也很具体，受众却没有了，他淡出了作者或言说者的视野，不再是也无需是作者表达时的核心考量。值得作者考虑的全部问题，不是受众能否接受和理解，而是作者能否借助文字和音韵的修辞充分表达自己的思想、情感和感悟。作为文人，作为心系天下的“士”，作者的全部和最高政治伦理责任就是坚定不移地表达自己无论是政治的、社会的还是审美的关切。他无需考虑受众的感受，相反他有责任改造和塑造受众的感受，甚至他无需顾及他人的反应和一切可能的政治社会后果，只有这样，才能“诗言志”，充分反映士大夫的“自由之思想，独立之精神”。〔49〕 由政治、社会和文学场域

〔49〕 陈寅恪：“清华大学王观堂先生纪念碑铭”，《金明馆丛稿二编》，三联书店，2001年，页246。

特定权力关系规定的交流对象、交流形式、交流目的,由此规定和塑造了传统中国诗词歌赋文章的交流双方,使汉语文学修辞集中关注表达,关注谋篇布局和遣词造句,而不太关心士大夫以外的其他可能的受众。而一些更为失意的文人,他们则把自己的修辞才华注入了小说、话本和戏曲,接手了城里的其他非文人受众。

20世纪早期,在西方学术分类的影响下,当近现代中国学者开始主要以传统中国留下的大量诗词歌赋文章为基本原材料来构建汉语修辞学之际[50],从中可能提炼出来的修辞手段和方法注定主要是传统士大夫关心且有能力关心的修辞格,他们甚至可以不关心诸如春秋笔法这样的史学修辞,也很少或无力关心民间的口语修辞。他们似乎相信,古代的诗词歌赋文章中已经留下了放之神州而皆准的修辞精华,其中必定有某些神秘的、内在的与受众完全无关的东西,只要发现了、抽象了并最终掌握了其原理原则,就足以保证汉语言文字的普遍有效和成功的交流。这是一个符合索绪尔语言观的[51]、本质主义的汉语修辞学。

如今,仅仅争论修辞学究竟是一级或二级学科或是一个专业方向,究竟属于语言学还是文学或其他,甚至究竟属于人文

[50] 谭学纯和朱玲比较了现当代一些修辞学者的著作和一些文学或文艺学学者的著作,发现:它们是"从相同的古代文本寻根,也从大致相同的概念范畴、理论话语和话语方式展开各自的理论阐述",认为"中国修辞学和中国诗学有着共同的理论资源"。谭学纯、朱玲,同前注[10],页14-15。

[51] 索绪尔:《普通语言学教程》,高名凯[译],岑麒祥、叶蜚声[校注],商务印书馆,1980年。

学科还是社会科学[52]，都不可能理解、更不可能挑战现代汉语修辞学的这个已牢牢矗立的“真理”了；除非，有什么力量首先挑战建造这个真理的所有原材料和建造者，挑战生产了这些原材料、培养了这些建造者的社会结构、阶级结构和政治权力结构。

政治修辞实践与社会变革

这个力量真还出现了，就出现在20世纪汉语修辞学创建之际，一直挤压、扭曲和扯断这个学科试图勾连并规定的那个词/物（修辞学/社会修辞实践）关系；中国社会的修辞实践已经大大改变了。这个力量就是近现代以来中国社会一系列相互关联、支持、强化和补足的重大变革，它大大推动了公众场域的口头交流和表达，增强了其中的政治和社会意义。一个新的以广义政治议题为核心关注的修辞实践已经弥散开来；以传统诗词歌赋文章为核心关注的文学修辞则与广大民众关系不大。

许多人会想到或首先想到“五四”前后的白话文，想到胡适的“话怎么说，就怎么写”[53]，以及更早黄遵宪首倡的“我手写我口”（《杂感》）。但这只是想当然。仅就这些主张而言，它们还更多属于“诗言志”的时代，以作者自己为中心，不考虑受众的能力、利益和偏好，因此反映的仍然是传统知识分子的心态。当言说者只想着表达自我，主要是通过文字，并只是与受

〔52〕 同前注〔6〕。又请看，谭学纯、朱玲：“为狭义修辞学说几句话”，同前注〔10〕，页507以下。

〔53〕 转引自，周作人，《中国新文学的源流》，河北教育出版社，2002年，页56。

过教育的知识分子交流之时，你确实不需要真实具体地考虑广大不识字的普通民众，尽管他们现在就站在你的面前。你只需考虑自己如何“写”，并把基本（并非“完全”）为传统教育规训的自己的“口”或“心”当作文字和修辞的标杆。这种坚持和努力会有贡献，因为“口”和“心”也会在社会互动中流变；但正如黄遵宪的“我手写我口”没能带来现代白话文一样，胡适“话怎么说，就怎么写”纵横驰骋后留下的只是一些缺乏现代活力和感染力的白话文和白话诗。这不全因为胡适的文学和修辞天分，最主要的，也许是平民化追求包装下他下意识的知识精英的心。

真正推动汉语修辞实践改变的是过去100年来中国社会方方面面的变化。随手举几例，不求完全，甚至没考虑主次。一，取代私塾的现代教育。即使有多名学生，私塾先生也是居高临下，一味要求背诵，学生基本是在背诵中有所领悟甚或毫无领悟；而现代教育，哪怕面对一名学生，总体上也要求教师口语表达，要**讲道理**，以学生听明白为原则。二，胡适首倡白话文的重要追求和后果之一就是文化逐渐下移，教育逐步普及，这最重要的是改变了识字人和书写者的社会和阶级构成，全面拉近了文章与日常说话的距离。三，现代的自然和社会科学的论文，哪怕针对特定的专业听众，也必须注意口语，一定要讲清因果或逻辑关系；这与传统的强调作者并考验读者学术“功底”的，更看重材料，不大看重理论、说理和论证的传统“国学”文章显著不同。四，看似同属表演艺术，新兴的话剧、电影等艺术所诉诸的感官，关注的重点，与传统戏曲根本不同——想想“听戏”。五，以郭沫若、艾青等为代表注重口语交流的新诗及其表达（诗朗诵），都追求更多人听懂并感染人，与以卞之琳、冯至等为代表的主要依仗阅读、诉诸智性的新诗有重大区别。[54] 以及六，受众更广泛、层次更复杂的广播和电视总体上一直以文化程度偏低的广大普通人为交流的基准。所有这些，但远不止这些，都推动着汉语从以文字阅读为中心向以公众口语交流理解为中心的转变。

对现当代汉语修辞实践影响最大的，在我看来，是近现代的中国革命。无论是国共合作推动的还是，或特别是，中国共产党领导的群众运动和社会革命，在很大程度上都基于争取民意，争取更多人的认可和支持。与先前改朝换代的统治者争取的对象不同，这个持续的大革命不排斥传统知识精英，但必须更多关注传统政治中根本没有或不很重要的农民、工人、市民、商人和小知识分子等；他们数量巨大，阶级、民族、宗教、职业、教育背景、利益和政治理想非常不同。争取的重要手段之一是各种各样的口头交流、演说和宣传，无论是北伐还是抗战，无论是"土改"还是抗美援朝，无论是大跃进还是"文革"，无论是在街头还是农村，无论是在工厂还是学校。哪怕革命建立的政权还不符合民主的"精髓"，毫无疑问，民众的参与还是大大增加和扩展了。正是这一根本变革促使政治修辞实践在社会生活中蔓延，主要不是以文字，而是公共言说，用最大多数普通人立马能听懂的口语，从普通人有切身感受的问题开始[55]。现代

---

〔54〕 想想，又能如何朗诵北岛的诗《生活》，只有一个字——"网"（《北岛诗选》，新世纪出版社，1986 年，页 24）？

〔55〕 据张国焘回忆，五四时期，他和同学在街头向民众讲演，热情很高，也很卖力，但效果并不太好。一位听了演讲的老牧师认为，原因是演讲词不够通俗，特别是没有从人们的切身问题说起，没有将人们受苦的根源与爱国运动连在一起，普通百姓不能立刻领悟。牧师邀请张国焘等到家作客，将平生传教布道的技巧倾囊相授。请看，张国焘：《我的回忆》（第一册），东方出版社，1998 年，页 56。

中国的言说和聆听主体都不再是相对标准化的士大夫了,受众开始有了各自的音容笑貌。说话目中无人的时代过去了。与时俱进的时代政治,重新塑造了自己的言说,自己的受众,创造了新的修辞实践,也创造着新的政治修辞。

近现代中国已经出现了一些杰出的演说家和修辞家,他们留下的公共发言,无论是政治报告、社论、演说还是简单的致辞,看似传统的论说文和政论文,却是传统中国从来没有的特殊文体,运用的,有,但主要不是或不限于传统汉语的文学修辞手段。从这个意义上看,修辞实践变革的真正推手不是作者,不是作者的文字和/或口头表达能力,而是作者心目中,无论他自觉或不自觉的广大民众。无论政治文化精英如何批评近、现代以来的中国政治,但不可否认,自1911年以来,中国是一个共和国,任何政治领袖和精英都必须首先关注和说服普通民众[56]。而在此意义上,民众已经参与了政治决策,并至少成了决定性的力量之一。

这种变化是深刻的,全面的。不仅文学教授闻一多的《最

---

〔56〕"英勇战斗于前,又放弃土地于后",仗岂不是白打了?血岂不是白流了?面对广大普通民众和士兵可能的质疑,1938年在《论持久战》中,毛泽东反问,"吃饭于前,又拉屎于后,不是白吃了吗?"然后指出放弃土地只是为了保存军力,而保存军力正是为了保存土地(《毛泽东选集》卷2,人民出版社,第2版,1991年,页508)。毛的这个有关吃饭拉屎的论证,在许多知识精英看来,实在"不雅";但当你面对着当时几乎全部由文盲组成的中国军队士兵(并且据《邱会作回忆录》,[香港新世纪出版社,2011年,页225],甚至到1951年时,还有1/4的军官是文盲,小学文化以下的军官仍占60%)和中国民众,也许只有这"不雅"的语言才是这些受众最可能理解的方式。这种修辞只能从政治学的角度,只有基于实用主义,才可能理解并获得足够的赞赏。

后一次演讲》,也不仅是政治家、外交家的著名发言[57];即使一些“军人”甚至“粗人”的公共发言,都首先并直接诉诸广大受众听觉、视觉和他们的政治利益和情感认同。1953 年 9 月 12 日,中华人民共和国中央人民政府委员会第 24 次会议上,彭德怀代表中国人民志愿军报告宣称:“西方侵略者几百年来只要在东方一个海岸上架起几尊大炮就可霸占一个国家的时代是一去不复返了!”[58]这是典型的政治修辞,不仅有比喻、象征和抽象,而且这句话本身就构成一个象征;在这一特定场合,修辞要素还有彭老总的着装、身份、形象和语气,而最具说服力的是他身后翻飞并穿越了上甘岭硝烟的志愿军军旗。1965 年 9 月 29 日北京中外记者招待会上,有记者问如果美国扩大侵越战争打入中国怎么办?陈毅元帅说,中国人不好战,可如果美国真把侵略战争强加给“老子”,“老子欢迎他们早点来,明天就来”;他双手揪起两鬓白发激情地说,“老子已经等了十六年了!老子等得头发都白了!”发表时,为了“文雅”,避免“好战”,《人民日报》把“老子”一一改成“我”或“我们”[59];却还

[57] 1955 年 4 月 19 日,在万隆会议上,针对某些国家诋毁中国、分裂会议的言论,周恩来临时决定书面散发原发言稿,改作补充发言。以“中国代表团是来求团结而不是来吵架的”开头,他坦承中国“从不讳言我们相信共产主义和认为社会主义制度是好的。但是,在这个会议上用不着来宣传个人的思想意识和各国的政治制度[……]中国代表团是来求同而不是来立异的”,而求同的基础“就是亚非绝大多数国家和人民自近代以来都曾经受过、并且现在仍在受着殖民主义所造成的灾难和痛苦”。“求同存异”方针绕开了对立和争吵,为会议成功做出了重要贡献。参看,中华人民共和国外交部、中共中央文献研究室[编]:《周恩来外交文选》,中央文献出版社,1990 年,页 121。

[58] 彭德怀:“关于中国人民志愿军抗美援朝工作的报告”,《人民日报》,1953 年 9 月 13 日,版 1。当时朝鲜停战协定刚刚签字不久。

[59] 官方版本,请看:“陈毅副总理兼外长举行中外记者招待会发表重要谈话:中国决心为打败美帝作出一切必要的牺牲”,《人民日报》,1965 年 10 月 7 日,版 2。

是,甚至只有,这个“川话版”,加之“将军白发”,加之中国人很容易想到的拍马叫阵的虎将张飞、许褚(尽管陈以“儒将”闻名),才有了至今仍令人(普通中国人)动容的强大修辞力量。

哪里是传统修辞的遣词造句、谋篇布局?哪里是文学的或语言学的修辞手段?什么才是真正的政治精英的修辞?近现代中国的社会革命和群众运动,横空出世,因此是独立地创造了在性质上与古希腊作为政治学分支的修辞学更为一致的现代中国的政治修辞实践。

还可以以毛泽东1949年新政治协商会议第一届全体会议和1954年全国人大一届一次会议上的开幕词为例。〔60〕都是政治文件,还都是开幕词,让人一听就够够的了;后一篇还用了1/3篇幅交代了会议程序。但,“我们有一个共同的感觉,这就是我们的工作将写在人类的历史上,它将表明:占人类总数四分之一的中国人从此站立起来了”;“我们正在前进。我们正在做我们的前人从来没有做过的极其光荣伟大的事业。我们的目的一定要达到。我们的目的一定能够达到”;这些文字简洁、朴素、雄浑、大气!朗朗上口,铿锵有力。是,这里有排比,但力量主要不来自排比。这些句子(包括前引彭德怀的句子)很长,还相当“欧化”,与传统中文无论是句型还是结构都很不一样;但可以预期,普通农民工人也大致能听懂这种长句。〔61〕它大大丰富和改善了现代中文的表达力。如果不考虑政治立场,仅就语言的感染力而言,这些表达足以打动所有人,即使他未

---

〔60〕《毛泽东文集》卷6,人民出版社,1999年,页349-350。

〔61〕又请看《在新政治协商会议筹备会上的讲话》(1949年6月15日)(《毛泽东选集》卷4,第2版,人民出版社,1991年,页1467)的结束句长达103余字,自成一段。

能充分理解,甚或理解了也反对,其中的某些政治主张或命题。[62]

今天有人,甚至会有不少人,想当然地认为这与毛(以及其他人)的特殊身份有关。但这一定是错的,是下意识的嫉妒(似乎是若当时有他在那里,就没毛泽东什么事了)或政治意识形态。其实在一些不太重大问题的言说或文字中,毛同样展示了面对公众的杰出修辞,即便是一些闲笔或公文。[63]

你还可以比较一下毛与前后的中国领导人,包括孙中山这样的革命领袖和蒋介石这样的政治强人的许多演说和致辞,就可以发现演说的感染力与演说者的身份,甚至与为之发表演说的事件重大与否都关系不大。1945 年 8 月 15 日,蒋介石发表《抗战胜利告全国军民及全世界人士书》[64],针对的是中国近现代史的一个顶尖重大事件,几乎天然会唤起浴血八年的中国人的全部复杂情感;但这篇精心的修辞实在缺乏感染力,太委

---

〔62〕 据唐德刚,胡适认为"共产党里白话文写得最好的还是毛泽东!"(《胡适口述自传》,唐德刚[译],华文出版社,1992 年,页 202)。

但这个被广泛引用的故事的真实性其实很可疑。问题首先是,胡适先生有这么狭隘吗?会以政党来限定自己对白话文的评价?那么,国民党里白话文写的最好的又是谁?青年党呢?无党派人士呢?而如果原话不是这样的,那唐德刚先生就搭进去太多了,不仅对胡适先生不公,暴露了唐在学术上可以理解却难以掩饰的政治党派性、因政治失意而带来的那种小家子气,更重要的是不诚实——而诚实是史家最重要的德性。

〔63〕 闲笔,请看《别了,司徒雷登》一文的结尾,"司徒雷登走了,白皮书来了,很好,很好。这两件事都是值得庆祝的"(《毛泽东选集》卷 4,同前注 61,页 1497);公文,则请看毛撰写的人民英雄纪念碑的碑文(《毛泽东文集》卷 5,人民出版社,1996 年,页 350),尤其是最后一句"由此上溯到一千八百四十年……"句型的变化摆脱了连用三个数字开头可能带来的单调,"由此上溯"四个字透出了跋涉的动感,"一千八百四十年",是个实在的数,意思相同,读出声来却远比"一八四零年"古朴、敦实和厚重,更强质感。

〔64〕 蒋中正:"抗战胜利告全国军民及全世界人士书",《总统蒋公思想言论总集》卷 32,秦孝仪[主编],中国国民党中央委员会党史委员会,1984 年,页 121-124。

屈这个伟大历史时刻了。[65] 蒋先生,大国领袖,三军统帅,在开篇中,要同全世界的基督徒"一致感谢公正而仁慈的上帝"!"何止是愚蠢,简直就是愚蠢!"[66]

政治修辞的新实践在现代中国已持续将近100年了,但汉语修辞学界,中国社会对此缺乏足够关注,甚至似乎没有能力关注,更未从经验上予以系统总结、梳理和反思,自然更少自觉继承、发展和创造。大规模急风暴雨式的群众革命运动已经远去,社会政治生活已逐步常规化,政治治理已日益科层化,直面群众的政治动员稀少了,或日益程式化、仪式化了。另一方面,"反右"、"文革"的惨痛经历,以及今天开始盛行的"政治正确"以看似对立的方式同样规训着政治精英们谨言慎行;王朔的话,就是让"二老满意"(老百姓和老干部/革命)。[67] 今天的政治领导人,无论是即兴还是持稿,表达都远不如早先的革命群众运动领袖鲜明、生动,富有感染力。一个"不折腾",让

---

〔65〕 为了避免指责我有政治偏见,可以看看他的第一段文字(同上注,页121):

> "我们的抗战,今天是胜利了,'正义必然胜过强权'的真理,终于得到了他最后的证明,这亦就是表示了我们国民革命历史使命的成功。我们中国在黑暗和绝望的时期中,八年奋斗的信念,今天才得到了实现。我们对于显现在我们面前的世界和平,要感谢我们全国抗战以来忠勇牺牲的军民先烈,要感谢我们为正义和平而共同作战的盟友,尤须感谢我们国父辛苦艰难领导我们革命正确的途径,使我们得有今日胜利的一天,而全世界的基督徒更要一致感谢公正而仁慈的上帝"。

仅这段文字就有太多、太显著的修辞。"感谢公正而仁慈的上帝",这显然针对的是西方国家(美、英、法等国)受众。蒋先生试图以此来表明他的文化认同,拉近他和他的政府与西方的距离,获取西方政要和民众的好感和支持。这无疑是有道理的,却也无疑是糟糕的修辞!

〔66〕 电影《让子弹飞》(姜文/导演,2010年)中武举人(姜武/饰)的台词。

〔67〕 王朔:"我看大众文化港台文化及其他",《无知者无畏》,春风文艺出版社,2000年,页21。

许多人眼前一亮[68]；一个“仰望星空，脚踏实地”，引来了太多没必要的阐释[69]，很“文青”，甚至有点“小资”；而所谓枕边书《沉思录》中那“最经典的一句话”，同样的感觉，却更多出一点矫饰和平庸[70]，甚至，它很让我想起了蒋公当年的追求。

这是和平建设的年代！这也许是必定甚或值得的代价。[71] 我不迷恋“激情燃烧的岁月”。但我们必须重视并珍视一个伟大年代留给我们的政治修辞实践和传统。

当代中国与政治修辞

不因为是传统，或是我们的传统。传统会限定但不规定现在和未来。而是因为，随着中国社会的发展变化，公众政治修辞在中国有可能变得日益重要和普遍起来。近年来中国大学

---

[68] 出自，胡锦涛："在纪念党的十一届三中全会召开30周年大会上的讲话"(2008年12月18日)。

[69] 温家宝总理2007年9月4日在《人民日报》文艺副刊发表了题为"仰望星空"的诗；2010年5月4日，在北京大学与学生共度"五四"青年节时，温写下了"脚踏实地"赠给学子。同年，《仰望星空与脚踏实地》成了普通高等学校招生考试北京卷的作文题。

[70] 温家宝总理2007年访问新加坡时称，他床头放的是古罗马皇帝马可·奥勒留的《沉思录》，天天都读，可能读了有100遍了；其中他认为"最经典的一句话"是"那些曾经赫赫有名的人物都到哪里去了，他们像一缕青烟消失了。"http://www.chinadaily.com.cn/hqgj/2007-11/20/content_6267548.htm。再看意思相近，但可对比一下，那更为苍凉、更有历史感的中文表达——"大江东去，浪淘尽，千古风流人物"(苏轼)！"千古江山，……风流总被雨打风吹去"(辛弃疾)！

[71] 韦伯曾指出并细致分析过为什么社会变革后都会有一个从魅力型政治向常规政治发展的理性化过程，甚至导致社会变成一个"铁笼"。请看，Max Weber, *The Protestant Ethic and the Spirit of Capitalism*, trans. by Talcott Parsons, Routledge, 1992, pp. 123-124; Max Weber, *Economy and Society: An Outline of Interpretive Sociology*, vol 2, eds. by Guenther Roth and Claus Wittich, trans. by Ephraim Fischoff et al., University of California Press, 1978, pp. 1111-48.

开始关注致辞也许只是一个先兆。为把这一点说得明白点,我还是借助亚里士多德的公共演说分类来展开。

随着中国市场经济的发展和社会富裕程度增加,人员流动和城市化,文化普及,公共参与决策增加,可以预料,在公共参与决策意义上的“民主”〔72〕一定会发展。这意味着,无论在国家各层级政治生活中还是在众多社区生活中,无论在党内还是党外,也无论政治决策还是有公共政策意味的学术讨论,各种类型的力求说服和影响参与决策之受众的演说会增加。这类演说,无论如何界定,谁来界定,都具有立法议事的性质。

这么说并不意味我认为“民主是个好东西”。〔73〕事实上,民主不是个“东西”(有固定形态的实体),并非所有问题都适合以民主决策。不仅科学研究和对科学的评判如此,而且许多日常公共事务的明智决策也都取决于更多的专业知识、信息和科学精神。但这丝毫不妨碍,也不矛盾,我判定民主会是当代中国社会发展的一个趋势。这是关于事实的判断,不是基于个人喜好的价值判断。而只要社会中以公共参与方式的决策增多了,领域扩大了,那么无论如何,议事性公共演说就肯定增加。修辞因此对于关注民意和舆论的政治家会变得日益重要起来。〔74〕

司法审判中的政治修辞也会有一定程度的发展。但总体

---

〔72〕 在西方语境中,民主是指在一定的范围内按照公民人人平等和少数服从多数原则来管理国家事务的国家制度;包括民选总统、政党轮替等。但在中国,民主的外延要宽得多,包括了一切有某种程度公共参与的决策。本节是在这种宽泛意义上使用民主。

〔73〕 俞可平:《民主是个好东西——俞可平访谈录》,闫健[编],社会科学文献出版社,2006 年。

〔74〕 “民主派一般都对修辞比较友好,而对科学心存疑虑。修辞看重的是普通人的看法,更极端一点,可以说修辞是把舆论视为真理决断者,而科学则把权威授予了专家。”波斯纳,《超越法律》,同前注〔36〕,页 589。

而言,影响不会太大;考虑到司法的特殊性,也许还不应太大。这同样并非个人的价值偏好,而是因为,就历史经验来看,需要并创造法庭雄辩的最重要的制度前提或权力架构是陪审团。在古雅典司法中,在英美有陪审团参与的司法中,司法修辞非常重要,英美法国家因此造就了一批努力甚至全力学习修辞,甚至表演的出庭律师(香港称之为大律师)。[75] 但在无陪审团的大陆法系国家,从来不曾出现过可与英美律师媲美的司法雄辩。一个最简单直观的证据是,欧洲电影中从未出现过,而英美电影中则经常出现,精彩的法庭辩论和雄辩的律师形象。中国司法制度属于欧陆传统,没有分享司法决策(即认定罪错的权力)的陪审团,以法条和单一法庭意见为核心;只要这个制度化的权力框架稳定,法庭上的司法雄辩,就很难发达。[76]

但不等于毫无发展。在一些吸引公众眼球、媒体高度关注的热点案件中,在目前中国社会,一定会有律师试图用雄辩的修辞首先影响公众和/或媒体,然后将之转化为对法官的政治干预。但这只是发生在司法地界的或有关司法的演说,从性质上看,仍属于“立法议事的”,而不是“司法的”修辞,演说者及其修辞手段使用主要——或透过媒体——针对公众,而不是法官或陪审团。

这类司法修辞会起作用,在某些司法案件或事件中,会有

---

〔75〕“在英国,[20]世纪之前,出庭律师[……]一般不拿大学的法律学位,事实上他们很少接受正式法律教育,会推荐他们研究古希腊的雄辩家作为替代。对一般律师的要求是法律研究和分析,对出庭律师的要求则是滔滔不绝、反驳老到、词汇丰富,一句话,会修辞。”[……典型的英国出庭律师只]“接受事务律师的报告,甚至不会见客户,他用事务律师为他提供的材料干些修辞的活。”波斯纳:《超越法律》,同前注〔36〕,页591,604。

〔76〕我这里不讨论司法的文字修辞,例如判决书的修辞。但这也需要制度前提,特别是英美法的先例制度和司法异议。更细致的分析,请看,苏力:“判决书的背后”,《法学研究》,2001年3期。

积极作用。但从制度角度看,从总体看,这对中国司法发展未必是好事。最值得警惕的是,这种修辞会导致司法更多受制于容易大幅波动的民意,进而受制于因民意引发的政治干预和影响。我不笼统地反对民意引发的政治干预司法;我只是说,这与司法独立的制度追求有冲突,很难两全。[77] 因此对于这类难以避免的有关司法的修辞,我持审慎保守的态度。

展示性公共演说更可能全面广泛发展,并成为各种社区和公共生活的重要成分之一。校园致辞仅仅是其中一种,肯定不会是最重要、最显著的。可以预期,各种就职、卸任演说,各种即兴的颁奖、答谢致辞会普遍起来,并且言之有物,生动活泼。从今天中国内地金鸡奖、金鹰奖、华表奖和百花奖等影视颁奖中,已经可以看到这种发展和变化了。只要有各种形式的典礼仪式,这种展示性公共演说对于凝聚社区和团体情感就不可或缺。在新的社会熏陶和规训中,中国人的口才会"好"起来;言说更为坦诚,同时更为活跃、生动和机智。"木讷"也许将只是一种禀性,而不再视为一种值得追求的个人美德了。[78]

当代的政治修辞决不会也不应仅限于这三类公共演说。事实上,近现代中国的政治生活已经塑造了一些新型的政治演说和修辞。如施政演说(政治报告、工作报告等)、社论、某些新闻报道、答记者问,以及外交公报、联合公报等;各级党政机关部门设立的发言人制度也会促成这类政治修辞。主要目的不是说服受众,这类政治修辞的核心是向特定交流对象精确表

[77] 可参看,苏力:"法条主义、民意与难办案件——从许霆案切入",《中外法学》,2009 年 1 期。

[78] "子曰:'刚、毅、木、讷近仁。'"《论语译注》,同前注[19],页 143。

达和阐述言说者的立场、方针和政策。胡锦涛在中共十七大政治报告中将对中国经济发展的要求从“又快又好”调整为“又好又快”,把“经济增长方式”改为“经济发展方式”,就是这类政治修辞。这种修辞与政治公文中的修辞也有历史和技能的连续性。就此而言,那些很容易为人们视为官话、套话的官方表达,那些常带贬义的“外交辞令”,甚至“无可奉告”这样的短语,也会成为现代政治修辞或公共修辞的重要组成部分。参与这类公共性政治修辞的还有诸多外交公报和声明。换言之,在人们通常认为最贫瘠的地方,我们同样会发现茂密的修辞。

如果上述分析成立,我预言,当代中国政治、经济、文化和社会生活对于公众演说的需求会增加,其重要性和公共意义会更为显著,不仅对言说者,而且对听众。就交流沟通创造共同体而言,这是社会发展的重要组成部分。中国会产生一些优秀的演说家;现代汉语会更多向口语靠近,而不像混淆了期望和预期的某些知识人断言的那样,会更走近书面语;会产生更多符合这种审美标准的“美文”,产生一些可作为“文学”阅读的演说文稿。随着职业分工的细致,除了目前专长于政治报告和公文的秘书外,中国一定会出现另一类专长于撰写各种致辞和演说稿的“秘书”,并逐渐成为一个新的行当。现代汉语修辞学完全可能在这样一个环境中繁荣起来。

这丝毫不意味我天真地认为修辞是个好东西,值得赞美和推动。这会是个天大的误会。我不接受“信言不美,美言不信”[79]这样的一般性命题,不认为修辞“完全是一套欺骗”。[80]

---

〔79〕《老子校释》,朱谦之[撰],中华书局,1984年,页310。

〔80〕洛克:《人类理解论》(下),关文运[译],商务印书馆,1959年,页497。

我相信，事实胜于雄辩；修辞即使导致了确信，也不等于确实[81]；真信也不证明所信为真。[82] 这个世界上是有"修辞太多"或"只是修辞"的。对于修辞，基于各种哲学、主义和历史经验，我有足够的怀疑和疑虑[83]；我坚持"辞达而已"。我也还相信，杰出的政治修辞不等于、更不能替代正确有效的政治判断——毛泽东晚年的某些错误就是例证；也不可能替代必须基于更多真实可靠准确信息的判断，而中国需要更多的科学，需要科学思维。因此，关于政治修辞将更为普遍的判断中，隐含的更重要的其实是一个告诫：警惕修辞。而前提是，重视和理解修辞。

我还只是在谈修辞吗？我是一个法律人！

2007年7月21日初稿，
2010年12月30日定稿于北大法学院科研楼

---

〔81〕 Oliver Wendell Holmes, Jr., *The Essential Holmes: Selections from the Letters, Speeches, Judicial Opinions, and Other Writings of Oliver Wendell Holmes, Jr.*, ed. by Richard A. Posner, University of Chicago Press, p. 181.

〔82〕 尼采：《朝霞》，田立年［译］，华东师范大学出版社，2007年，页111，段73。

〔83〕 可参看，柏拉图：《高尔吉亚篇》，同前注〔14〕；奥威尔："政治与英语"（杨传纬［译］），《奥威尔文集》，董乐山［编］，中国广播电视出版社，1997年，页144-166；托克维尔：《论美国的民主》（下），董果良［译］，商务印书馆，1988年，第16，18，21章（讨论了，"美国的民主怎样改变了英语？""为什么美国的作家和演说家总爱夸张？"以及"美国的议会辩才"）；波斯纳："修辞、法律辩护以及法律推理"，《超越法律》，同前注〔36〕，页588-590。

附　　录

陈登元编
荀子哲学

为建设一个伟大的社会主义国家而奋斗*

毛泽东

（一九五四年九月十五日）

各位代表！

中华人民共和国第一届全国人民代表大会第一次会议，今天在我国首都北京举行。

代表总数一千二百二十六人，报到的代表一千二百十一人，因病因事请假没有报到的代表十五人，报到了因病因事今天临时缺席的代表七十人。今天会议实到的代表一千一百四十一人，合于法定人数。

中华人民共和国第一届全国人民代表大会第一次会议负有重大的任务。

这次会议的任务是：

制定宪法；

制定几个重要的法律；

通过政府工作报告；

选举新的国家领导工作人员。

我们这次会议具有伟大的历史意义。这次会议是标志着

---

* 《人民日报》，1954年9月16日，版1。

我国人民从一九四九年建国以来的新胜利和新发展的里程碑,这次会议所制定的宪法将大大地促进我国的社会主义事业。

我们的总任务是:团结全国人民,争取一切国际朋友的支援,为了建设一个伟大的社会主义国家而奋斗,为了保卫国际和平和发展人类进步事业而奋斗。

我国人民应当努力工作,努力学习苏联和各兄弟国家的先进经验,老老实实,勤勤恳恳,互勉互助,力戒任何的虚夸和骄傲,准备在几个五年计划之内,将我们现在这样一个经济上文化上落后的国家,建设成为一个工业化的具有高度现代文化程度的伟大的国家。

我们的事业是正义的。正义的事业是任何敌人也攻不破的。

领导我们事业的核心力量是中国共产党。

指导我们思想的理论基础是马克思列宁主义。

我们有充分的信心,克服一切艰难困苦,将我国建设成为一个伟大的社会主义共和国。

我们正在前进。

我们正在做我们的前人从来没有做过的极其光荣伟大的事业。

我们的目的一定要达到。

我们的目的一定能够达到。

全中国六万万人团结起来,为我们的共同事业而努力奋斗!

我们的伟大的祖国万岁!

约翰·马歇尔*

——对法庭于1901年2月4日,马歇尔就任联邦最高法院首席大法官100周年纪念日,休庭之动议的回答。

霍姆斯

沿着[波士顿的]法院大道南行,穿过熙熙攘攘的、同我们一样关注各自今天事务的人流,我们的目光可能会落在屹立麻州大道尽头的那座深色小楼。像一座不祥的礁岩,它劈开奔向远方峭壁般高耸的灰色大厦的商业人流。无论是谁,我们都可能暂时忘却忙碌,在此驻足片刻,因为我们想起,当年,预告革命风暴即将来临的第一波涌浪,就是在这块礁岩旁碎裂、飞舞。而如果是法律人,我们心头会涌起更深的记忆和敬畏。我们记得,就在这座陈旧的麻州小楼内,詹姆斯·奥提斯辩论了《协助令案》[1],奠定了美国宪法的一块基石。如今,在某种程度

---

* 译自,*The Essential Holmes: Selections from the Letters, Speeches, Judicial Opinions, and Other Writings of Oliver Wendell Holmes, Jr.*, ed. By Richard A. Posner, University of Chicago Press, 1992, pp. 206-209.

〔1〕 詹姆斯·奥提斯(1725—1783)是1760年代领导美国革命反抗英国统治的主要政治活动家之一。协助令是一般搜查令;海关官员据此可以要求当地官员协助入室搜查并没收违禁品,交由域外海事法院决定该物品进口是否合法。1761年,奥提斯辞去了波士顿域外海事法院(vice admiralty court)首席法律顾问,代表商人们挑战协助令,他以英国历史上限制政府权力的大量习惯为根据,认为协助令违反了英国法。但法院判奥提斯败诉。——译者注

上,那些巨大的楼群已构成了这座小楼的背景,但没有湮灭它,而是强化了它,焕发了它的荣耀。与此相同,我们这个民族的生命起点,无论是战斗的起点,还是法律的起点,都没有因后来岁月里的一切辉煌事件而失去丝毫的伟大,尽管,如果不是这样看,仅仅是从数量或程度上看,无论怎样,都应当说它们实在太渺小了。对于我们这些参加过南北战争的人来说,美国革命的最重大战斗似乎也只是一次火力侦察,莱克星顿和康考特战斗则不过是些军事冲突,报纸甚至提都不会提。然而,我敢说,了解现代战争规模的老兵,比起告诉我们战争很快会过去的开明商家子弟,丝毫也不会低估这些小型战斗的精神意义。

如果只是简单地从抽象的数量和规模来思考约翰·马歇尔的话,我也许会迟疑,要不要用'最'这样的字眼,就好像脱离了历史因果联系来思考布兰迪万河战斗的历史地位一样,我会迟疑。但这种思考之空洞与思想之抽象成正比。把一个人同他周围的环境——事实上这就是他的环境——割裂开,这是最无聊的。应当清楚,在想象中,割裂一个人的丰富性要比割裂其性格更容易。但这完全没有意义。声带失去一小片,男高音就不再能歌唱。大脑失去一小块,雄辩家就会哑然;或,勇敢、豪爽、深情的人就会变成一个怯懦且成天嘟囔的浪子。伟人代表的是一个社会的伟大神经中枢,换一种说法,代表的是历史战役中的战略转折,他之所以伟大,部分就在于他曾在那里。历史交给约翰·亚当斯,由他,而不是一个月后由杰弗逊,任命首席大法官,亚当斯则把这个职务交给一位联邦党人和宽松释法者,由他来启动美国宪法的运转;你无法把约翰·马歇尔同这一万幸的境遇分开,同样的,就像你无法把肖尔上校同他向福特·瓦格纳送电的黑线分开。我们纪念马歇尔,我们也就是无可分割地庆祝这样一个不可回避的事实，即通过这个最尊贵的法院，通过其判决和法令，宣告了以国家统一和联邦宪法至上来治理人际交往。

我并不是说，评价个人毫无用处，或于我们无益。无疑，人们今天会从适当人选的口中听到对马歇尔的这类评价。我不会侵入他们的研究领域。否则不适合今天的场合，今天只是要我回答本法庭提出的这一动议。今天下午，许多人会去聆听一位有各种机会研究马歇尔法官本人的杰出教师的讲演，晚间还会聆听一位天生分享马歇尔传统的先生的讲演。我个人的印象只是我在普通的法律教育和实务进程中累积起来的。我意识到，我的某些印象或许与我们纯粹地方的或民族的评价不太一致，也意识到评判事和人的标准都应更为大气。就实践而言，人注定是地方性的，为他的扎根之地献出生，必要时也献出死。但他的思考应当大气，且无所偏倚。他应当有能力批评他尊敬和他热爱的。

多年前，阅读《联邦党人文集》，我认为，该书确实是那个时代的精彩原创。然而，我的一位杰出英国朋友对马歇尔这位联邦党人，以及对《联邦党人文集》的作者，只是小有触动，想到这一点，我不信我的判断会丝毫不变；我还感到，更应想想，有了汉密尔顿和美国宪法后，马歇尔的工作是否只表明他是一位智识卓绝、风格独特、在法院说一不二的人，一位勇敢、公正并坚信本党派的人。激起我最强兴趣的，不是人们认为伟大的争议和案件，而是一些琐细的决定，一般的判例编选者都会放过这些决定，因为它们处理的不是宪法问题，不是某个大电话公司，然而这些决定中有更为开放的理论酵母，可能给法律肌体带来局部的深刻变化。我真正想纪念的人都是一些改变人们思路的原创者。他们常常不那么显要，因为这个世界更看重判断，而不是原创的思想。

说这话不意味着参加这个庆典，我是半心半意的。我不仅要重提一开始说的话，记住，不可能割裂一个人和他的时空；还要记住，落到马歇尔身上的也许是有史以来法官可能填补的一个最伟大的位置。当我想起他的伟大、正义和智慧时，我确实完全相信，如果就用一个人来代表美国法律，那么，无论是怀疑者还是崇拜者，都会毫无争议地齐声赞同，只能有一个人，这就是约翰·马歇尔。

我还想多说两句。我们活着，需要象征；而一个视觉形象究竟象征了什么，这取决于目击者的心灵。除了纪念一位伟大法官外，今天这个场合，对于一位弗吉尼亚人来说，也许意味着本州的伟大荣耀；对于一位爱国者来说，它代表的事实是，历史站在了马歇尔这一边，汉密尔顿为之论辩、马歇尔为之决定、韦伯斯特为之演说、格兰特为之战斗以及林肯为之牺牲的那些东西，今天已经成为我们的基石。而对于思考更抽象但更深的法律人来说，它则意味着一套全新法学的兴起，由于它，有些指导原则提升到制定法和国家之上，赋予了法官一种前所未闻的神圣权威和义务。对于一位也许自认为孤独思考生活的人来说，这一天——它标志着一个人（当年有些总统表明要执行此人的判决）可能获得的最大胜利——标志着这样一个事实，即所有的思想都是社会的，都正成为行动；标志着，用一位法国作家的话来说，每一种观念都趋于首先成为一种对答，然后成为一个符码；根据其价值，也许哪一天，无需武力，他孤独无援的沉思会登上王座；甚或，在武力支持下，还会遍布世界，令某个无人抵抗的专制权力心惊胆战。如果你喜欢，可以说，所有的东西都是象征;哪怕国旗,也不例外。对一个缺乏诗意的人来说,国旗就是一块布。然而,幸亏马歇尔,幸亏他们那代人——并且首先因为这一点,我们才纪念他和他们——国旗的红色化为我们的鲜血,国旗的星星化为我们的国家,国旗的蓝色化为我们的天空。国旗覆盖着我们的国土。为了它,我们不惜献出生命。

(苏力译)

2000 年 12 月 19 日于北大法学楼

评析

学术思考的力度其实并不必须体现在重大问题上,完全可以、甚至更应体现在对日常问题的随感中。

霍姆斯的这篇短文就是一个典型范例。

1901 年 2 月 4 日是马歇尔就任联邦最高法院首席大法官 100 周年纪念日,有人提议马萨诸塞州最高法院休庭,霍姆斯写作了这篇短文作为回答。

马歇尔是美国最著名也是公认最伟大的法官,一位说一不二的政治强人和行政管理者。在任首席大法官 35 年间,最高法院的几乎所有司法意见都是他撰写的,或是以他的名义撰写的。这些意见中有著名的"马伯利诉麦迪逊"和"麦克洛诉马里兰州"等一系列里程碑的案件,前者创造了三权分立中最重要的司法审查制度,后者则创造了联邦至上原则,确认了联邦与各州分权的联邦制度,从而——夸张点说——使得作为一个国家的美国在政治法律制度上成为现实。在美国司法界,马歇尔的地位是无人出其右的。

霍姆斯同样是一位伟大人物。他是南北内战期间三次战斗负伤的战斗英雄,然后“复转军人进法院”;在写作此文时,他已成为当时全美最杰出的法官,后来更被公认是美国最伟大的法学家和法律思想家,在美国法学史和法律史中的地位也是无人出其右的。但这只是后来者的判断。至少在霍姆斯写作这篇短文时,他的历史地位尚未确定。霍姆斯雄心勃勃,没有尼采批评的那种普通人面对伟人常有的生不逢时的迟到感[2];他尊敬马歇尔,但不臣服于马歇尔的辉煌。他有一种“试看天下谁敌手”的气概。

最重要的是,作为思想家,正如霍姆斯在文中所言,能“激起[霍姆斯]最强兴趣的,不是人们公认伟大的争议和案件,而是一些琐细的决定,一般的判例编选者会放过这些决定[……],然而这些决定中有更为开放的理论酵母,可能给法律肌体带来局部的深刻变化。[霍姆斯]真正想纪念的是一些改变思路的原创者。他们常常不那么显要,因为这个世界更看重判断,而不是原创思想”。

由此构成了霍姆斯写作致辞时一个根本制约。他必须将马歇尔准确定位,充分阐述马歇尔对于美国的意义,同时还必须准确表达自己的偏好、追求、判断和判断标准,并给出令人信服的理由。他不愿随大流,在对马歇尔的一片赞扬声中放弃或沉默自己的见解,一些当时的人们还未必能理解的见解。在纪念名人——尤其是一位近乎无可非议的人物——的文章中,这

〔2〕 请看,尼采:《历史的用途与滥用》,陈涛、周辉荣[译],刘北成[校],上海人民出版社,2000 年。

种分寸最难把握。而且，所有这一切都必须做到浑然一体，必须坚持霍姆斯的风格和文采，更必须让那些纪念马歇尔的人们感到合情合理，由衷地接受。这种写作是个挑战。然而，对一位真正的学者来说，每一次写作都应当是对自己的一次挑战，对自己的超越，尽管应战可能是从容不迫的。

霍姆斯没有像一般的虔诚者那样以各种言词赞扬马歇尔。他从马萨诸塞州的小楼以及周围景观写起，在一种强烈对比下，在一种历史的透视中，他以整整一段华美的文字雄辩地提出了一个更为现代（在当代中国可能被称为后现代）的命题，一个事件或人物伟大与否不是来自某种神性或本质，而是来自它或他在历史中的因果关系；不应以数量和规模，而是在历史的进程中，依据行动的结果，来评价历史人物和事件。

在这样一个理论框架中，霍姆斯随后转向有节制但更有分寸因此也更有分量地赞美了马歇尔。马歇尔的伟大在于他于特定的时空，完成了一个对于这个民族和国家具有历史意义的行动。马歇尔的伟大不是超越时空的。“思考之空洞与思想之抽象成正比。把一个人同他周围环境——事实上这就是他的环境——割裂开来，这是最无聊的。”

霍姆斯的这一评价与当时人们一般分享的本质主义的伟大观不同。霍姆斯指出了自己与他人的区别。他强调自己在看重历史时空之际，并不忽略个人。霍姆斯又指出自己的观点与流行的观点都有地方性，指出“就其实践而言，人注定是地方性的，……他的思考应当大气且无所偏倚。他应当有能力批评他所尊敬和热爱的。”这自然也包括对马歇尔。随后，霍姆斯——与前面的思想完全一致——反思了美国人对马歇尔的，以及对《联邦党人文集》的礼赞。他以这种反思隐含地批评了自己同时代的人们的思维方式:对原创性关注不够,过分关注案件的重大,而不是看重哪怕是琐细案件中可能具有的原创性。这种反思、怀疑和批评有很强的震撼力,同时展现了一种真正超越性的学术关怀。

缺少原创性,但马歇尔仍然伟大;因为“如果用一个人来代表美国法律,那么,无论是怀疑者还是崇拜者,都会同样毫无争议地齐声赞同,只能有一个人,这就是约翰·马歇尔。”并且“我们活着,需要象征;而一个视觉形象究竟象征了什么,取决于目击者的心灵。”马歇尔的伟大在于马歇尔的事业最终获得了历史的承认,得到了后人的承认,成了一种被人们广为接受的全新法学。马歇尔是这一事业的象征。

这篇文章,主题鲜明,反复变奏,层层递进,思考辨析都很精细,言词表达也极有分寸;作者的视野极为开阔,行文一气呵成却又气韵跌宕起伏,文采修辞华美、雄浑,有一种壮丽的美感。

中国读者千万不要仅仅关注此文的文辞(因为很容易为文辞打动),而应首先关注激情洋溢的文字所表达的精细思想,及其表达的分寸,注意作者隐含的层层递进的辨析,作者的理论思维完整和形象生动的完美结合,注意作者的格言式的表达方式以及其中蕴含的高度思辨概括能力,作者在赞美诸如马歇尔这样的伟大前辈时表现出来的思想深度和分寸。而正是这一点,作者霍姆斯也就——为后来的历史证明——超越了马歇尔,超越了霍姆斯的时代,成为一位伟大的甚至具有预言性的法学思想家。

这些能力都是成功法律人应当具备的。在当代中国法律界,有些法律人喜欢以情动人,但往往会被自己的激情席卷而去，被习惯的语言套路席卷而去，语言和思想都失去了分寸感，作者似乎根本忘了自己要说的是什么，构成了词与物的断裂。有些法律人则为了追求局部的所谓概念准确而文字言词失之枯燥，既没有雄辩力和感染力，全文也缺少整体结构和关联，缺乏总体的分寸感和精确度。在我看来，好的法律人，无论是律师、法官还是法学教授都必须同时具备令情与理、质与文水乳交融的能力。但这绝不只是文字能力，首先需要对问题有深入的思考。仅仅修辞是不够的；力量需要，也在于分寸。

2003 年 1 月 6 日于北大法学院

多产的偶像破坏者*

劳伦斯·莱西格

自1981年以来,理查德·波斯纳一直担任美国第七巡回区上诉法院法官,自1993年以来,还一直担任首席法官。[1]他是著述最丰的联邦法官,前无古人。任职上诉法院,却仍然位列最多产的法学家,同样前无古人。如果引证率可以测度影响力,那么当仁不让,波斯纳是在世的最有影响的法学家,他已有30本书,330篇论文,以及1680篇司法意见[2],都是引证最多的;同时属于挨批最多之列。

人说波斯纳是保守主义者,是法律经济学创建者之一。但真正的保守主义者会质疑他的忠贞(他怀疑法律原旨主义,还批评"禁毒战")。对法律经济学的影响,他也不限于一位创建者;在这一运动中,他是亨利·福特,而不是詹姆斯·麦迪

---

* Lawrence Lessig, "The Prolific Iconoclast: Richard Posner," *The American Lawyer* (December, 1999), p. 105. (中文翻译和发表获莱西格教授同意和授权)。

〔1〕 波斯纳已经于2000年卸任该院首席法官。依据美国司法惯例,联邦上诉法院的首席法官并非政治任命,而是由最早任职该法院的在任法官担任,但任期为7年。

〔2〕 这都只是1999年的数字。10年后波斯纳仅专著就增加到50多部。

逊[3]:他把一套关于法律规则连着社会后果(规则如何影响行为;行为如何更能适应相关法律规则)的实用主义见解投入生产,把这套方法用于无穷无尽的法律课题,用于一切,从合同和反托拉斯到宪法的宗教条款和法官行为。

就法律经济学的一些新领域而言,看上去有点怪,但这是任何新领域的特性,而不是这个运动的特性。哲学家也许还在为法律经济学的哲学基础烦心,但随着这一运动的成熟,走出其早期的政治争论,法律经济学已转变了整个法律领域。如今,我们全都是法律经济学家了!今天的公司法和反托拉斯法,法律经济学之前就读法学院的学生已经认不出来了;尽管今天40多岁的人,也许因为受过管教,对法律经济学的简约论、反再分配倾向还疑心重重,但法律经济学的洞见如今已是常规科学。当年罗伯特·鲍克的《反托拉斯法的悖论》第一版用了法律经济学的许多论点(其中许多都来自波斯纳),他嘲笑联邦最高法院的反托拉斯法的学理;而到了第二版,鲍克就不得不承认,尽管有点扭捏,最高法院基本得救了。

但波斯纳厌倦常规科学。尽管《法律的经济学分析》——如今已经出到第五版[4]——涵盖了全部法律地带,他晚近的兴趣却还是盯紧了其前沿。过去几年里,波斯纳写作了有关性的规制,其中一本有关艾滋病。他还把经济学镜头对准了老龄化。他考察了引证率,努力测度了另一位非同小可的法官本杰

〔3〕亨利·福特是美国汽车大王,不仅自行设计了第一辆汽车,更是通过产业化,让汽车走进了千家万户;詹姆斯·麦迪逊是美国宪法的主要设计者之一。作者以这两人形象化了波斯纳的贡献。

〔4〕2010年已经第8版了;Richard A. Posner, *Economic Analysis of Law*, 8th ed., Aspen Publishers, 2010.

明·卡多佐的影响。他还是“法律与文学”运动的中心人物之一,并在法理学、道德理论和司法行政管理问题上著述甚多。在1995年的《超越法律》中,他坚定了一个承诺,很代表他的个性:没有哪种单独的进路,包括法律经济学,能永久把握法律的复杂性。

如果波斯纳心中有英雄,那也不是经济学,不是美国联邦党人,而更多是霍姆斯。波斯纳的作品完全是霍姆斯作品的特点,有朴素、直率之美(波斯纳在司法意见中从不用脚注)。他也完全分享霍姆斯的司法哲学风味,实用主义加怀疑高级理论。他的手笔标记也完全是霍姆斯的;而且波斯纳也真有手笔。与大多数法官不一样,波斯纳真的是亲自动笔撰写司法意见。法律助手雇来质检,他自己下地干活。在法官权力如此巨大的制度中,这是一种伟大的德性。写作会约束人。当一篇司法意见“不管怎样,就是写不下去”,波斯纳就会改变观点。

因为波斯纳有他自己的生活。波斯纳的父母都是左翼(一个著名故事令他把自己的玩具火车送给了卢森堡夫妇〔5〕的孩子),此后他逐渐右转。他当年学的是英语文学;如今影响却是在经济学。他当过亨利·弗兰德利法官和威廉·布冉能大法官的法律助手,后来又出任瑟古德·马歇尔的下属〔6〕,但波斯纳的思想属于他自己,似乎一点没受这些导师的影响。

---

〔5〕卢森堡夫妇50年代初因被指控为苏联的原子间谍而被处死;成了美国历史上唯一的被处死的白领人士。

〔6〕这些人都是著名法官。尤其后两人都曾长期担任联邦最高法院大法官,是自由派大法官的“灵魂”人物和中坚;马歇尔还是美国历史上第一位黑人大法官。但波斯纳通常被视为保守派法官。由于本文作者莱西格也属于自由派,他在提及这些历史上的人事关系对于不同的读者就具有多种意味,因此有强烈的修辞意味,也是出色的修辞技巧运用。

无论他是主动还是被动变化,都来自他的质疑,或来自他质疑的对象。无人可以主导他,只有他自己。

这位法官还有更杰出的特点。波斯纳写作不迎合他人(他的新作《国家大事》,有关克林顿弹劾,肯定不让任何人舒服)。这倒也不是说他写作就想给人添堵,让人犯难。这就使他有别于那个以符合民意为写作宗旨的世界,也使他有别于公共领域生活的几乎所有人。也因此,哪怕有各种再好的理由,波斯纳也根本不可能被任命为联邦最高法院大法官。在智识上,他从没想过要诚实,他只是诚实而已。他令过于简单的对立双方都很失望。他写作严肃且涉及广泛,目的只是参与。

这位不算计的经济学家和公众人物——尽管这有点反讽——的身上,确实有些罕见且非同寻常的东西。但这才反映了波斯纳最深刻的信念:一个学者——进而一个法官——的最大罪过就是循规蹈矩。

我们的制度不奖励他的这种德性。但,这还是一种德性。

(苏力译)

图书在版编目(CIP)数据

走不出的风景:大学里的致辞,以及修辞/苏力著.—北京:北京大学出版社,2011.4

ISBN 978-7-301-08927-9

Ⅰ.①走… Ⅱ.①苏… Ⅲ.①演讲-中国-当代-选集
Ⅳ.①I267

中国版本图书馆 CIP 数据核字(2011)第 034463 号

书　　　名:走不出的风景——大学里的致辞,以及修辞
著作责任者:苏　力　著
责 任 编 辑:曾　健　陈晓洁
标 准 书 号:ISBN 978-7-301-08927-9/I·2318
出 版 发 行:北京大学出版社
地　　　址:北京市海淀区成府路 205 号　100871
网　　　址:http://www.yandayuanzhao.com
电 子 邮 箱:law@pup.pku.edu.cn
电　　　话:邮购部 62752015　发行部 62750672　编辑部 62117788
　　　　　　出版部 62754962
印　刷　者:北京汇林印务有限公司
经　销　者:新华书店
　　　　　　880 毫米×1230 毫米　A5　10.625 印张　227 千字
　　　　　　2011 年 4 月第 1 版　2022 年 1 月第 11次印刷
定　　　价:49.00 元